虚栄 上

久坂部 羊

角川文庫
20533

目次

《主な登場人物》

■外科グループ

玄田壮一郎　阪都大学消化器外科教授

黒木潤　阪都大学消化器外科准教授

雪野光一　阪都大学消化器外科講師

北沢康彦　阪都大学消化器外科助教

■内科グループ

朱川泰司　東帝大学腫瘍内科教授

小南忠之　東帝大学腫瘍内科准教授

赤崎守　東帝大学腫瘍内科講師

■放射線科グループ

青柳宏　京御大学放射線科教授

龍田公造　京御大学放射線科准教授

梅川隆二　京御大学放射線科講師
岸上律　竣世大学放射線科教授

■免疫療法科グループ
白江真佐子　慶陵大学免疫療法科教授
秋吉典彦　慶陵大学免疫療法科准教授
西井圭子　慶陵大学免疫療法科講師
大道孝志　ジョンズ・ホプキンス大学免疫学教室シニア研究員
万条時虎　医療法人天王会クリニックグループ総帥

■メディア関係者
松崎豊　報栄新聞社医療科学部長
矢島塔子　報栄新聞社医療科学部キャップ
吉本研　報栄新聞社医療科学部記者
佃可奈子　報栄新聞社医療科学部記者
荻島俊哉　ジャーナリスト「メディア23」キャスター

■その他

福留満　内閣官房副長官
泉水新太郎　内閣総理大臣
佐々本和郎　ＨＡＬ手術で死亡した胃がん患者

プロローグ

二〇一×年一月十四日

人気歌舞伎俳優の嵐富十郎《あらしとみじゅうろう》が、五十六歳という若さで亡くなった。死因は胃がん。診断から死亡まで、三カ月という速さだった。

富十郎は毎年九月はじめに人間ドックを受けており、去年の胃カメラでは異常を認められなかった。ところが十月半ばに胃痛を訴え、再度、胃カメラを受けたところ、早期の胃がんと診断された。スケジュールを調整して、十二月はじめに慶陵《けいりょう》大学病院に入院したが、その時点で、がんは肝臓と腹膜《ふくまく》に転移しており、すでに末期の状態であることが判明した。

あまりに急激な進行に、本人も周囲も愕然《がくぜん》としたが、手術不能だったため、強力に行われた抗がん剤の治療も、がんの進行を止めることはできなかった。昏睡《こんすい》状態に陥ったあと、富十郎は集中治療室で徹底した治療を受けたが、ついに帰らぬ人となった。

富十郎は酒は飲むが、タバコは吸わず、ふだんから健康には人一倍注意していた。一族にがん患者が多いわけでもなく、これまで大病もしたことがなかったという。

同年三月八日

バラエティ番組で売り出し中の看護師タレント、ナース那須《なす》が、やはり急激に進行する卵巣がんで死亡した。

彼女は富士郎の死について、持ち前の医学知識で、「ふつうでは考えられない凶悪ながん」とコメントしていたが、自らも同じ悪性度の強いがんに冒されたことになる。

彼女は一月の終わりごろより下腹部に鈍痛があり、念のため婦人科を受診したところ、卵巣に小指の先ほどの腫瘍《しゅよう》が見つかった。その段階では、良性か悪性か判定されなかったが、生検《せいけん》（組織の一部を取ってする検査）の直後に、腫瘍が急速に増大。二月末には腹水が溜《た》まりはじめ、またたく間に「悪液質《あくえきしつ》」（がんが全身に広がって、状態が悪化すること）に陥り、死亡した。

診断から死亡までの期間は、わずか五週間。あまりに急な訃報《ふほう》に、一部では自殺の憶測も流れたが、主治医はそれを否定した。

卵巣がんは症状が出にくいため、発見が遅れることが多い。しかし、彼女がいつごろからがんになっていたのかについては、主治医は明言を避けた。

同年四月二十五日

テレビに出ないことで知られるロック歌手、長瀬《ながせ》コージが、喀血《かっけつ》して死亡した。

長瀬は四十五歳ながら、筋トレで鍛えた肉体を誇示するロッカーで、一部では筋肉増強剤の使用を疑われていたが、プライベートでは酒もタバコもやらず、早寝早起きの健康的な生活を送っていた。

長瀬は数日前より前胸部に軽い痛みを訴えており、スタジオでのセッションを終えたあと、自宅のジムでトレーニングを開始した直後に、洗面器一杯ほどの血を吐いて、意識不明に陥った。

救急車で都内の総合病院に運ばれたが、医師らは長瀬を救うことができなかった。死因は、肺がんの血管浸潤《しんじゅん》による肺動脈破裂《はいどうみゃくはれつ》。

長瀬は今年の一月に感冒にかかり、咳《せき》がひどかったため、病院で胸のレントゲン写真を撮っていたが、そのフィルムにがんは写っていなかった。四月に長瀬の命を奪った肺がんは、そのあとにできたと考えられる。あまりに急な経過だが、解剖により、がんは肝臓と脳、および腹部のリンパ節に転移していたことがわかった。

連続する著名人のがん死を受けて、マスコミはいっせいにがんの特集を組んだ。三人に共通するのは、発見から死までのあまりに急激な経過である。

テレビ番組に出演したある専門家は、次のように語った。

《これまで、早期がんの五年生存率は九〇パーセント前後でしたが、最近、それが徐々に低下しています。早期で見つかっても、信じられない速さで進行し、患者を死に至らしめるがんが増えているのです。今回、富十郎さんや、ナース那須さん、長瀬さんの命

を奪ったのも、そのタイプだと思われます》

早期がんなのに、なぜ転移するのかという質問に対し、専門家はこう答えた。

《多くの人は、早期がんを、発生して間もないがんだと思っているようですが、それはちがいます。がんの進行度は、どれくらいの深さまでがんが広がっているかで決まるのです。たとえば、胃の壁は五層構造になっていますが、胃がんは内側の『粘膜』に発生し、その下の『粘膜下層《かそう》』『筋層《きんそう》』『漿膜《しょうまく》下層』『漿膜（胃の外側の膜）』へと進んでいきます。『早期がん』は、がん細胞が、粘膜下層までにとどまっているものを言うのです。ですから、発生して十年たっていても、粘膜下層にとどまっていれば『早期がん』ですし、発生して一ヵ月でも、筋層を越えていれば『進行がん』になるわけです。新しいタイプのがんは、早期で見つかっても、すぐに筋層を越えて広がるので、死亡率が高いのでしょう》

現代は、がんが治る時代と言われるが、実態はまだまだ厳しい。

厚生労働省の「人口動態統計」によると、二〇一五年のがんによる年間死亡者数は、約三十八万二千人。男性の三三・八パーセント、女性の二五・〇パーセントが、がんで亡くなっている計算だ。

公益財団法人「がん研究振興財団」の統計によれば、生涯のうち、がんになる確率は、男性が五五・七パーセント、女性が四一・三パーセントにのぼる。

すなわち、現代は、二人に一人ががんになり、三人に一人ががんで死ぬ時代ということである。その比率は年々増加傾向にある。

日本に急速に広まりつつある悪性度の高いがんに関して、がん治療の専門医は次のように述べた。

《がんの悪性度は、増殖のスピードや転移の時期で決まります。悪性度が強いと、早期で見つかっても治療が間に合いません。がんの診断は、最低でも肉眼で見える大きさになる必要がありますが、その時点ですでに転移している場合は、早期発見の意味が失われます。昨今、がんが凶悪化している原因は不明ですが、おそらくＤＮＡに変異が生じたものと考えられます》

凶悪化したがんは、病理検査でも通常のがんと見分けがつかない。現在のところ、この変化は日本以外では発生していない。

なぜ、日本のがんは凶悪化したのか。

その治療は可能なのか。

メディアの質問に対し、先の専門家はこう語った。

《日本の医療は世界最高のレベルです。がんの凶悪化の原因は、いずれ解明されるでしょう。そして必ずや、新しい治療法も開発されるにちがいありません……》

第一章　プロジェクトG4

1

ここの空気は、大学病院とは明らかにちがっている。

雪野《ゆきの》光一《こういち》は、関係者席から前方にしつらえられた雛壇《ひなだん》を見て、場ちがいな空間に紛れ込んだような居心地の悪さを感じた。

ざわめきの中に、暗黙の批判や駆け引きが渦巻き、隠微な熱気が漂っている。それでいて公に報道されることが前提の、建前ときれい事に支配された世界だ。

となりの席で、上司に当たる阪都《はんと》大学消化器外科の准教授、黒木潤《くろきじゅん》が首を巡らせ、満足そうにつぶやいた。

「テレビカメラも何台か入ってるな。きっと大々的に報じられるんだろう。何しろ国を挙げてのプロジェクトだからな」

凶悪化したがんに対する「最適化治療」を決めるための重要政策会議、「プロジェクトG4」の発足記者会見がはじまろうとしていた。会場の永田町《ながたちょう》合同庁舎に詰めかけた報道陣は、約八十人。

プロジェクト名にある「G4」とは、がんに対する四つの治療法、すなわち、手術、抗がん剤、放射線治療、免疫療法の四グループを指す。各グループの代表として、阪都大学、東帝《とうてい》大学、京御《きょうご》大学、慶陵大学が選ばれた。それぞれが一致協力して、がんの撲滅を目指すのが、このプロジェクトの目的である。

阪都大学の筆頭講師として、プロジェクトに参加することになった雪野は、記者会見のようなセレモニーには興味はなかったが、プロジェクトには期するところがあった。国が本気になって取り組めば、きっとがんの本態を明らかにすることも可能だろう。病院のベッドでは、今もがんに苦しむ多くの患者が新しい治療を待っている。外科医として患者の治療に携わる雪野は、一日も早いがんの克服を望まずにはいられなかった。

その一方で、研究医でもある雪野は、がんという病気の底知れなさにおののいてもいた。これまで世界中の優れた研究医が、必死に解明しようとしてしきれなかったがんを、自分たちが攻略できるのか。解明した結果、思いもかけない事実が明らかになるという心配はないのか。

やがて定刻となり、お歴々が雛壇に着くと、司会の事務官が開始を告げた。

総理の泉水新太郎《せんすいしんたろう》が、ＳＰを追い越しそうな勢いで入ってきて、登壇するなり両手で演台をつかんだ。表情に一瞬、かすかな怯《おび》えが走ったように見えたが、それは雪野の見まちがいだったかもしれない。泉水は独特の力強い口調でまくしたてた。

「がんの問題は、今や多くの国民にとって、見過ごすことのできない重要課題であります。プロジェクトＧ４は、昨今の凶悪化したがんに対処すべく、国の威信を賭《か》けて立ち上げた戦略です。集まっていただいたのは、日本を代表するがん治療のエキスパートばかりです。私はこのプロジェクトが、必ずや、がんの撲滅を達成してくれるものと、強く確信しております」

歯切れのいい演説が終わると、記者席からおびただしいフラッシュが放たれた。泉水は右手でそれに応《こた》え、入ってきたときと同じ早足で退出した。

黒木が雪野に頭を寄せてささやく。

「このプロジェクトは噂の通り、泉水総理の鶴の一声で発足したようだな」

続いて司会の事務官が、プロジェクトの責任者である福留満《ふくとめみつる》内閣官房副長官を紹介した。雛壇の端に座っていた小太りの男性が壇上に立ち、細い目をしょぼつかせながら用意したペーパーを読み上げる。

「本プロジェクトは、先だって衆参両院で可決いたしました『がん治療最適化推進法』を根拠とするものでありまして、その成立経緯は……」

内閣の事務方のトップである福留の名前は、雪野も知っていた。医療者とは肌合いのちがう、鈍重で得体の知れない印象だ。

「……がん治療は、まさにチーム医療であります。内科、外科、放射線科、免疫療法科の四グループが、一致団結して、オールジャパンの態勢で、最強最良の治療を開発することが、何より優先されるのであります」

まどろこしい挨拶《あいさつ》に記者たちがうんざりしかけると、福留は各グループのリーダーの紹介に移った。居並ぶ教授たちが、順に起立して一礼する。続いてプロジェクトリーダーを務める東帝大学の腫瘍内科教授、朱川泰司《しゅかわたいじ》が一同を代表して、演壇に上がった。

朱川は抗がん剤の専門家で、胃がんや肺がんに多剤を併用する〝朱川メソッド〟は、国際的にも評価が高い。短軀《たんく》で丸顔、全身にエネルギーを漲《みなぎ》らせ、下がり眉《まゆ》に吊《つ》り上がった小さな目は一瞬たりとも止まらない。陽気なテレビのコメンテーターのように多弁で、内科医には珍しい外交的なタイプだ。

「我が国では今、がんの凶悪化がゆゆしき問題となっております。対策は一刻の猶予もなりません。プロジェクトG4は、がん治療の四グループを統合し、総戦力でがんの撲滅に立ち向かうものであります。すなわち『集学的《しゅうがくてき》治療』です」

朱川は言葉を切り、反応を確かめるように会場を見渡した。

「集学的治療とは、各グループが互いの欠点を補いつつ、相乗効果を目指すものであります。アメリカでは、『NIH』（国立衛生研究所）が医療に強大な権限を持ち、予算も年間三兆一千億円という膨大さです。日本は縦割り行政で、予算配分も生命科学全体で、年間三千二百億円という貧弱さです。この差は大きい。がんの凶悪化は、今後、世界中に広がるでしょう。我々は、日本医療の面目にかけても、がんの撲滅を成し遂げなければなりません。万一、アメリカに先を越されたら、莫大《ばくだい》な医療費をアメリカに支払わなければならなくなります。逆に、日本が先にゴールすれば、世界中の医療費が日本に流れ込みます。がん治療の完成は、患者を救うばかりでなく、日本経済にも計り知れない効果があるのです」

朱川が饒舌《じょうぜつ》な挨拶を終えると、会場は喝采《かっさい》に包まれた。ひときわ高い拍手が、関係者席から響く。雪野の斜め前に座っている東帝大学の腫瘍内科の筆頭講師、赤崎守《あかざきまもる》だ。

赤崎が上司の朱川に拍手を送るのは当然としても、手の叩《たた》き方がいかにも大げさだった。ボスへの自己アピールのつもりだろう。相変わらずだなと、雪野は穏やかに苦笑した。二人は高校の同級生で、かたや内科、かたや外科のプロジェクトメンバーとして、久しぶりに顔を合わせたのだった。

朱川に続いて各グループのリーダーが短い挨拶をしたあと、会見は質疑応答に移った。最初に指名されたのは、報道番組「メディア23」のキャスターとしても有名な荻島俊哉《おぎしまとしや》である。荻島はベテランらしく、落ち着いたようすでマイクを取った。

「朱川さんにお訊《たず》ねします」

先生ではなく、さんづけで呼ばれたことに、朱川の頰が一瞬強《こわ》ばる。反権威を標榜《ひょうぼう》する荻島なら当然かもしれないが、朱川のプライドを傷つけて、よけいな波風を立てなければいいがと、雪野は密《ひそ》かに案じる。

「がんの凶悪化が問題だと指摘されましたが、四大治療のうち、もっとも有望視されるのはどのグループだとお考えですか」

朱川は不快さを面《おもて》には出さず、意趣返しのように皮肉っぽく答えた。

「荻島さんともあろうお方が、集学的治療の概念を十分にご理解されなかったようですな。プロジェクトG4は、四つのグループが一致協力して、互いの利点を最大限に生かすものです。どのグループが有望かなどという発想はあり得ませんよ」

小馬鹿にするような口調を無視して、荻島は質問を重ねた。

「朱川さんのおっしゃる集学的治療は、もちろん理想的な手法ではありますが、現実問題として、四グループの治療法にはそれぞれ一長一短がありますね。お聞きしたかったのは、どのグループが、もっともゴールに近いのかということなんですが」

朱川は苛立《いらだ》ちを隠そうともせず、早口にまくしたてた。

「そんなチームワークを乱すような質問にはお答えできませんな。先ほど福留官房副長官がおっしゃった通り、我々はオールジャパンの態勢で、がんの撲滅に取り組もうとしているのです。どのグループがもっともゴールに近いかなどと、競馬の予想屋のごとき質問は、どうぞ控えていただきたい」

朱川の比喩《ひゆ》に会場から失笑が洩《も》れた。荻島も苦笑している。ムキにならないのは、さすがに著名なジャーナリストというところか。

「次のご質問を」

司会者の声に、ひときわ通る声で発言を求めた女性記者が指名された。

「報栄《ほうえい》新聞、医療科学部の矢島塔子《やじまとうこ》と申します。阪都大学消化器外科の玄田《げんだ》壮一郎《そういちろう》教授にお訊ねします」

記者はまだ三十代前半の若さに見えたが、倍ほど歳の離れた玄田に挑むような目線を向けた。白のタイトスーツに、黒髪のショートカット、知的で気の強そうな女性だ。

「玄田先生は、がんの治療は手術が最善というのが、持論だとお聞きしています。今回のプロジェクトは、ほかのグループとのコラボレーション、すなわち協調が最適化治療を決めるポイントということになりますが、そのあたりはいかがお考えでしょうか」

何という質問をするんだというように、黒木が振り返って舌打ちをする。玄田はおもむろにマイクを取って、威厳に満ちた声で答えた。

「がんの根治《こんち》に関しては、手術がもっとも有効であるのは事実です。転移している場合でも、治るがんは手術で治るし、手術で治らないがんは、何をしても治らない。ただし、治療は根治ばかりを目指すものではなく、延命も立派な効果です。その意味で、ほかのグループの治療法との協調は可能だと考えます」

あくまで手術が王道であるかのような発言に、会場がかすかにどよめく。雛壇では朱川が苦い笑いをかみ殺している。

「さすがは玄田先生だ。そこらの軽薄な教授とは格がちがうな」

たしかに、玄田は朱川に比べると寡黙で体格もよく、背筋の伸びた姿勢は堂々としている。櫛目《くしめ》の通った銀髪に、表情の読みにくい眼鏡越しの細い目、への字に結んだ唇は、いかにも老大家を思わせる。だが、あまり手術を評価しすぎると、ほかのグループと軋轢《あつれき》を起こすのではないかと、ふたたび雪野は密かに危惧《きぐ》する。

次に質問したのは、後方の席の男性記者だった。

「京御大学の青柳《あおやぎ》先生にお訊ねします。放射線グループの立ち位置は、どのようなものになるのでしょうか」

青柳宏《ひろし》は、まだ五十代のはじめで、海外の学会でも知名度の高い放射線治療の第一人者である。人柄は〝超〟のつく皮肉屋で、一匹狼ともっぱらの噂だった。外見にも協調性のなさは表れていて、前髪を垂らし、青白い頬はこけて、三白眼の目には常に冷笑が浮かんでいる。そんな彼がグループリーダーに選ばれたのは、「内部照射」のパイオニアだからだ。内部照射とは、通常の放射線治療と異なり、身体の内側から放射線を当てる療法である。

青柳は自嘲《じちょう》的な笑みを浮かべて、記者の質問に答えた。

「放射線科は、外科や内科と比べると弱小の科ですからねぇ。みなさんもさほど期待をしていないんじゃないですか。しかし、実際には重要なポジションにあるのです。診断も治療の効果も、ＣＴやＭＲＩなどでがんの大きさを見なければなりませんからね。治療も、最近はピンポイントで照射しますから、副作用もごく軽微です。放射線は目に見えませんが、みなさんが思う以上に力を発揮できるのですよ」

青柳の口振りには、長年、地味な科と見なされ、世間からも軽んじられてきた放射線科のうっ屈が込められているようだった。

続く通信社記者の質問は、免疫療法グループの白江《しらえ》に向けられた。

プロジェクトＧ４の紅一点、白江真佐子《まさこ》は、長年、アメリカのジョンズ・ホプキンス大学で研究を続けていた免疫療法の第一人者で、一昨年、四十六歳の若さで母校である慶陵大学に教授として迎えられた。女性の研究医には、やせぎすですっぴんというタイプも多いが、白江は化粧もうまく、知的な女性らしさを感じさせる。常に前を見上げるような目に微笑みを絶やさず、謙虚な物腰もうかがえたので、雪野は第一印象から彼女に好感を持っていた。

記者の質問は次のようなものだった。

「免疫療法は、四グループの中でも歴史の浅い分野ですが、副作用がないという意味では、もっとも将来性があるのではないでしょうか」

たしかにそうだと、雪野も同意する。ほかの三グループの治療は、いずれも副作用や合併症が問題だが、免疫療法にはそれがほとんどない。

白江は横にいる年長の教授たちに会釈をしてから、マイクを取った。

「免疫療法はまだまだ端緒《たんしょ》についたばかりで、改善しなければならない点も多々ございます。しかし、ゲノム解析を応用したがんワクチンや、キラーT細胞《セル》の活性化は、今後、大いに期待できると考えております。わたくし自身は、高名な先生方のお邪魔にならないよう、また、一日も早いがんの撲滅を目指して、精いっぱいの努力を続ける所存でございます」

ようやく穏当なコメントが聞けて、雪野はほっとする思いだった。

雛壇に並ぶ顔ぶれは、文字通り、日本を代表するがん治療の権威ばかりだ。単独では凶悪化したがんを克服するのはむずかしいかもしれないが、それぞれの強みを組み合わせれば、「最適化治療」を確立することも夢ではないだろう。そうなれば、これまで治療できなかった多くの患者を救える。

雪野は多少の波乱を懸念しつつも、国家プロジェクトのスタートに期待を抱かずにはいられなかった。

2

矢島塔子が記者会見に白のタイトスーツを着用したのには、理由があった。

報栄新聞では、社を挙げてプロジェクトG４のキャンペーン報道をすることになり、彼女が取材班のキャップを任されたのだ。今後の取材のためにも、登壇者にはできるだけ自分を印象づけたほうがいい。学生時代、慶陵大学の学祭で、ミス・クールビューティに選ばれた美貌《びぼう》は、三十三歳の今も衰えてはいなかった。

入社十年の彼女は、支局勤務を終えたあと、社会部で厚労省を担当し、二年前に医療科学部に移って、がんを中心とした医療関係の記事を書いてきた。今回の抜擢《ばってき》は、これまでの総決算とも言える大きな仕事だった。

「このプロジェクトには、政府もかなり肩入れしているみたいだな。キャンペーン報道は長丁場になるんじゃないか」

記者会見に同行していた医療科学部長の松崎豊《まつざきゆたか》が、合同庁舎の玄関を出たところで憂うつそうに虚空を見上げた。松崎はいわゆる〝がんサバイバー〟で、六年前に胃がんの手術を受けていた。顔色が悪く、断食後の修行僧のようにやせているのはそのせいだ。検診で見つかった早期がんだったが、場所が悪かったため、胃を全摘《ぜんてき》しなければならなかった。今のところ再発はないが、がんの話題は不吉な思いを呼び起こし、常に彼を暗くさせるようだった。

表通りに出て歩きはじめると、後ろから声がかかった。

「やあ、松崎さん、この前はありがとう。助かりましたよ」

「メディア23」の荻島俊哉が、トレードマークの目尻《めじり》のしわを深くして立っていた。助かったというのは、先日、報栄テレビで荻島がキャスターを務めた医療特番に、松崎が協力したことを指すのだろう。矢島塔子は、以前からジャーナリストとしての荻島を尊敬していたので、心の浮き立つのを感じた。

松崎はひとしきり挨拶を交わしたあと、覇気のないようすで目線を彼女に向けた。

「うちのジャンヌ・ダルクを紹介しときますよ。プロジェクトG4のキャンペーン報道を担当する矢島です」

茶化したように紹介され、矢島塔子は出鼻をくじかれた思いで上司をにらんだ。頬が紅潮しているのを意識しながら、名刺を差し出す。荻島も名刺を取り出し、きちんと両手で渡してきた。さすがに紳士だ。

「で、その後どう。少しは食べられるようになった?」

二人で並んで歩きながら、荻島が松崎に訊ねる。松崎はこけた頬を緩めて答える。

「収録のときは最悪でしたからね。胃を全摘してるから、食べられないのは仕方ないですよ。もともと食は細いほうだし」

「でも、手術して六年でしょう。それなら再発の心配はないね」

「だといいんですが。ははは」

上司が力なく笑うと、矢島塔子は後ろから会話に割り込むように言った。

「あの、わたし、がんの五年生存率には疑問を持っているんですけど」

「どういうこと？」

荻島が顔を半分だけ後ろに向ける。

「五年生存率は、治癒の目安とされていますが、あれは診断から五年たった時点で生きている人の割合ですよね。それって、必ずしもがんが治った人ではないでしょう」

松崎はいやな話を予感してか、あらぬ方に目を逸《そ》らす。矢島塔子は荻島に向けて説明を続けた。

「がんが再発している人でも、診断から五年たって生きてさえいれば、生存者にカウントされるのですから。極端な話、再発して死にかけている人でも、統計上は生存者に入ります。それを治った人に入れちゃいけないんじゃないですか」

「たしかにそうだな」と、荻島が同意する。「診断から五年たった時点で、がんが再発していない人だけをカウントすべきだな」

松崎の声のトーンが暗くなる。

「そうすると、数字はかなり下がるでしょうな。胃がんでも、早期がんは九〇パーセント治るなんて言えなくなる」

「部長、それってずるいと思いませんか。わたし、医療関係者に取材していて、いつも感じるんです。彼らは常に医療を実際以上によく見せようとしているって」

「ははは。手厳しいね。さすがはジャンヌ・ダルクだ」

荻島まで松崎の揶揄《やゆ》を真似たので、矢島塔子はむっとし、不本意な気持を三分の一ほどにじませて問い返した。

「荻島さんは、先ほどの記者会見で、プロジェクトG4に参加する四グループが互いに競合関係にあることを、暗に指摘されましたよね。今後、グループ同士の対立とか、覇権争いみたいなものを危惧されませんか」

「どうかな」

「おいおい、今はそんなことをしてる場合じゃないだろう。専門家が内輪もめしてるようじゃ、日本の医療はお先真っ暗だよ」

半ばあきれる調子で松崎が言うと、荻島も先行きを案じるような面持ちになった。

「最近、がんの凶悪化がマスコミで問題にされているし、早期がんの治癒率も下がっているようだしね。今は医療界が一致団結して、がんの克服に立ち向かわなければならないときだ」

「がんの凶悪化については、まだ明確な理由がわからないんですよね」

「DNAの変異だろうと言われているが、どこがどう変異したのかはわからないみたいだな。変異の実態がわかれば、それを取り除いて凶悪化を抑えられるんだろうが」

荻島は矢島塔子に答えてから、感心するように言った。

「それにしても、矢島さんはなかなか熱心だね。がんの話になると目の色が変わってるよ」

「そりゃそうですよ。だって、わたしはいわゆるがん家系ですから」

「がん家系？」

「ええ。父方の祖母と、伯父《おじ》が胃がんで亡くなり、母方の祖父は胆のうがんで亡くなってるんです。父も二年前に大腸がんで手術を受けています。その後、肝臓に転移し、先日、二度目の手術を受けたばかりです」

身内のがんを説明したあと、矢島塔子は早口に続けた。「父が大腸がんになったとき、報栄新聞のアーカイブで、十年分、がん治療に関する記事を読み返してみたんです。新しい治療法の記事は山ほどありました。でも、驚いたことに、実用化されたものはひとつもないんです。新聞は次々と新しいニュースを報じますが、続報はほとんどなくて、もちろん、治った患者の記事もありません。がん患者や家族が、どんな気持で新しい治療の記事を読んだかと思うと、胸が痛みました。だから、安易に期待を持たせるようなことは書けないと思ってるんです」

「その通りだ」

荻島は感心したが、松崎は何を青臭いことをというように唇をゆがめた。

「でもな、少しは読者に期待を抱かせるように書かないと、ニュースバリューがないだろう。実用化の見込みは不明なんて書いたら、そんな記事書くなと言われるぞ」

「だからと言って、空手形みたいな記事でいいんですか」

「嘘を書いてるわけじゃないだろう。見込みを報じてるわけだから」

「じゃあ読者が勝手に期待しすぎると言うんですね。それって報道の誠意に欠けませんか。夢の新薬とか、副作用のない治療だとか、がん患者や家族はのどから手が出るほど期待して、記事を読むんですよ。実際に使えないなら、絵に描いた餅《もち》じゃないですか」

思わずトーンが跳ね上がる。松崎は荻島の手前、苦笑いで部下をなだめた。

「新しい治療が開発されつつあるのは事実だろう。取材すると、医療者も自分の研究を最大限、有望なように言うしな」

「そこですよ、部長」と、矢島塔子は反射的に指を立てた。「医療者はまだ効果が十分でないのに、さも、がんを克服できるように言うんです。それって詐欺みたいなもんじゃないですか。報道がその片棒を担いでいいんですか」

「何もそんなこと、ねぇ」

松崎が助けを求めるように荻島を見ると、荻島はちらと矢島塔子を見て、松崎に向き直った。

「いや、僕は矢島さんの言うのが正論だと思う。今は二人に一人ががんになって、三人に一人ががんで死ぬ時代なんだ。我々はきちんとした情報で、正しい知識を身につけるべきだよ。あやふやな情報で安心するのはよくない」

矢島塔子は荻島に評価され、喜びで胸の鼓動が二割増しくらいになった気がした。

3

地下鉄から地上に出たところで、時間を確認すると、会議の開始まで二十八分あった。永田町合同庁舎までは徒歩四分、身分証のチェックと、エレベーターの待ち時間を考えると、五階の会議室までは十分弱だろう。

「少し急ぎましょう」

赤崎守が急《せ》かすと、「まだ時間はあるじゃないか」と、同じ朱川門下の准教授、小南《こみなみ》忠之《ただゆき》はのんきそうな声を出した。

この上司はわかっていない。プロジェクトの実務を担当する「G４幹事会」のような集まりでは、早めに会場入りしたほうが、精神面で有利なのだ。メンバーは、各グループの准教授と筆頭講師。オブザーバーとして、関係省庁の課長級が出席する。第一回の今日は、各グループの顔合わせと、企画の提案が行われる予定だった。

赤崎は緊迫感の薄い小南に苛立ったが、よけいなことは口にせず、「いや、急ぎましょう」とだけ繰り返した。

ホールに入ると、うまい具合にエレベーターが開いていた。急いで乗り込み、ボタンを押す。

一番乗りのつもりで会議室に入ると、入口近くに見知った顔があった。

「雪野、おまえ早いじゃないか」

「ああ、余裕を見て早めの新幹線に乗ったら、案外、早く着いちゃったよ」

かつての同級生は、他意のなさそうな照れ笑いで応じた。その無頓着《むとんちゃく》さが、赤崎をうっ屈させる。

赤崎と雪野が同じクラスになったのは、高校三年のときだから、今からちょうど二十年前のことだ。都内でも有数の進学校で、成績は常に赤崎のほうが上だった。だから、彼は現役で東帝大の医学部に合格し、雪野は都落ちする形で、大阪の阪都大の医学部に入った。しかし、赤崎が睡眠時間を削り、脇目も振らずに勉強したのに対し、雪野は高校三年の夏までバスケットボール部で活躍し、秋の文化祭でもクラスで上演した『マクベス』で主役を演じて劇を盛り上げた。かけた努力と結果を考えたとき、赤崎は決して自分が勝ったと思えないのだった。

赤崎が医師の道を志したのは、小学五年生のときに読んだパスツールの伝記がきっかけである。細菌学者として、狂犬病のワクチン開発をはじめとする数々の功績で、人類に貢献したパスツールの生涯は、赤崎少年を深く感動させた。自分も研究医になって、多くの患者を救いたい。それが彼の志となった。

医師が進む道は大きく二つに分かれる。大学などで病気や治療の研究をする研究医と、病院やクリニックで患者を治療する臨床医だ。赤崎が目指したのは、もちろん研究医である。

研究医は経済的にも時間的にもハードで、ノーベル賞でも取らないかぎり、世間的に報われることはほとんどない。優れた研究をしても、二番手では評価されないから、常に競争の世界で神経をすり減らす。しかし、アカデミズムを担うプライドや、医学への貢献という理想は、臨床医には手の届かないものだ。

内科の医局に入ってからも、赤崎は研究に励み、医局員のだれよりも努力を重ねた。だが、なかなか道は開けず、実験は停滞し、神経症にもなりかけた。

転機となったのは、膵臓《すいぞう》がんに関する研究だった。KLFという転写因子の一種が、がんの発生に不可欠なことを発見したのだ。

そのときの興奮は、今も忘れることができない。連日、深夜に及ぶ実験で疲弊し、夜中に研究室の廊下でもうろうとなっているところを、巡回の警備員に助けられた。その翌日、KLFを活性化したマウスの膵臓に、がんが発生していたのだ。顕微鏡でがん細胞を確認したときの喜びは、まさに全身に電流が走るような感激だった。

KLFの発見は、医学的にはさほど大きなものではなかったが、赤崎の成功体験のひとつになった。努力さえ続ければ、必ず結果は出る。子どものころから培《つちか》った信念が、さらに強まることになった。

以後、赤崎はいっそう研究に打ち込み、その努力が認められて、去年の四月、腫瘍内科の筆頭講師に抜擢された。教授、准教授に次ぐナンバースリーのポストである。三十八歳の若さでその地位にいることを、赤崎は内心、得意に思っていた。

ところが今年、外科の知人から、阪都大で雪野光一が、消化器外科の筆頭講師になったと報《しら》された。どんな実績があったのかは知らない。しかし、その人事が、外科学界の重鎮、玄田教授の直々の裁定だと聞いて、赤崎は穏やかならざるものを感じた。自分が必死の努力で勝ち取ったものを、雪野は楽々と手に入れる。まるで天の采配のように……。

赤崎には、忘れられない光景があった。高校の卒業五年目の学年同窓会のとき、雪野が会場に現れると、大勢が彼を取り巻いたのだ。同じクラスの者ばかりでなく、財務省のキャリア官僚や、大学アメリカンフットボールの元花形選手、人気の出はじめた女子アナなど、目立った活躍をしている者たちが、吸い寄せられるように彼の周囲に集まった。雪野は決して愛嬌《あいきょう》を振りまかず、逆に面倒そうなそぶりさえ見せていた。なのに、だれも笑顔を崩さない。これが人望というものかと、赤崎は思い知らされる気分だった。

雪野には何かしらいつも余裕が感じられる。赤崎は常に焦り、効率ばかり考えている。嫉妬《しっと》心も強く、名誉欲も抑えがたい。しかし、それはある意味、当然ではないか。自分たちは医学研究という特殊な世界にいるのだ。今回の国家プロジェクトのメンバーにしてもそうだ。選ばれた者の自覚と気負いのない雪野のほうが、どうかしているのだ。

その雪野が小南に挨拶をしている。向こうの准教授はどこにいるのか。

「黒木先生は来ていないのか」

「福留官房副長官に挨拶に行ってるよ」

　雪野はあっさりと答えたが、赤崎は先を越されたとばかりに頬を引きつらせた。黒木は福留に取り入るため、抜け駆けの挨拶に行ったにちがいない。

　黒木は玄田のスポークスマン役で、優秀だが冷酷な陰謀家というのがもっぱらの評判だ。ぺたりと撫《な》でつけた髪に、陰険な細い目、酷薄そうな薄い唇は、名前の通り腹まで黒いのではと思わせる。二年前、玄田が会長を務めた全日外科学会では、事務局長として活躍し、海外のノーベル賞受賞者を三人も招待して、シンポジウムを大成功に導いた。さらに、国産初の手術支援ロボット「ＨＡＬ」で、犬の手術を実演し、マスコミの話題をさらいもした。

　おそらく今ごろは、会議での発言力を強めるため、福留に根まわしをしているにちがいない。こちらも遅ればせながら、小南に挨拶に行ってもらうべきか。しかし、うまく立ちまわれなければ、逆効果にもなりかねない。

　心算しているうちに、出席者が順に顔を見せはじめる。赤崎は無理に余裕を装いながらの会釈で迎えた。

　座長を務める福留が、黒木と談笑しながら入ってきた。正面に福留と内閣府の事務官が陣取り、両翼にＧ４の二グループずつが向き合う形で座る。

「では、第一回のＧ４幹事会を開催いたします」

事務官が開会を告げると、福留が官僚特有のもったいぶった挨拶をはじめた。

それを聞きながら、赤崎はボスの朱川の言葉を思い出した。

——日本の医学界の最大の不幸は、医学のド素人が研究費の配分を決めていることだ。審査は専門家がするが、決定を下すのは福留のような官僚だ。その後ろには政治家がいる。だから政治家や官僚の思惑に左右されて、必要な分野に研究費がまわらないんだ。

プロジェクトＧ４は、各グループを代表する専門家が、予算配分に直接関わる画期的な試みのはずである。それでも、もちろん座長である福留の存在は無視できない。

形式張った挨拶と、省庁からの配付資料の説明のあと、各グループの企画提案がはじまった。

トップバッターは小南で、朱川から指示されたデータベースの立ち上げを控えめに提案した。これは基本的な案なので、参加者全員から肯定的な反応を得た。

次に阪都大の黒木が、もっともらしい猫なで声で発言した。

「我が国の技術は、宇宙工学やＩＴのみならず、医療においてもめざましい革新性を発揮しています。並行して、海外の優れた機器《デバイス》をスムーズに導入するため、厚労省による認可の遅れ、すなわちデバイス・ラグの短縮をはからねばなりません。医療機器は次々改良されるのに、その都度、一から審査する今の体制では、日本は常に最新のバージョンを使えない状況にあります」

福留が腫《は》れぼったい目でうなずく。内容が理解できているか否かは別として、黒木に一目置いているのはたしかなようだ。

赤崎は黒木の発言に、強い不快と不信を抱いた。医療機器を使うのは主に外科だ。具体的には、超音波メスや手術支援ロボットなどを指している。黒木は厚顔にも、外科グループにのみ有利な提案をやってのけたのだ。

続いて、京御大の放射線科の准教授が、臨床試験に必要な産・学・官の連携を提案し、最後に慶陵大の免疫療法科の准教授が、次世代のがん研究プロジェクトとして、新化合物の解析を推進する複数のチーム結成を提案した。いずれも、まずは互いの領分を侵さず、共存共栄を目指す日本的な〝和の精神〟を前面に出したものだ。しかし、そんな弱腰では、いつ黒木の外科グループに主導権を奪われるかしれない。

「先ほどの小南の提案ですが、若干、補足させていただいてよろしいでしょうか」

赤崎が発言を求めると、黒木は片眉を上げ、講師風情が何を言うかというような目線を寄越した。

「データベースで重要なのは、治験データの集積です。中でも、DNA解析による新療法の適正化プログラムは、がん治療の中心となるでしょう。がん診療の『連携拠点病院』を各都道府県に配備し、連携システムを構築することが必要かと思われます」

赤崎はわざと迂遠《うえん》な言い方で一同を煙《けむ》に巻いた。ところが、わずかな間を置いて、黒木が軽侮するように言い放った。

「それはつまり、抗がん剤の治験を、全国規模でネットワーク化しろということですな」

図星を指され、赤崎は返答に窮した。認めれば、黒木と同じく自グループにのみ有利な提案をしたことが露呈する。沈黙していると、黒木は余裕の笑みで続けた。

「たしかに、抗がん剤を効果的に使えば、痛みをやわらげたり、麻痺《まひ》を軽減させたりして、患者のQOL（生活の質）を向上するのには有効ですからな」

慇懃《いんぎん》な物言いの真意は明らかだった。抗がん剤を持ち上げるように言いながら、その実、激しく貶《おとし》めている。痛みをやわらげるとか、麻痺を軽減させるとかいうのは、とどのつまり、抗がん剤ではがんを治せないと言っているのと同じだからだ。

相手が准教授であることも忘れて、赤崎は怒りと屈辱の目で見返した。黒木は歯牙《しが》にもかけないというふうにそっぽを向いている。険悪な雰囲気になりかけたとき、雪野が発言を求めた。

「各グループの相互理解を深めるために、現時点での研究成果を確認するシンポジウムを企画してはいかがでしょうか」

「それはいい」と黒木が即座に賛成した。「シンポジウムで情報交換をすれば、研究の現状もわかるでしょう。メディアを入れれば世間へのアピールにもなる」

「そういう意見が出ておりますが、いかがでしょうか、座長」

事務官が聞くと、福留は老猫のように緩慢な動作で背もたれから身を起こした。

「いいんじゃないか。世間にアピールできれば、プロジェクトへの理解も深まるだろう」

まるで仕組まれていたかのような議事進行だと、赤崎は思った。自分の発言は、黒木と雪野にうまく利用されたのか。

疑心暗鬼に陥りながら、彼は手元のボールペンをせわしなく回転させた。

4

「今日はお疲れ」

赤崎が生ビールのジョッキを上げると、雪野も笑顔で応じた。

有楽町《ゆうらくちょう》の小料理屋二階の個室。紅殻《べんがら》というのか、暗い赤色の壁の四畳半は、どこかしら重苦しい雰囲気だった。

Ｇ４幹事会のあと、雪野はスーツからラフなジャケットに着替えるために、いったんホテルにもどったようだ。

店の前で待ち合わせ、上がりかまちで靴を脱ぐとき、赤崎は素早く雪野の靴をチェックした。何の変哲もない革靴だ。赤崎はめったに履かないサントーニのストレートチップを、ていねいに脱いだ。去年、筆頭講師に昇進したとき、自分へのご褒美に五万八千円を奮発した逸品である。雪野を先に上げてから、何食わぬ顔で自分の靴を横に並べた。

座敷で向き合って乾杯すると、たちまち同級生ならではのくつろいだ雰囲気になった。

「黒木先生は放っておいていいのか」

もしかして、さらに福留官房副長官に取り入るために、夜の宴席を設けているのではないか。そう思って探りを入れたが、雪野の返事はそっけなかった。

「夕方の飛行機で帰ったよ。明日、朝イチで、直腸がんのオペが入ってるんだ」

「おまえは帰らなくていいのか」

「有休を取ったんだよ。今、東京都美術館でやってる『フェルメール展』に、日本初公開の『取り持ち女』が来てるからな。僕はフェルメールの三十七点の油絵を、全部この目で観るのが夢なんだ。だから、明日はぜひともそれを観て帰らなきゃ」

「相変わらず優雅だな……」

赤崎は研究の役に立たない芸術など、まったく興味がなかった。

「おまえが提案したシンポジウムの話は、黒木先生と事前に打ち合わせしていたのか」

「あれは君と黒木先生が険悪な雰囲気になりかけたから、とっさに思いついただけさ。黒木先生が賛成したのも、流れを変えたかったんじゃないか」

ほんとうだろうか。雪野の口振りにはウラがあるように思えなかったが、赤崎は単純には納得できなかった。

料理はコースで頼んであるので、順に運ばれてくる。小鉢に入った松葉ガニが出たとき、一口食べた雪野がふいに泣き笑いの顔になった。

みる。

「僕は酸っぱいものがだめなんだ。甘酢ならいいけど、これは三杯酢だ」

口をすぼめ、顔中をしわだらけにしている。まるで能面の翁《おきな》だ。赤崎も箸《はし》をのばして
「どうした」

「大したことないぞ」

「いや、きついきつい」

冷や汗を浮かべて顔を扇《あお》いでいる。そうか、こいつはこんなものが苦手なのか。赤崎は雪野の意外な一面を見たようで、なんとなく気分がよくなった。

雪野はビールをお代わりし、赤崎は熱燗《あつかん》に替えて手酌で飲みはじめる。

酔いがまわりはじめると、赤崎は冗談めかしてデリケートな話題に触れた。

「この前の記者会見で、玄田教授は、手術以外ではがんは治らないみたいなことを言ってたが、外科グループは抗がん剤を格下に見てるんじゃないか」

「そんなことないさ。玄田先生だって抗がん剤の有効性は認めてる。現段階では、抗がん剤だけでがんを根治させるのはむずかしいだろうが、手術だって、目に見えないがん細胞を切除することはできないんだから」

「そうだ。見えないがんは切れない。そこが手術の弱点だよな。取り残しを避けるためには、拡大手術をしなければならない。そうすると、患者の命が危険にさらされる。患者の安全を優先して、縮小手術にすれば、がんの取り残しの危険が残る。ジレンマだ」

赤崎は勢いづいて言いながら、また探りを入れるように声を落とした。

「しかし、今は顕微鏡レベルで、がん細胞を識別できる研究が進んでるんじゃないのか」

「よく知ってるな。うちの大学でやってるのは、がん細胞に『蛍光遺伝子』を組み込んで、がんを光らせる方法だ」

「がん細胞に極小のセラミックを結合させて、近赤外線で光らせて識別する方法だな」

「それは京御大のグループがやっている方法だよ。実用化されれば、手術中にがんの広がりを把握できるだけでなく、内視鏡では見えない微小がんでも、光らせて見つけられるようになる。がんをごく初期の段階で見つけて切除できるわけだ」

「なるほど……」

感心するように見せかけて、赤崎は思う。冗談じゃない。そんな研究が完成したら、プロジェクトＧ４は外科グループの一人勝ちになってしまう。

気持を抑え、何気ない調子で訊ねる。

「で、成果は挙がりそうなのか」

「どうかな。十分な光量を得るのがむずかしいからな」

そうなのかと、密かに安堵《あんど》する。

「雪野、おまえはどんな研究をやってるんだ」

「僕のテーマは〝がん遺伝子〟の制御だよ」

「rasとかか」

rasは、「アポトーシス」を抑える遺伝子である。アポトーシスとは、古くなった細胞が自ら死滅する仕組みのことだ。通常は、ras遺伝子が働かないので、正常な細胞は、順番にアポトーシスを起こして死んでいく。ところが、がん細胞では、このras遺伝子が働いて、アポトーシスが抑制され（すなわち、細胞死がなくなり）、無秩序に増殖しはじめるのだ。これが「がん化」の本態のひとつとされている。

「rasだけじゃない。がんは臓器によってゲノム（ＤＮＡの遺伝情報）がちがうが、無秩序に増えるという点だけは、共通している。その共通部分を抑制する化学物質を、今、絞り込んでるんだ」

「つまり、がんに共通した〝増殖遺伝子〟の制御か」

「そうだ」

雪野は涼しげな顔で答えたが、それはとてつもなく画期的な研究だ。もし実現すれば、どの臓器のがんも増殖を抑えられることになる。まさに〝夢の抗がん剤〟とも言える代物だ。

赤崎は懸命に平静を装って訊ねた。

「で、その絞り込みは、どのあたりまで進んでるんだ」

「まだまださ。rasに作用する物質は、約四万種類あるからな。そこから何種類かを選び出し、有効な組み合わせを見つけなけりゃいけない。ras以外にも、がん化に関わる遺伝子は五百種類ほどあって、そこから有望な治療薬を見つけるんだから、並大抵じゃないよ。それこそ、砂浜に落ちてる針をさがすようなもんだ」

「しかし、研究には運がつきものだからな。おまえは運がいいから、案外、出会い頭みたいに見つかるんじゃないか」

軽口のつもりだったが、雪野はそれが悩みの種だというように表情を曇らせた。

「実は、有望な物質はリストアップできてるんだ。ところが、どういうわけか、玄田先生がいい顔をしなくてな」

玄田がこの研究を歓迎しないのは当然だ。もしも雪野が〝夢の抗がん剤〟のような薬を創り出せば、手術の出番はなくなる。がんに手術が無用となれば、外科の地位は一気に失墜する。

それにしても、と、赤崎は不審に思う。雪野はまったく無防備にしゃべるが、熾烈《しれつ》な研究医のレースで、自分の研究を守る気はないのか。たとえ相手が高校の同級生でも、いったん口にした情報は、どこで洩れないともかぎらないのに。

「赤崎の研究テーマは何だい」

今度は雪野が訊ねてきた。

「俺か。俺はまあ、いろいろやってるんだが……」

どう答えるべきか、赤崎は素早く計算した。

赤崎には、すでにゴールに近づきつつある有望な研究があった。だが、用心深い彼は、医局内でもボスの朱川以外には研究内容を伝えていなかった。朱川も、結果が出るまでは極秘にしろと指示していた。それだけ赤崎の研究が重大な可能性を秘めているということだ。

しかし、今、何も言わずにおくと、あとで結果が出たときに、隠していたことがバレてしまう。雪野はあけすけにしゃべっているのに、自分が黙っていると、秘密主義者と思われるのも不愉快だ。赤崎は迷った挙げ句、研究のアウトラインだけ話すことにした。

「今、考えてるのは、がんの凶悪化の背景だ」

「ほう、おもしろそうだな。で、何か有力な原因はつかめたのか」

「いや、こっちもまだまだ道半ばというところさ」

ごまかそうとしたが、雪野は思いのほか食いついてきた。

「がんの凶悪化は、最近、マスコミで騒がれているが、凶悪ながんそのものは、以前からあった。たとえば、甲状腺《こうじょうせん》の未分化《みぶんか》がんは、きわめて悪性度が高い。僕も何例か診たが、凄《すさ》まじかったよ。ある患者は、手術後六日目に再発して、見る間に腫瘍が増大して、二週間で亡くなった。なぜそれほどの勢いで増殖するかは謎だが、おそらく、遺伝子に変異があるんだろう。どう思う」

「まあ、それはそうだろうな」

「で、ここ数年のうちに、がんの悪性度が強まったように言われるのは、がんを取り巻く日本の状況に、急激な変化があったということだ。そこから帰納的に考えれば、ヒントが見つかるんじゃないか」

「……たしかに」

雪野の思考は明晰《めいせき》だった。まさか、その明晰さで俺の研究を言い当てるのじゃないだろうなと、赤崎は恐怖に近いものを感じた。

雪野の推論はさらに進む。

「日本の最近の変化と言えば何だ。少子高齢化、人間ドックや検診の普及、サプリメントや健康食品の氾濫《はんらん》、抗菌グッズや、除菌アイテムの増加……」

「まあ、そんなところだな」

これ以上、近づいてくれるな。赤崎は祈る気持で顔を伏せた。しかし、雪野の口は止まらない。

「がんの性質の変化なら、遺伝子の変異を考えるべきだな。DNAのコピーミスや融合《ゆうごう》なら、たとえば、放射線や紫外線」

「おい、それより俺はもっと気になることがあるんだ」

赤崎はたまらず遮《さえぎ》った。苦労して思いついたアイデアを、トンビに油揚げをさらわれるように言い当てられてはたまらない。

雪野はドライブのかかりかけた思考を途切れさせられ、軽い放心の面持ちになった。そこから現実にもどってくるように、改めて赤崎を見る。

「何だい、気になることって」

「最近、新聞とかでも、医学のエビデンスがどうとかよく出てるだろう。俺はEBMってのがどうも眉唾《まゆつば》みたいに思うんだ。エビデンスといったって、たいていは研究者に都合のいいデータばかりだろ」

EBMとは、Evidence-Based Medicine　すなわち「根拠に基づいた医療」のことである。それまでは、思い込みや経験に基づいた医療が行われていたが、きちんとデータを重視した医療にすべきだという考え方だ。

「恣意《しい》的に操作するなら、それまでの医療と変わらんだろう」

「結局は、経験《エクスペリエンス》に基づく医療か。これも略せばEBMだものな」

「フフン」

赤崎は雪野の皮肉に小さく笑い、運ばれてきた牛タン焼きに箸をのばした。話題が自分の研究から逸れて、なんとか王手を凌《しの》いだ棋士のように息をつく。

「それにしても、EBMっていつごろから言い出したんだろう」

雪野はポケットからスマホを取り出して、調べはじめた。赤崎はその手元を凝視し、不自然なほど身を引く。

「おまえ、スマホとか、よく使うのか」

声が上ずる。

「わからないことがあったらすぐ調べるからな。どうしてだい」

「いや……、別に」

赤崎は緊張を隠しつつ、顔をそむける。

「あった。一九九一年に、カナダのゴードン・ガイヤーという教授が言い出したらしい。最初にこれを聞いた人は驚いただろうね。それまでの医療は、根拠に基づいてなかったのかってね。あははは」

雪野は屈託なく笑ったが、赤崎は鉛を呑《の》み込んだような表情を崩せなかった。

「それにしても、お互い、プロジェクトG4ではたいへんな立場だな。莫大な予算がつくだろうから、相応の結果を出さなけりゃならんし」

赤崎が言うと、雪野も「そうだな」と応じた。「日本のがん医療は世界のトップレベルだと思うけど、問題はG4の四グループがどれだけ協調できるかだよ。幸い、君と僕は同級生の間柄だから、調整役になれるんじゃないか」

「……まあな」

雪野は本気で言っているのか。素朴な彼のことだから、掛け値なしにそう思っているのかもしれない。だが、彼のバックには狡猾《こうかつ》な黒木がいるし、その後ろには手術至上主義の玄田も控えている。迂闊《うかつ》に気を許すわけにはいかないと、赤崎は目まぐるしく考えを巡らせた。

料理が終わり、連れだって階段を下りると、仲居が上がりかまちに靴を並べてくれた。赤崎は雪野を先に立たせ、それとなくようすを見ていた。しかし、雪野は赤崎の高価な靴に気づきもしないで、さっと自分の靴をはいて出て行った。

5

報栄新聞社の編集局は、各部ごとに記者の机が並べられ、どの机にも資料、書籍、スクラップの類《たぐい》が堆《うずたか》く積み上げられている。

矢島塔子の机も例外ではなく、デスクトップとノート型のパソコン、電気スタンド、記事の切り抜きや校正ゲラが散らばり、取材用のノート、カメラ、ＩＣレコーダーのほか、スマホの充電器などが空きスペースを占領し、だれからもらったかわからないクリスタルの文鎮がうっすらと埃《ほこり》をかぶっていた。

先日の記者会見の記事は、各紙、似たり寄ったりだったが、まだプロジェクトがスタートしたばかりだから、それはそれで仕方がない。編集局の方針は、とりあえずプロジェクトＧ４を肯定的にとらえると決まっているが、提灯《ちょうちん》記事の誹《そし》りを受けないためにも、斬新《ざんしん》な切り口が要求される。

それにしても、医療界というところは、果たしてふつうの感覚が通じるのだろうか。

矢島塔子は医師向けの雑誌である「医事旬報」のページを繰りながら、大きなため息をついた。

「どうした。また眉間《みけん》にしわが寄ってるぞ」

上司の松崎が、コーヒーカップを片手にそばにやって来た。眉間にしわ云々《うんぬん》は、前にも注意されたことで、そのうちしわが取れなくなって、俺みたいになるぞと、松崎が自分の眉間を指さしたのだった。

「でも、部長、これってどう思います」

矢島塔子は、今読んでいた「医事旬報」のページを松崎に差し出した。記事は、『大腸がん治療における分子標的薬の進歩』というもので、新しく出た抗がん剤に関する内容だった。

「どうって、どういうことだ」

松崎は読む手間を省いて、矢島塔子に問うた。

「『ベバシズマブ』と、『レゴラフェニブ』という、二つの分子標的薬に関する報告なんですが」

「何だ、早口言葉みたいだな」

「抗がん剤の正式名ってみんなそうですよ。その『ベバシズマブ』を使うと、延命効果があるって話なんですが、使ったグループと、使わなかったグループの差が、たったの一・四カ月なんです」

「誤差範囲だな、そりゃ」

「でしょ。でも、医学的には効果ありと判定されてるんです。ちょっとこの図を見てください」

図には、右に向かって下降する不規則な線が二本描かれている。

『ベバシズマブ』を使ったグループと、使わないグループの生存曲線です。実際に比較しているのは、中央値といって、それぞれのグループで、半分の患者が亡くなった時点なんですが、『ベバシズマブ』を使ったグループの中央値は一一・二カ月で、使わなかったグループは九・八カ月なんです」

「なるほど、二つの生存曲線はほとんど差がないな」

「『ベバシズマブ』を使ったグループで、もっとも長く生きた人は三年二カ月なんですが、使わなかったグループでは三年一カ月ですよ。たった一カ月しかちがわないんです。そんな状態で、この薬が有効だと言えるんでしょうか。ほんとうに効く薬なら、生存曲線はもっとはっきり差が出るはずでしょう。『レゴラフェニブ』の治験でも同じです。使ったグループの中央値が六・四カ月、使わなかったグループが五・〇カ月で、こちらの差も一・四カ月です」

「そのレゴナントカを使っても、半年ちょいで半分が死んじまうのか。それじゃ使っても使わなくてもほぼ同じだな」

「そう思いますよね。患者にすれば、がんに効くというのは、がんを治してくれる薬のことでしょう。余命が一・四カ月延びたから、効く薬だと言われても、納得できませんよ。でも、医療界では、れっきとした〝有効な薬剤〟で通るんです。患者側と医療者側には、大きな意識の隔たりがあると思いませんか」

「そうだな」

「ごく一部のがんを除いて、抗がん剤ではがんは治らないんです。医師が抗がん剤を使うのは、延命効果を求めているからで、治すためじゃありません。その証拠に、医師は『この薬が効きます』とは言っても、『この薬で治ります』とはぜったいに言わないそうです。でも、患者は効くと言われれば、治ると思いますよね。それは勝手な誤解なんですって」

「そんなのきちんと説明してもらわなきゃ、患者はわからんだろ」

「だけど、はっきり言うと、患者が絶望するし、医療の無力さがバレてしまうから、医師は曖昧《あいまい》にしているんです」

「ひでぇな。でも、その見方もちょっと医療に否定的すぎる気がするがな」

「いいえ。がんの論文やトピックスを読んでると、こんな隔靴掻痒《かっかそうよう》みたいな話が多いんですよ。有意差だの、エビデンスだの、医学的には意味があるように言われるけれど、ふつうの感覚では、とてもそうは思えないというのも少なくありません。実際は大したことではないのに、さもがんの秘密に迫る何かを発見したかのように発表する医師が多いんじゃないでしょうか」

松崎は血色の悪い唇を歪《ゆが》め、「むう……」と唸《うな》った。直ちに賛同はできないが、反論もしにくいという表情だ。

「さらに、がん検診にも疑問があるんです。四年ほど前に、うちの『医療エポック』で特集をやったの、覚えてませんか」

「胃がんと肺がんは、検診で死亡率が下がるというデータがないってやつだな。世界的にも、両方の検診を実施してるのは、日本だけだという記事だろう」

「そうです。アメリカとスウェーデンの大規模調査で、年一回の胸部レントゲン撮影では、肺がんの死亡率は下がらないことが証明されています。胃がんの検診も、推奨できないとアメリカの国立がん研究所が発表しています。有効だとされる乳がんの検診でも、四十歳以上は、検診で死亡率が下がることより、検診に伴う不利益のほうが大きいので、アメリカでは積極的に行わないと、政府機関から報告がありました。なのに日本は、今も医療界と厚労省が口をそろえて、がん検診の受診率アップを図っています。これって変だと思いませんか」

「何かウラがあるということか」

「おそらく、検診業界の圧力です。人間ドックもそうですが、厚労省はかつてたしかなデータもなしに、導入の旗振りをしたため、今さら効果がないとは言えなくなったんじゃないでしょうか。人間ドックがこれほど普及している国も、世界中で日本だけです。検診業界は早期発見・早期治療を錦《にしき》の御旗《みはた》に、人々の不安を煽《あお》って、無用な検査で莫大な利益を挙げています。厚労省も、検診の受診率アップを掲げれば、国民の健康を守る努力をしているというイメージが作れます。医療界も、検査が必要な人が増えれば、それだけ患者が増えるので、検診業界を集客窓口にしてるんです」

松崎はあきれるように苦笑したが、目はどこか虚《うつ》ろだった。

「わたし、プロジェクトG4の先行きもちょっと不安なんです。関わっている医師たちは専門家だから、いくらでも世間を煙に巻けるでしょう。ほんとうにがん患者のためになればいいんですが、巨額の予算が投入されて、結局、医療者や研究者の自己満足に終わるだけにならないかと、心配なんです」

「しかし、俺の胃がんはがん検診で見つかったんだからな。検診のおかげで命拾いする人も少なくないだろう」

松崎は自嘲的な笑みで、コーヒーを啜《すす》った。矢島塔子は一拍間を置き、ようすをうかがうように言った。

「部長、岸上律《きしがみりつ》先生の『真《しん》がん・偽《ぎ》がん説』ってご存じでしょう」

「竣世《しゅんせい》大学の放射線科の教授か。たくさん本を出してる人だな」

松崎はその話題にはあまり触れたくないというように、視線を逸らした。

「真がん・偽がん説」は、がんには命に関わる本物のがん、すなわち「真がん」と、放置しておいても大丈夫な「偽がん」の二種類があるという大胆な仮説だ。岸上が一般向けに、『がん治療は患者を殺す』という本を書いて、一大センセーションを巻き起こしたのは、もう十年以上も前になる。

岸上の説でもっとも過激だったのは、外科医が手術で治したと思っている患者は、すべて「偽がん」なので、手術をしなくても死ななかったという主張である。

当然ながら、外科医たちは猛反発した。手柄を全否定されたのにも等しいからだ。しかし、どの外科医も有効な反論ができなかった。すでに手術をしてしまった患者が、手術をしなければ死んでいたとは、証明できないからだ。

逆に、早期発見・早期治療が有効なら、なぜ早期がんで死ぬ患者がいるのかという疑問にも、外科医たちは答えられなかった。早期がんにも悪性度の強いものがあるというなら、それは取りも直さず、岸上のいう「真がん」であり、手術で助かった早期がんは、すべて「偽がん」だったと言われても否定できない。

「岸上説では、検診で見つかるがんは、『偽がん』なので、手術する必要はないというんです。もちろん、仮説ですから、正しいとは言い切れませんが」

矢島塔子が言うと、松崎は渋々という表情で応じた。

「知ってるよ。だが、がんだと言われて放っておける患者は少ないだろう。その説がまちがってたら、アウトなんだから」

「ですよね」と、矢島塔子は上司の機嫌を損ねないようにうなずいた。

「でも、もし、岸上先生の説が正しければ、切らなくてもいい臓器を手術で取っちゃうことになるんですよね」

「……まあな」

松崎はそれ以上は追及されたくないという顔で、話題を変えた。

「あれからまた荻島さんに会ったんだが、君のことをおもしろいって言ってたぞ。見所があるって」

「えっ、そうなんですか」

尊敬するジャーナリストの名を聞いて、矢島塔子の声がはずんだ。

「あの人もがんには一家言あるから、わからないことがあったら話を聞きに行ったらいい。荻島さんは知識が豊富だし、見方がフェアだから」

「ありがとうございます」

荻島が自分に興味を持ってくれたことを知ると、がん医療に対する疑念も忘れて、矢島塔子はまた前向きな気持になれた。

6

G4幹事会から一カ月半後、プロジェクトG4のシンポジウムが、お台場《だいば》のグランフロント東京で開催された。タイトルは『オールジャパン・がん撲滅 チームG4』。

各グループの本音が出やすいように、セミクローズドの催しだった。参加資格は、全日がん学会の会員、がん患者団体のメンバー、およびマスコミ関係者である。

矢島塔子は部長の松崎と、取材班の若手記者二人とともに、早々に会場にやって来た。

「すごく立派な会場ですね」

若手の一人、吉本研《よしもとけん》が、広さ四百平米の無柱空間を見上げて嘆息した。矢島塔子は参加者に配られるパンフレットのページを繰ってぼやいた。

「上質紙に豪華なカラー印刷、中身は半分近くが協賛の広告だわ。製薬業界、医療機器メーカー、放射線システム工業、ワクチン業界、それぞれＧ４グループのバックに控える業界団体というわけね。テーマもテーマだけれど、広告のキャッチコピーも、『がん根絶へ新たな一歩』だの、『近未来のブランニュー治療』だの、誇大広告のオンパレードだわ」

「まあそう言うな。世間向けにはこういうフレーズが必要なんだ」

松崎が言うと、もう一人の若手である佃可奈子《つくだかなこ》が、パンフレットを見ながら感心した。

「でも、三次元画像のロボット手術とか、ピンポイント放射線治療とか、ゲノム創薬《そうやく》で個別化治療とか、すごいですよね」

「何言ってるの。どれも実用化はまだまだだし、がんの死亡率も右肩上がりなのよ。わたしの父ががんになったとき、うちの新聞の過去記事を調べたら、実際に役に立つ記事はほとんどなかったわ。今日のシンポジウムだって、絵空事と予定調和に終わらないともかぎらないんだから、しっかり見る目を持たなきゃだめよ」

矢島塔子が手厳しく言うと、松崎が苦い薬でものんだような顔で訊ねた。

「そう言えば、矢島のお父さん、どうなんだ」

「ありがとうございます。今のところ元気にしてます。肝臓の転移も、手術してから再発してないようですから」

「矢島さんのお父さん、もともとは大腸でしたっけ」と吉本が聞く。

「そうよ。だからわたしはがん患者の身内として、この取材を実のあるものにしたいの。がんもなんとなく治る時代になりましたなんて、そんな甘っちょろい印象を与える記事は、意地でも書けないの」

彼女は照明ばかりが眩《まぶ》しい空のステージをにらんだ。

参加者が入りはじめ、四グループの関係者はグループごとに会場の後方に陣取った。前方にはがん患者の団体が案内される。総勢約五百人。矢島塔子らも、右端に用意された関係者席に移動した。

「今日はいろいろむずかしい話が出るんだろうな。ついていけるかな」

吉本が不安そうに言うと、矢島塔子は励ますように叱咤《しった》した。

「すべてを理解しようとしなくてもいいの。わかる範囲でいいから、しっかり聞いてちょうだい」

医療の話は専門語も多いし、最新の研究となれば耳慣れない言葉も多いだろう。それをわかりやすく報道するのが記者の務めだ。

矢島塔子は気持を集中させて、メモと録音の準備を確認した。

定刻になり、テレビでおなじみの女性アナウンサーが、シンポジウムの開始を告げた。ライトが交錯し、日本のがん医療の最先端を披露するのにふさわしい華やかな雰囲気が盛り上がる。

シンポジウムの第一部は、各グループの基調講演である。

トップバッターは、内科グループの朱川泰司だった。彼は記者会見でも見せたせっかちな口振りで、ニワトリのようにせわしなく首を振りながら、前方の患者団体に抗がん剤の現況を説明した。

「みなさん、分子標的薬というのをご存じですか。がんに特有の分子を狙い撃ちする薬で、いわば副作用のほとんどない抗がん剤なんです。ハーセプチンという乳がんの薬は、『ＨＥＲ２』という遺伝子があるタイプに劇的に効きます。ハーセプチンが効かないタイプには、タイケルブという薬があります。肺がんにはイレッサ、腎臓《じんぞう》がんにはネクサバールという具合に、これからは、がんの遺伝子を調べて、それに応じた薬を使う。いわばオーダーメイド治療です。抗がん剤は今や新時代を迎えようとしてるのです」

調子のいい朱川の物言いは、うっかり聞いていると、医学の進歩はすばらしいと思わされる。だが、実際はどうなのか。

「抗がん剤は口からのんだり、点滴したりして、全身に行き渡る治療です。だから、どこにがんが転移していても、叩くことができるのです。アメリカのスタンフォード大学では、〝万能抗がん剤〟とも言うべき夢の新薬が研究中です。『ＣＤ47』というタンパクの働きを抑え、がんの増殖や転移を止める方法です。『ｐ６００』というタンパクの合成を妨げると、がん細胞が次々と死滅するという研究もあります。これらが製剤化されれば、どのがんにも有効な〝万能抗がん剤〟の名に恥じない新薬となるでしょう。がんと診断されれば、まず抗がん剤、そんな時代がすぐそこまで来ているのです」

会場前方から拍手が起こり、がんの撲滅は間近に迫っているような熱気が漂った。

しかし、と、矢島塔子は朱川の饒舌に惑わされないよう、気を引き締めて説明を振り返る。「CD47」「p600」など、それらしい物質名で聞く者の気を惹《ひ》きながら、同時に「研究中です」「製剤化されれば」など、実際はまだ実用化されていないことを示す文言も巧みに潜ませる。副作用もないはずはなく、全身投与だから転移したがんにも有効というのも、裏を返せば、全身の正常な細胞にも副作用をもたらすということだ。

矢島塔子はこれまでの知識をもとに、内科グループの分析を取材ノートにメモした。

『内科グループ

強み＝抗がん剤は全身のがんに効力を発揮する。

弱み＝同時に全身の正常細胞にも副作用を及ぼす。分子標的薬は効くがんが限られる。

展望＝分子標的薬のさらなる開発、〝万能抗がん剤〟の開発（可能なら）』

続いて登壇したのは、阪都大の消化器外科の准教授、黒木潤だった。

外科グループのリーダーは玄田壮一郎のはずだがと思っていると、黒木は自己紹介のあと、畏《かしこ》まった調子で、玄田は所用があり、自分がやむなく代役を務めることを報告した。そして、慇懃な調子で本題に入った。

「がんの四大治療には、それぞれに一長一短がありますが、がんを取り除くという点では、手術に勝るものはありません。患者さまのお気持を考えれば、体内からがんを完全に取り去る手術以上に、安心をもたらす治療はないのであります」

黒木は粘りつくような声で、患者席に語りかけた。朱川が内科医らしからぬ陽気さだとすれば、黒木は対照的に、外科医らしからぬ陰湿さだ。

「がんの治療は、一にも二にも早期発見、早期治療が基本です。早く見つけて、早く切る。これですべては解決します。そのためにも、がん検診が重要になってきます。外科領域では、がんの早期発見に役立つ新技術が目白押しです」

会場の照明が落とされ、背後のスクリーンに最新の胃カメラの映像が映し出された。

「波長の短い光を使う『狭帯域光観察《きょうたいいきこうかんさつ》』という技術を用いれば、血管の豊富ながんが浮き出して見え、最小二ミリメートルの『超早期がん』を診断することができます。また、『ＥＧＦＲ』、すなわち『上皮成長因子受容体《じょうひせいちょういんしじゅようたい》』を検出できる『蛍光腹腔鏡《けいこうふくくうきょう》』では、一〇マイクロメートルの『超微小がん』を識別することも可能です。さらには、私が開発に加わりました我が国初の手術支援ロボット、『ＨＡＬ』によって、超精密かつ安全な手術操作が可能となっております」

矢島塔子はここでも疑問を抱かざるを得なかった。

早期発見・早期治療ですべて解決という姿勢は、要するに、少しでもがんの疑いがあれば切るということで、切除しなくてもいい臓器を取ってしまう危険がある。がん検診の有効性も、きちんとしたデータがないことをどう考えているのか。

さらには、手術は見えないがんには手出しができず、この点は抗がん剤に劣っている。切除範囲の判定も、目に見えないがんの取り残しは常に危惧される。その意味でも、がんは切れば終わりとはとても言えないだろう。

矢島塔子は取材ノートのページをめくり、外科グループの分析をまとめた。

『外科グループ

強み＝手術でがんを取り除くことは患者の安心感が大きい。

弱み＝目に見えないがんや、全身に広がったがんは切れない。手術による身体への負担、合併症による多臓器不全などの危険。

展望＝がんの可視化で、全身に広がる前に手術する。手術支援ロボットなどにより、手術の負担を減らす』

三番目は京御大放射線科の青柳宏だった。

青柳は相変わらずの青白い頬に、冷ややかな三白眼で、薄笑いを浮かべた表情はいかにもシニカルだ。声も虚無的で、朱川や黒木とはまた別の冷血動物といった印象である。

「がんの放射線治療に関しては、日本は世界的に見て異常な状況にあります。アメリカはがん患者の六六パーセント、ドイツは六〇パーセントの患者が、放射線治療を受けているのに、日本はたったの二五パーセントです。これは日本に放射線アレルギーとでもいうべき迷信があるからです。放射線はがん細胞のＤＮＡを破壊して、増殖できないようにするきわめて優れた治療法です。がんは今や、切らずに治す時代に入っているのです」

確信犯的な冷たさではじまった講演は、いきなり外科グループとの決裂を表明するような過激なものだった。

「これまでの放射線治療は、抗がん剤と同じく副作用が問題でした。しかし、今は弱いビームを多方向から照射する『定位放射線治療』で、がんの部分にピンポイントで高線量の放射線を集中させることができます。たとえば、脳腫瘍に使われる『サイバーナイフ』では、六軸アームの百個のポイントから、十二方向に照射して、厳密に腫瘍のみに放射線を集中させせます。これは全身に同じ濃度で薬が広がる抗がん剤とは大きなちがいです」

青柳は、返す刀で内科グループを斬るがごとく、放射線治療と抗がん剤とのちがいを際立たせて見せた。

スクリーンに、近未来の工場のようなシンクロトロン（加速器）が映し出される。そこに『がん治療の新時代　粒子線治療』の文字が浮き出る。

「『粒子線治療』とは、水素の原子核を加速して得られる『陽子線』などを利用する治療法です。粒子線はＸ線と異なり、体内の一定の深さで最大のエネルギーを発揮します。すなわち、がんにエネルギーを集中し、正常な臓器の障害を最小限に抑えることができるのです。従って、副作用はほとんどありませんし、粒子線の細胞致死作用はＸ線の約三倍ですから、照射回数も少なくてすみます」

続いて、巨大な原子炉が映し出され、その上に、アニメーションで『BNCT＝ホウ素中性子捕捉療法《ちゅうせいしほそくりょうほう》』という文字が浮かび上がった。青柳は皮肉っぽい尊大さで、客席に冷ややかな視線を送る。

「この『ホウ素中性子捕捉療法』、略して『BNCT』は、これまでの放射線治療の概念を根底から覆すものです。特殊なアミノ酸にホウ素の同位体《どういたい》を結合させると、がん細胞の中に取り込まれます。そこに中性子線を当てると、ホウ素が細胞内で核分裂を起こし、放射線を出して、がん細胞を破壊するのです。この核分裂は、がん細胞の内部のみで起こる微小なものですから、正常細胞にはいっさい影響ありません」

青柳は余裕の笑みを浮かべながら続けた。

「この手法では、極端な話、がん細胞が一個だけでも破壊することができるのです。ホウ素は点滴で投与しますから、がんが身体のどこにあっても逃がしません。もちろん、『BNCT』が、がんの最適化治療になったとしても、手術や抗がん剤が不要になるというわけではありません。がんが大きい場合は、あらかじめ手術や抗がん剤で腫瘍を小さくしてもらえれば、手早く治療を終えることができるでしょう。ただし、がんを少しは残しておいてもらう必要がありますね。でないと、がんにホウ素が取り込まれませんから」

青柳一流の皮肉を、どれだけの聴衆が理解しただろう。矢島塔子はその隠微な言いまわしを不快に思った。これまでは、外科も内科も、がんをすべて取り除くことを目的にしていた。しかし、「BNCT」では、その必要がなくなってしまう。がんが大きいときには、あらかじめ小さくしてもらえば助かるというのは、あたかも外科と内科に、料理の下ごしらえをさせ、仕上げは放射線科がやると言っているのも同じだ。これまで医学界に君臨してきた内科と外科には、耐えがたい屈辱だろう。

矢島塔子は放射線グループの分析を、かすかに震える文字で取材ノートに記した。

『放射線グループ

強み＝切らずにピンポイントでがんを治療できる。全身に広がったがんも治療可能。

弱み＝放射線に感受性のあるがんにしか効かない。正常細胞を障害する副作用がある。

（ただしピンポイント照射で軽減可能）

展望＝「粒子線治療」および「BNCT」の実用化』

講演のラストは、慶陵大の免疫療法科の教授、白江真佐子である。彼女はふっくらした身体をオフホワイトのスーツに包み、屈託のない笑顔でステージに上がった。

前回の記者会見のとき、矢島塔子は白江の謙虚な姿勢に好感を抱いた。だから、今日も密かに応援する気持を抱いていた。

「わたくしどもの身体には、日々、がん細胞が生まれています。増殖する前にそれを排除するのが免疫システムです。免疫療法は、このシステムを増強することによって、がんを取り除こうとするものです。自然に備わったシステムを利用するのですから、副作用はほとんどありません。がんを攻撃する免疫細胞には、『キラーT細胞』や『NK（ナチュラル・キラー）細胞』などがあり、免疫療法ではこれらの細胞の攻撃力を高めたり、ワクチンでがん細胞を認識させることによって、治療効率を高めたりします。ほかにも、『LAK療法』といって、『リンフォカイン活性化キラー細胞』という強い攻撃性を持つリンパ球や、人工リンパ節の研究も進められています。これを使うと、細胞の活性化は一挙に百倍から千倍に上昇し、治験では一回の治療でがんが消えた例も報告されています」

上品な声ながら、その凄まじい治療効果に、前方の患者席から感嘆の声が洩れる。白江は微笑みをたたえて続ける。

「しかし、免疫療法はまだまだ発展途上にあります。実績も不十分ですし、同じ治療をしても、効く人と効かない人がいるなど、未解明の部分も多々あります。がんがあまりに大きい場合には、手術や抗がん剤、放射線治療の助けを借りる必要もあるかと存じます」

矢島塔子は、免疫療法の欠点を自ら明らかにした白江の態度に、フェアなものを感じた。これまでの三人とは大ちがいだ。裏を返せば、それは白江の自信のなせる業ではないか。とすると、免疫療法がいちばん最適化治療に近いのか。

矢島塔子は免疫療法グループの分析を、次のようにメモした。

『免疫療法グループ
強み＝副作用がほとんどないこと。全身に広がったがんにも有効。
弱み＝科学的に有効性が十分証明されていない。治療に時間がかかる。
展望＝実績を積み重ね、治療法の確立を目指す』

四グループの基調講演を聞き終わって、矢島塔子は思った。

患者にすれば、どんな方法であれ、とにかくがんが治りさえすればいい。一方、プロジェクトG4の面々にとっては、何より自分たちの治療法で治すことが重要なようだった。ほかのグループの治療でがんが克服されても喜べない。それどころか、下手をすれば、自分のグループの治療が過去の遺物として、葬り去られる危険もあるのだ。

プロジェクトG4は、それぞれのグループにとって、死活問題にも直結する熾烈な闘いなのだと、改めて思い至った。

7

シンポジウムの第一部が終わったとき、雪野光一はロビーの片隅で、上司の黒木をなだめるのに苦労していた。黒木は京御大の青柳の発言を、腹に据えかねているのだった。

「あの放射線科の三白眼野郎の言い草は何だ。手術で腫瘍を小さくするとき、がんを少しは残しておいてもらう必要があるだと。ふざけるな」

玄田の後継者として、手術に強いこだわりとプライドを持つ黒木の怒りは、わからないでもない。しかし、今は感情的になっている場合ではなかった。

「黒木先生。『BNCT』は、まだまだ実用化されていませんから」

「当たり前だ。放射線科なんか、レントゲン写真の読影《どくえい》だけやってりゃいいんだよ。プロジェクトG4の一翼を担うなんて、百年早いって言うんだ」

黒木の暴言に、雪野は放射線グループの関係者がいないかと、身の縮む思いであたりを見まわした。

「もうすぐ第二部がはじまります。パネルディスカッションは、ぜひとも冷静にお願いします。感情的になると、よけいにつけこまれる隙を与えますから」

「それくらいわかってる！　いちいちうるさく言うな」

その声がすでに感情的になっている。

ブザーが鳴り、黒木はそばにゴミ箱でもあれば蹴《け》飛《と》ばしそうな勢いでステージの袖《そで》にもどって行った。雪野はなお周囲を気にしながら、薄暗い客席に着く。

シンポジウムの第二部は、最近マスコミでも注目されている「がん幹細胞《かんさいぼう》」がテーマだった。

壇上には、司会の女性アナウンサー、朱川、黒木、青柳、白江が白布を掛けた小テーブルに着いている。アナウンサーの求めにより、まず朱川が説明した。

「がん幹細胞といいますのは、最近、明らかにされたものですが、簡単に言えば、がんの親玉のようなものです。あるいは女王蜂にたとえられるかもしれません。ふつうのがん細胞は働き蜂で、それをどんどん生み出す特殊ながん細胞です」

「つまり、がん細胞には、ふつうのがん細胞と、がん幹細胞の二種類が混じっているということですか」

「そうです。がんは無制限な増殖と、他臓器への転移が特徴ですが、すべての細胞にこの能力があるわけではありません。ごく一部のがん幹細胞だけが、それを持っているのです」

「黒木先生にうかがいます。がん幹細胞という発想は、どういうところから出たのでしょうか」

話を振られた黒木は、おもむろにマイクを取った。とりあえずは冷静さを取りもどしているようだ。

「がんを手術で取り除いたあと、再発する場合と、再発しない場合があるのがきっかけです。体内に、ふつうのがん細胞だけが残った場合は、抗がん剤や放射線治療で再発を抑えられますが、がん幹細胞が残っていると、再発を止められないのです」

黒木の説明は、がん幹細胞には、抗がん剤も放射線治療も効かないことを暗にほのめかしていた。案の定、朱川がすかさず反論する。

「いやいや、がん幹細胞に抗がん剤が効かないというのは、過去の話ですよ。最近は、がん幹細胞の特徴を逆手にとって、抗がん剤を有効にする方法が開発されています」

　放射線グループの青柳も冷ややかに続く。

「先ほど申し上げた粒子線治療なら、がん幹細胞も破壊できますよ。『BNCT』も、がん幹細胞にホウ素を送り込めばいいだけですからね。その方法はいくらでも開発できるでしょう」

　黒木は青柳を無視して、抗がん剤の弱点を突く質問を繰り出した。

「朱川先生にお訊ねしますが、抗がん剤が効きにくいのは、がん幹細胞が抗がん剤を細胞内から排出するポンプ機能を持っているからではありませんか。さらに、がん幹細胞は、『ニッチ』と呼ばれる間質《かんしつ》細胞などに囲まれている。それも抗がん剤が作用しにくい理由なのでは？」

　朱川はいっそう声を高めて反論した。

「今は酵素を目印にして、がん幹細胞をピンポイントで攻撃することも可能になっていますよ。『ニッチ』に関しても、血管形成を抑えて取り除く手法が開発されています。さらに、がん幹細胞が作る抗酸化物質をブロックすれば、がんが栄養を使い果たして、自滅するという研究もありますから」

「まあ、いずれにせよ、がん幹細胞は、ふつうのがん細胞といっしょに、手術で摘出するのがいちばん手っ取り早そうですな」

　黒木が白々しくひとり納得すると、青柳が皮肉な視線を投げかけた。

「手術でがん幹細胞が確実に摘出できるなら、再発などあり得ないはずですがね」

　雰囲気が険悪になりかけたのを見て、アナウンサーが話を引き取った。

「議論が白熱して参りましたが、がん幹細胞に対して、免疫療法の効果はいかがでしょうか」

　白江は強ばった空気を意識しながら、控えめに答えた。

「免疫療法にとっても、がん幹細胞は最大の敵と言わざるを得ないでしょう。それでも、がん幹細胞に特有のタンパクを標的にすれば、攻撃できる免疫細胞を作り出すことは、可能だと思われます」

「その肝心のタンパクを見つけるのが、至難の業ではないですかね」

　青柳が白江を牽制《けんせい》する。白江は動じず、微笑みで応じた。

「おっしゃる通りです。けれども、わたくしどもは、がん幹細胞の個性を知る方法を手中に収めています」

　雪野は白江の受け流し方を聞いて、免疫療法グループには何か秘策があるのではないかと感じた。そうでなければ、青柳の陰険な横槍《よこやり》を、あのように鷹揚《おうよう》には受け流せないだろう。

　アナウンサーは主導権を取られないよう、続けて発言した。

「朱川先生にお訊ねします。最近の日本のがんの凶悪化についても、このがん幹細胞は関わっているのでしょうか」

「むろんです。がんが急に悪性度を強めたことが、逆にがん幹細胞の存在を裏づけていると言えるでしょう。がんの悪性度は、増殖および転移のスピードで決まります。この二つの能力は、がん幹細胞に特有のものです。すなわち、がん幹細胞の凶悪化こそが、がん全体の悪性度を高めていると考えられるのです」

「がん幹細胞の撲滅こそが、プロジェクトG4の最終目的ということですね」

その意見には、白江はもちろん、黒木も青柳も異存がないようだった。

とりあえずのコンセンサスが得られたところで、アナウンサーが微妙な間を取った。なぜか戸惑いの表情で朱川を見る。朱川はすかさず両手でマイクを抱え込むようにして言った。

「がん幹細胞については、今、たいへん興味深い仮説が注目されています。『真がん・偽がん説』です。みなさんもお聞きになったことがあるでしょう」

前方の患者席からうなずくような反応が返される。不審そうなパネリストを尻目に、朱川は思いがけないことを言った。

「実は今日、この会場に、『真がん・偽がん説』の提唱者である岸上先生がお見えになっています。飛び入りで議論に加わっていただこうと思いますが、いかがでしょうか」

内科グループが占める一角から拍手が湧き、連鎖反応のように全体に広がった。思わぬ展開に、黒木と青柳が顔色を変える。白江も困惑を隠せないようすだ。アナウンサーは根まわしを受けていたのか、流れのまま会場に呼びかけた。

「岸上先生。もしよろしければ、ステージにお越しいただけますでしょうか」

会場がざわめく中、左端の席から、一人の男性が立ち上がった。髪に白いものが目立ち、頬のしわも深いが、背筋を伸ばして壇上に向かう姿には、悪びれたところがない。

「真がん・偽がん説」は、雪野ももちろん知っていた。がんに対する手術を全否定する説だから、気分はよくなかったが、一概には否定できないと感じていた。理屈のみの仮説だが、決定的な反論がむずかしいのも事実だ。

ステージの袖からスタッフが出てきて、朱川の横に新たな席をしつらえる。岸上は軽く会釈をして着席した。

朱川がマイクを取って、司会者に代わって紹介する。

「竣世大学、放射線科教授の岸上律先生です。『がん治療は患者を殺す』をはじめ、一般向けの本も多く出版されていますから、ご存じの方も多いでしょう。先ほどの質問にからめてお訊ねしますが、岸上先生の『真がん・偽がん説』は、がん幹細胞にも二種類あるということでしょうか」

岸上は飛び入りにもかかわらず、臆《おく》することなく自説を展開した。さすがに一般書を多く執筆しているだけあって、話はわかりやすい。

「がん幹細胞は、もともと正常細胞ががん化して生まれます。その時点で、『真がん』と『偽がん』は決まっているのです。細胞レベルの話ですから、当然、診断をつけることはできませんが」

「診断をつけられないとは？」

「がん化のごく初期には、細胞の数が少ないので、発見できないということです。診断がつく程度に大きくなった段階では、がん細胞の数は数千億個になっています。真がんであれば、当然、それまでに転移しているでしょう」

「なるほど」

朱川は岸上に首肯して、会場に向かって続けた。

「真がんの場合は、手術で原発巣《げんぱつそう》を取り除いても、細胞レベルですでに転移しているため、意味がないというわけですな。偽がんであれば、命に関わらないから、やはり手術で取り除く必要もないと」

あたかも完璧《かんぺき》な理屈のように独り合点する。

そういうことかと、雪野は朱川の狡猾な思惑を察知した。彼は外科グループを貶めるために、岸上を壇上に上げたのだ。しかし、「真がん・偽がん説」を認めれば、抗がん剤やほかの治療も必要ないということにならないのか。考える間もなく、黒木がマイクを引ったくるようにして発言した。

「ちょっと待ってください。岸上先生の説は、学会ではまったく認められてませんし、エビデンスもない単なる仮説にすぎないでしょう。それをもってして、手術が無意味であるかのような言い方は、断じて承服できません」

「ごもっともです。では、青柳先生と白江先生は、どうお考えですか」

朱川は司会のお株を奪い、二人に水を向けた。

「岸上先生の説は、たしかに仮説にすぎませんが、肯定するエビデンスもない代わりに、否定するエビデンスもない。そこが微妙なところですな」

青柳は同じ放射線科医のよしみか、あるいは黒木への敵対心からか、岸上を全否定することはなかった。

「わたくしも以前から、岸上先生の仮説には興味を持っておりました。実にユニークな発想ですし、今後、正当性が証明されるかもしれません。がんにはまだまだ未知の領域が広いですから」

白江も岸上を擁護する立場のようだ。

四面楚歌《しめんそか》になった黒木は激しく抗議した。

「仮説はあくまで仮説ですよ。『真がん・偽がん説』では、がんの放置療法などというものが推奨されているんですよ。何もしないで放っておけというのです。それを信じて、治るはずのがんで命を落とした患者もいるのです。だから、外科医の中には、岸上医師を殺人罪で訴えるべきだという者もいるんです」

興奮のあまり、黒木は口を滑らせたようだ。岸上がその言葉に激高した。

「殺人罪とは何事だ。外科医のほうこそ、不必要な手術で多くの患者を死なせ、取る必要のない臓器を取って、患者を苦しめてきたんじゃないか」

「何という言い草。断じて聞き捨てならない」

「まあまあ、お二人とも落ち着いて。ここはもう少し冷静に話しましょう」

朱川が余裕の笑みで割って入り、改めて岸上に質問した。

「岸上先生の学説は、たしかに不確定要素もありますが、ひとつだけ確認させていただきたいことがあります。真がんであれば、転移は早々に起こるから、切除は意味がないということですが、もし、真がんの『がん幹細胞』を攻撃できる方法が開発されるならば、治療の余地はあると考えてよいのでしょうか」

「それはもちろんです」

岸上は平静さを取りもどして答えた。これは明らかに、手術以外の治療に可能性があると言っているのも同然の念押しだ。

そのままの流れで、アナウンサーはシンポジウムの総括に入り、黒木は壇上で怒りに顔を赤黒く染めていたが、閉会の流れを止めることはできなかった。

8

雪野光一は、医局の廊下を見えない泥沼を進むような気分で歩いていた。午後に准教授の黒木から、こう言われたからだ。

――遅い時間で悪いが、午後十時に教授室に来てくれ。

いつも終電近くまで研究室にいる雪野にすれば、午後十時がことさら不都合な時間ではない。しかし、玄田が今日一日、教授室にいたことを考えると、この時刻の指定は、明らかに医局員の大半が帰ったあとを狙ってのことだとわかる。そんな時間に聞かされる話に、ロクなものはない。

ましてや、黒木は先日のシンポジウムで、朱川に四面楚歌の状況に追い込まれ、一週間たった今も不機嫌が続いている。その黒木が取り澄ました声で呼びつけたのだから、話が簡単なものであるはずはなかった。

シンポジウムからの帰り、黒木は羽田《はねだ》に着くまで不機嫌きわまりない仏頂面で怒りを堪《こら》えていたが、飛行機が離陸した途端、雪野相手に憤りを爆発させた。

――朱川の野郎、はじめから仕組んでいやがったんだ。不意打ちみたいに岸上をステージに上げて、インチキ仮説を披露しやがって。だいたい、あの岸上のクソ仮説は何だ。手術で助かった患者はすべて「偽がん」だから、手術しなくても死ななかっただと。ふざけるな。俺たちがどんな思いで、がんの手術をやってると思ってるんだ。

雪野は黙ってうなずく以外になかった。それでも黒木の憤激は収まらない。

――朱川のせこいモグラ野郎は、福留官房副長官が来賓席にいることを承知の上で、外科グループを追い落としにかかりやがったんだ。卑怯《ひきょう》にもほどがある。こうなったら、外科と内科の全面戦争だ！

黒木は周囲の客が振り返るほどの声で息巻き、雪野を赤面させた。

玄田の教授室は、外科医局のいちばん奥にある。手前の准教授室には、明かりはついているが人の気配はない。

雪野は秘書のいない前室を抜け、教授室の扉をノックした。

「どうぞ」

玄田ではなく、黒木の声が響いた。

目線を下げて入ると、玄田は奥の執務席、黒木は手前の一人掛けのソファに座っていた。

「遅い時間にすまない。実は、君に折り入って話があってね」

黒木が向き合った三人掛けのソファを勧めた。玄田は口を開かず、代わりに黒木がしゃべるというのは、これまでにもよくあったパターンだ。雪野は玄田を見たが、眼鏡の奥の半眼は、黒木にすべてを任せているという無表情だった。

「先日のシンポジウムはご苦労だった。朱川さんの策謀は、玄田先生にもお伝えした。先生も卑劣なやり方にはたいそうご立腹だ。今後は十分に警戒して、ことに当たらなければとおっしゃっている」

「はい」

「プロジェクトG4では、我々は阪都大のみならず、全国の外科グループを代表している立場だと肝に銘じなければならない。一丸となって、外科の権威を守り通さなければならないということだ」

何が言いたいのか。雪野が真意をうかがおうとすると、黒木は軽く咳払《せきばら》いをして訊ねた。

「ところで、君の研究の進捗《しんちょく》はどうだ」

雪野の研究テーマは、がん遺伝子の制御である。彼は率直に答えた。

「細胞のがん化に関わる約五百種類の遺伝子から、使えそうなものを四つ選び出しています。現在、その遺伝子に発現するタンパクを同定して、活性化を抑制する薬剤の候補を二十四種、リストアップしたところです。あとはそれぞれの反応を見て、最適な組み合わせを決定すれば、創薬の道筋はつけられると思います」

雪野は玄田のようすをうかがった。半眼はぴくりとも動かず、口元も気むずかしく結ばれたままだ。この研究が、がんの撲滅に大きな可能性を秘めていることは、当然、わかっているはずだ。なのに、色よい反応が得られない。自ら主宰する医局から、大きな研究成果が出れば、ボスである玄田にも誇らしいことのはずなのになぜなのか。

「そうか。それは惜しいことだな」と、黒木が言った。雪野は聞きちがいかと思い、瞬《まばた》きを繰り返した。黒木はわざとらしく目線をはずし、声の調子を改めた。

「残念だが、君には研究テーマを変えてもらわなければならない。玄田先生のご意向だ」

何を言われたのかわからなかった。大きな成果が出そうな研究なのに、この段階でテーマを変えることなどあり得ない。重大な問題点でもあれば別だが、雪野自身、手法にも方向性にも何ら疑問を感じていなかった。

黒木は黒木で、雪野がわざととぼけているのか、ほんとうに意味がわからないのか、怪しむように細い目をさらに細めた。彼が真剣だと見て取ると、今度は苛立ちと揶揄の表情を浮かべて言った。

「君の研究は、あらゆるがんを薬で抑えることができる可能性がある。しかし、今の段階では、あくまで可能性にすぎない。玄田先生は、将来性がないと判断されたんだ。だから、時間の無駄を省く意味でも、テーマを変えたほうがいいとおっしゃっている」

「まさか。私の研究は、完成まであと一歩のところまで来てるんですよ。薬剤の反応を見もしないで、将来性がないなんておかしいですよ」

「言葉を慎みたまえ。玄田先生の見立てにまちがいがあるとでも言うのか」

「そうではありませんが、しかし……」

雪野は言葉に詰まった。いくら研究に自信があっても、教授に逆らうことは許されない。研究は不確定要素がつきものだし、素材は医局に従属するのが建前だからだ。

雪野が沈黙すると、黒木は含みのある上目遣いを寄越した。

「君は、玄田先生がおっしゃった意味を、はきちがえているんじゃないか。将来性がないというのは、君の研究の中身ではない。外科グループの存続にとって、将来性がないとおっしゃっているんだ」

「どういうことです」

「少し考えれば、わかると思うがね」

　黒木はもったいぶった薄笑いで脚を組み、ソファにもたれた。

「君も知っての通り、今の抗がん剤ではがんは治らない。外科グループにとっては、それが重要だ。君の研究が完成して、万一、万能抗がん剤のようなものができてしまうと、あらゆるがんが薬で治るようになりかねない。そうなれば、がん患者は手術を求めなくなるだろう。外科医の権威は、がんの手術で保たれているんだ。これまで多くの先達が、苦労して築き上げてきた外科の栄光が、君の研究で失われてしまうのだ。そんな代物がうちの医局から出たとなると、玄田先生は全国の外科医に顔向けができなくなる」

「ちょっと、お待ちください」

　雪野は黒木の話に強い違和感を覚えた。

「外科の権威も大事かもしれませんが、優先すべきは、がんの患者を一人でも多く救うことではないですか。そのためなら、手術であれ抗がん剤であれ、手段は選ばないはずです」

「君は何年、外科医をやっているんだ。そんな青臭い理屈が通用するとでも思っているのかね」

「患者を救うことが理屈ですか。だったら、ほかに何をなすべきなんですか。玄田先生もそうでしょう。圧倒的な手術の症例数も、一人でも多くの患者を救いたいというお気持から、積み重ねてこられたのではないですか」

雪野は熱意を込めて玄田を見た。だが、彼の半眼は動かない。黒木はソファから身を起こし、膝《ひざ》の間で手を組んだ。

「君の理想主義には敬意を払うよ。しかし、現実は切迫しているんだ。プロジェクトG4は、国家予算をどの研究分野に重点的に配分するかを決めるコンペティションだ。手術、抗がん剤、放射線、免疫療法のどれがもっとも有望か。互いに競わせて、勝ち残ったグループに予算を集中する。均等配分では、効率が悪すぎるからな。表向きはオールジャパンなどと言っているが、実際は食うか食われるかの闘いなのだ」

まるでドラマのセリフのようだと雪野は思った。これは悪い冗談なのか。そう考えると、短い失笑が洩れた。

「君は信じていないようだな。だが、私はこの前のG4幹事会の前に、福留官房副長官に会って確かめたんだよ。もちろん、副長官とて明言したわけではない。しかし、暗黙のうちにそれを認めた。彼は自分の妻が二年前に胃がんになったとき、腹腔鏡の手術で無事、治療を終えたことを高く評価していて、我々外科グループが優位であることを示唆してくれた。そんな個人的なことと思うかもしれんが、予算とはそういうものだ。膨大な分野に均等に目配りして、すべてに公正な評価など下せるわけがない。だからこそ、ロビー活動が必要なのだ」

この前の幹事会で、黒木が事前に福留に会いにいったのは、そういうことだったのか。まったく想定しなかったわけではないが、そんな政治活動めいたことには関わりたくなかったので、敢《あ》えて詮索《せんさく》しなかったのだ。

「シンポジウムで、朱川が卑怯なスタンドプレイに出たのも、すべて駆け引きだ。内科グループも必死なんだ。抗がん剤ではがんが治らないことが、徐々に世間に知られつつあるからな。そんなとき、外科グループの一員である君が、万能抗がん剤の可能性を発表してみろ。朱川は小躍りして喜ぶぞ」

シンポジウムでの屈辱がよみがえったのか、黒木は玄田の手前、さん付けで呼んでいた朱川を呼び捨てにした。

「我々がプロジェクトG４で勝ち残らなければ、外科グループに未来はない。逆に、予算の重点配分を受ければ、必ずがんを撲滅できる。先立つものがなければ、研究も進まないことは君も承知しているだろう。予算がついて、実績を挙げれば、さらに研究費がつき、ますます実績が挙げられる。そうなれば、手術技術も向上し、安全で確実な手術が実現する。それは、君が求める患者を救うことにもつながるのじゃないか。手術でがんを取り去ることほど、患者に安心感を与える治療法はないのだから」

たしかに、そうかもしれない。身体にメスを入れるというラディカルな方法が受け入れられるのも、その安心感の故だろう。

黒木はさらに続けた。

「我々消化器外科が、外科の領域で勢力を誇っていられるのはなぜだかわかるか。日本人の死因のトップががんだからだよ。もし、がんが治るようになってみろ。死因のトップは心疾患になり、心臓外科医たちが威張りだすのは目に見えている。脳外科医だって、脳血管疾患が二位に浮上すれば、存在を誇示するだろう。整形外科も超高齢社会で、骨折や人工関節の手術が増えるから、重要性を強調する。がんの手術がなくなったら、消化器外科のプレゼンスは一気に下落してしまうんだ。消化器外科は、これまで外科の領域で王道を歩んできた。我々の代で逼塞《ひっそく》させるわけにはいかないんだよ」

雪野は反論できなかった。

黒木の論法は、完全に患者の視点を欠いている。しかし、医師の心情は、露骨なほどに優先されていた。日々、さまざまな困難に直面しながら、懸命に医療に携わる外科医の本音は、おそらく黒木の言う通りだろう。雪野が自分の研究にこだわって、外科全体を貶めるようなことは許されない。学会で顔を合わせ、患者を救うために切磋琢磨《せっさたくま》してきた仲間を、裏切るようなことはできない。

雪野はそう自分を納得させて、黒木に言った。

「わかりました。玄田先生のおっしゃる通りにいたします」

「よく言ってくれた。玄田先生も、君のことは高く評価しているんだ。決して悪いようにはしない」

黒木がおためごかしに言い、首尾をうかがうような目線を玄田に投げた。玄田はおもむろにうなずく。

「君にはこれから、センチネル・リンパ節の研究をやってもらいたい」

「えっ……」

雪野はふたたび自分の耳を疑った。

センチネルとは、〝見張り役〟のことで、センチネル・リンパ節は、がんが最初に転移するリンパ節のことだ。乳がんでその存在が知られ、このリンパ節に転移がなければ、それ以上のリンパ節郭清《かくせい》（手術で取り除くこと）は必要なくなる。精確な手術範囲を決定するために、最近、注目を集めているホットな研究テーマだ。

「これなら外科のクオリティ・アップにもつながる。君にもやり甲斐《がい》があるだろう」

「しかし、センチネル・リンパ節の研究は、北沢《きたざわ》君がパイオニアではじめたものじゃないですか。私がそこに割って入るのは……」

センチネル・リンパ節の研究は、二年後輩の北沢康彦《やすひこ》が、日本では先駆的にはじめた研究だった。乳がんのみならず、胃がんや食道がんでも同様のリンパ節を同定し、不要な拡大手術を抑える研究に着手しようと、彼は計画していたはずだ。そこに自分が中途参加すれば、北沢はやりにくいだろう。

黒木はすべてを呑み込んだように、冷ややかに告げた。

「割って入るのではない。君が全面的に引き継ぐんだよ」

「待ってください。北沢君がいるのに、そんなことできるわけないじゃないですか」

「心配いらんよ。彼は来月、和歌山の熊野川《くまのがわ》病院に出向が決まったから」

雪野は二の句が継げなかった。熊野川病院は、阪都大の関連病院ではあるが、学位論文を終えた若い医師がお礼奉公で二年ずつ赴任するような僻地《へきち》の病院だ。

「北沢君には副院長で赴任してもらう。玄田先生のご意向で、特別の抜擢だ」

いくら副院長で赴任しても、大学を離れると研究は続けられない。ましてや人員に余裕のない僻地の病院では、学会に出ることすらままならない。

雪野は唇を噛《か》んで玄田を見た。眼鏡の奥の淀《よど》んだ半眼に、暗い光が漂っている。疑問も反論も受けつけない目だった。

静まりかえった廊下に出ると、薄暗い研究室の前に人影が立っていた。北沢康彦だ。目を伏せてUSBを差し出す。

「雪野先生。ここに僕の成果のすべてが入っています。ほかのことは、研究助手に聞いてください」

「待ってくれ。まだ、交渉の余地はあるだろう」

なだめようとしたが、北沢の顔には絶望がありありと浮き出ていた。悲しみをこらえるように唇を震わせる。

「引き継いでくれるのが、雪野先生でよかったです。どうか、よろしくお願いします」

深々と頭を下げ、北沢は未練を断ち切るように踵《きびす》を返した。

彼の無念は、雪野には痛いほどわかった。いったん副院長の肩書きで外の病院に出れば、もう大学に復帰するチャンスはない。数年前、センチネル・リンパ節の論文がはじめて認められて、意気揚々としていた彼の姿が目に浮かぶ。ほかに道はないのか。

薄暗い廊下の虚空を凝視したが、そこには非情な現実があるばかりだった。

9

「それにしても、シンポジウムでの朱川先生の戦略は見事でしたなあ」

まほろば製薬の営業部長が、接待用の笑顔で朱川を持ち上げた。

「まったくです。あそこで岸上先生を登場させるとは、だれも予想しませんでしたよ」

営業課長も続くと、朱川は、「いやいや、あれはたまたまだよ。休憩中に会場で岸上さんを見かけたんで、ちょっと悪戯《いたずら》心でね」と片目をつぶって見せた。両脇には、赤坂《あかさか》のきれいどころが侍《はべ》っている。

赤崎守は、分厚い座布団にあぐらをかき、豪華な膳《ぜん》には見向きもせずに、ボスの動向に目を配っていた。准教授の小南も同席しているが、そちらはまったく眼中にない。

「しかし、何ですな。阪都大の黒木先生はちょっと気の毒なくらいでしたな。外科グループが孤立して、内科、放射線科、免疫療法科の連合軍に包囲された形でしたからね」

営業部長が言うと、朱川は侮《あなど》るように鼻で嗤《わら》った。

「ボクは外科グループなどさほど敵視しておらんよ。ちょっといたぶってやっただけさ。そもそも外科グループは沈みゆく船だ。がんに関しては手術の限界は明らかだからな」

「と、おっしゃいますと」

「手術でがんを切り取っても、それで安心でないことは、世間にもわかってきただろう。細胞レベルでがんが残っているかもしれんのだからな。手術が成功したかどうかは、五年から十年たたなけりゃわからない。そんなあやふやな方法より、これからは抗がん剤の時代だよ」

「なるほど」

「おっしゃる通りです」

二人の接待役が口をそろえる。一流製薬会社の管理職ともあろうものが、まるで太鼓持ちだなと赤崎は密かにあきれる。まほろば製薬はシンポジウムに特別協賛していた「全国製薬業連盟」の幹事社で、抗がん剤の大手メーカーでもある。

「外科の発想は野蛮だろ。悪いところがあったら切る、ザッツ・オールなんてね。手術で臓器を切れば、QOLも下がる。あ、QOLというのはだね、クゥアリティ・オヴ・ライフ、生活の質のことだよ」

朱川は両脇の芸者に向けて、わざとらしい本場仕込みの英語で発音した。

「これからは、分子標的薬の時代だ。副作用の少ない抗がん剤で、患者のQOLを保ちながら、治療する。これこそががんの最適化治療だ」

「さすがは朱川先生」

「製薬業界としても、大歓迎です」

二人のお追従《ついしょう》に、朱川の舌は滑らかになる。

「だいたい、外科の連中はズルイんだよ。乳がんの温存手術を知っとるだろう。君は今のところ大丈夫かな、ん？」

朱川が右横の淡い水色の京友禅《きょうゆうぜん》を着た芸者の胸元に手を這《は》わせる。相手は慣れた仕草ではねつける。

「いや、冗談だよ。わははははは。外科の連中は、乳がんは温存手術で大丈夫とか言って、患者は医学が進歩したように思ってるが、とんでもない。研究で実証されたのは、拡大手術でも温存手術でも、死亡率は同じということだ。死ぬ患者はどのみち死ぬということで、温存手術で治癒率が上がったわけではぜんぜんないんだ」

「そうなんですか。あたしはてっきり、乳がんは温存手術で治るようになったんだと思ってました」

紫の付下げを着た左横の芸者が、胸元を押さえる。

「乳がんの死亡者数も、四十年前からずっと右肩上がりですからね」

赤崎がいいタイミングで合いの手を入れる。朱川はグラスを杯に替え、一気にあおって大きくうなずく。

「赤崎君の言う通りだ。外科は腹腔鏡手術だ、ロボット手術だなどと騒いどるが、がんの治療成績はまるで上がっちゃいない。外科グループなど恐るるに足らずだよ」

「ほんとうですね」

「まったく」

デュエットさながらに同調する接待役を、朱川は斜めににらみつける。

「しかしな、内科グループだって、油断はできんのだぞ。何しろ、抗がん剤ではがんは治らんのだからな」

営業部長が、餌を取り上げられた犬のように動きを止める。課長も言葉を失っている。

「またまた、先生。ご冗談ばっかり。おほほほ」

やや年かさの付下げの芸者が、その場を取り持つように笑った。朱川は京友禅の芸者に酌をさせ、音を立てて啜る。

「冗談なんかじゃないぞ。そこの製薬会社のお偉方に聞いてみろ。抗がん剤は延命効果を狙うだけで、がんを治す薬じゃない。しかも、延命と言ったって、高々数ヵ月だ」

営業部長がたまりかねたように笑いでごまかす。

「いや、たしかに治療のむずかしいがんもございますが、年単位の延命が期待できる抗がん剤もありますので」

「その通りでございます。特に大腸がんの新薬は有望でして」

営業課長も卑屈に笑う。朱川が顔を伏せて、冷ややかに言う。

「そうなのか？」

はじまったと、赤崎はとばっちりを避けるように、目を逸らして膳に箸を伸ばす。朱川は酒が入ると接待役に嗜虐《しぎゃく》的になるのが常だった。

朱川はもともと東帝大を首席で卒業した秀才で、ハーバード大学に留学したあと、持ち前のバイタリティで出世の階段を駆け上った。政界やマスコミにも広い人脈を持つが、陽気そうに見えて、生来の性格はきわめて傲慢《ごうまん》かつ小心。名誉欲も強く、自分が考案した抗がん剤の多剤併用を〝朱川メソッド〟と名づけて、論文にも堂々と引用していた。

「ボクがいくら〝朱川メソッド〟で薬を調整しても、効かないときはまったくダメだもんなぁ。なんとかしてほしいよ。なあ、小南君」

「えっ、あ、はい」

急に話を振られた小南は、うまい受け答えができずに口ごもる。赤崎はチャンスと見て、口をはさんだ。

「製薬会社から頼まれた治験で、抗がん剤が効いているように見せかけるデータを集めるのも、ホネが折れますからね」

「その通りだ。なあ、まほろばのお偉いさん。ほんとうにがんに効く薬は、いったいいつできるんだ。オレはこの前のシンポジウムで、がんと診断されればまず抗がん剤、そんな時代がすぐそこまで来てると、公言しちゃってるんだよ。え、オレに恥をかかす気かい」

「いえ、そんな」

「まったく、よろしく頼むよ。我々内科医は、薬が頼みの綱なんだから。薬がなければ、何もできない。キミたち、心の底ではそう思ってるんだろ」

「滅相もございません」

「いや、思ってる。医者は威張ってるが、治療ができるのも、製薬会社が薬を売ってやってるおかげだと思ってる。その通りだよな。オレたち医者は、薬がなきゃ手も足も出ない。裸の王様だ。滑稽《こっけい》だねぇ。情けないねぇ」

朱川の自虐は、接待役が困惑するのを見て楽しむ嗜虐の裏返しともいうべき、悪趣味なものだった。抗弁すれば、火に油を注ぐだけなので、二人の接待役はただひたすら平身低頭している。

見かねた赤崎が、助け船を出した。

「しかし、どの大学でも、朱川先生ほど製薬会社さんを大事にしている教授はいないんじゃないですか」

「その通りでございます」

「ほんとうに、朱川先生には感謝しております」

二人が必死に朱川のご機嫌を取り、赤崎にも感謝の眼差《まなざ》しを送る。製薬業界とのパイプ作りは、自分にとっても重要な布石だ。

朱川は新たに杯を干し、攻撃の矛先を変えた。

「たしかに、うちの大学の教授と来たら、ロクなヤツがいないな。研究馬鹿、経済オンチ、政治ド素人。研究さえしていれば、カネと評価はついてくるように思ってるんだからあきれるよ。オレが大学のために、どれだけ予算をぶん取ってきてやったと思ってるんだ。政治家も官僚も、医学のことは何もわかっちゃいない。そんな連中が予算を決めてるんだぞ。いかにヤツらの利益につながるかを、かみ砕いて説明してやらなきゃならないんだ。モノを知らない、血の巡りの悪い、欲の深いヤツらにな」

「おっしゃる通りです。東帝大の医学部は、朱川先生で持っているようなものです」

「いいえ、医学部だけでなく、東帝大そのものが、今や先生のご活躍で面目を保っている状態でしょう。シンポジウムを特集した昨日の記事でも、朱川先生のお写真がいちばん目立っていましたから」

営業部長に続いて課長が言うと、朱川は杯から目を上げて、機嫌よくうなずいた。

「あの写真はよかったな。報栄新聞だっけ。何日か前、赤崎君が記者に会ったと言ってたな」

「取材班の記者が、以前、がん検診の取材で来たことがあったので、連絡したんです。せっかくのシンポジウムなのに、いい加減な記事を書かれたら困りますので。写真も朱川先生が目立つように、私が強力にプッシュしておきました」

「ご苦労だったな。マスコミは大事にしなきゃいかんぞ。ヤツらは馬鹿だが、世間には影響力があるからな。ぶははは」

朱川が下品に笑い、赤崎はうまく点を稼げたことにほくそ笑む。

料理は蓋物《ふたもの》、焼物と進み、揚げ物には鮎《あゆ》の天ぷらが出た。朱川は意地汚く箸をつけ、さらに杯を重ねる。

「ところで、小南君。君の研究はどうなっとるかね」

それまで蚊帳《かや》の外だった小南は、いきなり朱川に問われてむせた。

「はい。あの、インテグリンα3β1の阻害薬《そがいやく》を順次、試しているところです。現在はRDG化合物のトライアルを継続中です」

「君ねぇ、そんな言い方じゃ、ここにいるお姐《ねえ》さん方にわからんじゃないか。もっとわかるよう説明せんか」

「申し訳ありません。あの、インテグリンと申しますのは、細胞の接着分子でありまして、α鎖《さ》とβ鎖という、二種類のサブユニットからなる、ヘテロダイマーでして、あの、ヘテロダイマーというのは、異なったサブユニットが結合した超分子《ちょうぶんし》のことで、サブユニットと申しますのは……」

小南は懸命に説明するが、かみ砕いて言わなければと思えば思うほど、話が前に進まない。朱川は苛立ち、バレーボールの監督よろしく人差し指を立てて声を張り上げた。

「ピィッ。選手交代。赤崎君、君が説明してやれ」

「インテグリンというのは、細胞同士をくっつける接着剤みたいなものです。がんが転移するとき、剝《は》がれた細胞は、血液に乗って身体中を巡ります。このインテグリンが働くと、細胞が臓器にくっつき、そこで増殖するのです。小南先生の研究は、インテグリンを働かなくすることで、転移を抑えるものです。これが成功すれば、剝がれたがん細胞も転移しなくなります」

一同から感嘆の声が洩れる。

「いやあ、すごいわぁ。小南先生のご研究は、がんの転移をなくす夢の薬なんですね」

小南のとなりにいた黒縮緬《ちりめん》の芸者が、見直したように拍手をする。

「がんが恐ろしいのは、転移するからですものね。転移さえなかったら、どんながんでも末期がんにならないいんでしょう」

赤崎の横の若やいだ萌葱《もえぎ》綸子《りんず》の芸者も、媚《こ》びを含んで小首を傾げる。

「その研究、あとどれくらいで完成しますの」

「いや、それはまだ……」

小南が頭を搔《か》くと、朱川が改まった調子で言った。

「たしかに君の研究が完成したら、がんの転移は抑えられるだろう。だが、原発巣はどうするんだね。原発巣を放っておくと、臓器を圧迫したり、出血を起こしたりするだろう」

「それは手術で切除すればいいのでは」

「それが困るんだよ！」

突然、朱川が一喝し、場の空気が凍りついた。小南は何が逆鱗《げきりん》に触れたのかわからず、箸を持ったまま瞬きもできない。

赤崎はそっと顔をそむけた。また朱川のいたぶりがはじまる。今度は自虐の仮面をかぶらない剝《む》き出しの嗜虐だ。

「いったい、君は何を考えて研究を続けてきたんだね」

芸者たちは沈黙し、二人の接待役は、身を縮めて膳に目を落としている。

「どうなんだ。ボクが何を問題にしているか、わからんのかね」

「はい。それは、その……」

小南は口ごもりながら、懸命に答えをさがしているようだ。朱川の顔色をうかがいながら、消え入りそうに言葉を押し出す。

「転移が抑えられると、〝朱川メソッド〟の出番がなくなる、ということでしょうか」

ああ、地雷にガソリンだと、赤崎は片手で目を覆う。同時に朱川の怒りが炸裂《さくれつ》した。

「馬鹿者！　君はボクがそんなちっぽけな人間だと思っているのか。人を見くびるのもほどほどにしたまえ。いいかね、ボカァ自分の名前を冠した治療法などに、爪の先ほども未練を感じとらんよ。いくら苦労して開発した手法でもだ。ボカァもっと広い視野で考えているんだ」

朱川が独特のイントネーションで「ボカァ」と言うとき、それは怒りの発作に手のつけようがないことを示す。

「申し訳ございません。私にはわかりません。ご教示をお願いいたします」

小南が土下座せんばかりに頭を下げた。朱川はしばらく荒い息を繰り返していたが、小南の叩頭《こうとう》を見やってから、ようやく口を開いた。

「君の研究でだね、もし、転移が防げるようになってもだよ、原発巣に手術が必要であるかぎり、外科の連中がデカイ顔をするということだよ」

小南は顔を上げ、何やら弁解したそうにした。赤崎は素早く首を振って、やめたほうがいいと合図を送った。

「君がやっている研究はだね、外科に益する利敵行為も同然なんだ。そんなこともわからずに、研究テーマを決めたのかね。まったく、あきれたもんだ」

インテグリンの研究がはじまったのは、四年ほど前だった。そのときは、朱川も大いに期待していたはずだ。そのころはまだがんの治療ものんびりしたもので、内科も外科と共存できた。ところが、今回、プロジェクトG4がスタートして、政府ががん治療の精鋭化に動きだしたため、状況が一変したのだった。

研究にはカネがいる。逆に、カネがあれば、研究のチャンスが広がる。研究者の能力など、世界的に見てもドングリの背比べだ。十九世紀や二十世紀前半のように、天才が現れる時代はとっくに終わっている。であれば、撃つ弾の多いところが勝つ。ノーベル賞受賞者の国籍を見ても、明らかなことだ。

だから、このプロジェクトでは負けられない。いや、一人勝ちをしなければ意味がないのだ。

それはおそらく、二人の接待役にもわかっている。内科グループが勝たなければ、製薬会社もがん治療におけるシェアを確保できない。だからこそ、彼らは製薬業界を代表して、朱川の嗜虐的ないびりに耐えているのだ。

思いを巡らせていると、朱川がふいに言った。

「ところで、赤崎君、君の研究はどんな具合だね」

今度は自分の番かと、赤崎は身構える。

「私のほうは時間がかかりましたが、ようやく動物実験で、結果が出そうなところまで来ております」

赤崎はわざと具体的な説明を避けた。前から、朱川に極秘にするよう言われているからだ。

萌葱綸子の芸者が、雰囲気を変えようと、甘えるように言った。

「いやだ、そんなんじゃわかりませんわ。赤崎先生のご研究はどんなのですの」

朱川はとなりの京友禅に酌をさせながら、含み笑いを洩らす。

「それは企業秘密だ。ここで披露するわけにはいかんよ。なあ、赤崎君」

「はあ……」

朱川は持ち前の陽気さにもどって、杯を持った手を突き出した。

「しかし、まあ、ちょっとくらいなら教えてやってもいいだろう。赤崎君の研究はだな、がんの凶悪化の原因究明だ」

「まあ、怖い」

付下げの芸者がしなを作って身を引く。

「赤崎君の研究は、すばらしいぞ。何と言っても、日本のがん研究の本流に発しているからな。君らは、山極勝三郎《やまぎわかつさぶろう》と市川厚一《いちかわこういち》という研究者を知っとるかね。ウサギの耳にコールタールを塗って、一九一五年に世界ではじめて人工がんを創り出した偉大な先達だ。ノーベル賞に十分値する研究だったが、一説によると、選考会の席上で、東洋人にノーベル賞は早すぎるという意見が出て、見送られたということだ」

「そんなことがあったんですか」「信じられない」「差別だわ」と、芸者たちが口々に言う。

「そうだ。まったくけしからん。だが、今はもうそんな時代ではない。君たち、赤崎君の研究も、もしかしたら、ノーベル賞を取るかもしれんぞ。仲よくするなら、今のうちだ。わははははは」

　朱川は高らかに笑った。赤崎は両手を膝に置いて畏まっていたが、頬が緩むのを抑えることができなかった。

「赤崎先生、大いに期待しております」

「いいお話を聞かせていただきました」

　空気が和んだのをこれ幸いと、二人の接待役が持ち上げる。

「いえ。すべては朱川先生のおかげです。先生のご指導なしには、私の研究はあり得ません」

「うるわしき師弟愛ですな」

営業部長が感心し、ちらと小南を見る。哀れな准教授は、腑《ふぬ》抜けたように肩を落としている。この構図は何を意味するのか。

赤崎の脳裏に、蠱惑《こわく》的な考えが浮かんだ。

まだ、確認作業は残っているが、がんの凶悪化を調べる赤崎の研究は、世間をあっと言わせるに十分なインパクトのあるものだ。派手な話題が好きな朱川にすれば、地味な小南より、赤崎を准教授にしたほうが、彼の周囲も華やぐというものだ。

座敷では、芸者たちの賑《にぎ》やかな踊りがはじまった。赤崎はこの若さで東帝大学医学部の准教授に抜擢される可能性に思いを馳《は》せながら、夢見心地であでやかな姿を眺めていた。

10

矢島塔子は自分の席で、シンポジウムの特集記事をにらんでいた。

『「プロジェクトG4」がん征圧へ　総戦力で』

大見出しの下に、四人の講演者の写真と、第二部のパネルディスカッションの写真がカラーで出ている。どう見ても、東帝大の朱川ばかりが目立つ構図だ。記事の内容で譲歩するわけにはいかなかったので、写真で折り合いをつけたのがまちがいだったと、矢島塔子は今さらながらに後悔した。

赤崎という東帝大腫瘍内科の講師から電話があったのは、特集記事をまとめている最中だった。もってまわった言い方で、情報提供やら医学界の内情暴露をちらつかせていたが、用件は結局、自分のボスである朱川をできるだけ目立つように書いてほしいという、ふざけた依頼だった。

とりあえず取材に行ったが、そのあともしつこく電話をかけてきて、記事の原稿を見せろだの、写真を選ばせろだの、厚かましい要求を繰り返した。通常、そういうことはしないと断っても、性懲りもなく同じ要求を繰り返す。人の話を聞かない医者は多いが、ここまで理解力のない医者も珍しかった。

そもそも、あのシンポジウムは朱川の独壇場だった。パネルディスカッションでも司会者を差し置いて、勝手に会場から岸上を呼び寄せたりして、やりたい放題だった。だから、よけいに地味な扱いにしてやりたかった。私情を交えてはいけないが、シンポジウムの私物化を追認するような紙面にだけはしたくなかった。

しかし、改めて記事を見ると、写真のインパクトはやはり大きい。それに整理部が朱川の講演につけた「万能抗がん剤も研究中」の見出しが、いやでも目を惹く。そんなものがほんとうに実現するのか。

これまでの取材では、がんは臓器や細胞によって性質がちがうので、すべてのがんに効く薬など、そもそも理論上むずかしいというのが通説だった。だから、そんな夢のような見出しは避けたかった。だが、例によって上層部の〝読者に希望を感じさせる見出し"志向で、採用されたのだ。

それにしても、あの赤崎という医者は、まったくイヤな男だった。東帝大の医学部卒だから、優秀なのはまちがいない。しかし、人にほめられたり、感心されたりするのが大好きと顔に書いてあるようで、自己顕示欲の塊のようだった。それでも、キャンペーン報道が続くかぎり、いつまた取材の必要があるかもしれない。ああ、うっ陶しいと、矢島塔子は紙面を広げたまま大きなため息をついた。

「矢島さん、どうしたんです」

同じ取材班の吉本研が、いつの間にか後ろに立っていた。

「赤崎先生のことを考えてたのよ」

「ああ、矢島さんが感じ悪いって言ってた」

矢島塔子が顔をしかめて肯《うべな》う。吉本は冗談とも本気ともつかない調子で応じた。

「でも、医者って感じ悪いのがふつうじゃないですか。みんなから先生って呼ばれて、奉《たてまつ》られてるんだから」

「そうでもないわよ。いい人もいるわよ。数は少ないけど」

話を聞いていたらしい佃可奈子が、斜め後ろの机から割り込んできた。

「だけど、考えたら気の毒じゃないですか。若いときからちやほやされて、人生修養のチャンスがないわけでしょう。ロクな人間にならないのは当然ですよ」

「佃ちゃんも言うわね」

矢島塔子が笑うと、吉本が思い出したように言った。

「そうそう、おもしろい情報があるんです。赤崎先生って、同じくＧ４幹事会のメンバーになってる雪野先生と、高校の同級生らしいですよ」

「阪都大の消化器外科の講師？」

「ええ。二人は高校時代からライバルだったらしいです。成績は赤崎先生が上だったけど、人望は圧倒的に雪野先生が厚かったって」

「それ、どこの情報」

吉本はちょっとばつが悪そうに頭を掻いた。

「ネットです。二人の名前で検索してたら、ブログでヒットして。だから、人望云々は当てになりませんが、高校の同級生ってのはまちがいないです。ほかでも調べましたから」

矢島塔子は話半分に聞き流した。

「わたしも未確認情報なんですけど、ちょっと気になることを仕入れました」

佃がプリントアウトした資料を持って立ち上がる。

「2ちゃんねるとか、ツイッターで話題になってるみたいなんですが、がんの凶悪化の原因は、検査じゃないかっていうんです」

「検査？　病理検査のこと」

「いいえ。レントゲン撮影とかＣＴスキャンです」

「放射線ががんを凶悪化させてるっていうの」

矢島塔子はどうかなと、懐疑的な顔になった。放射線を使う検査はこれまでも行われてきたし、最近、特に検査が増えたわけでもない。それに、2ちゃんねるやツイッターの書き込みなど、端《はな》から情報の価値はほとんどない。

佃は手にした紙を差し出した。

「めぼしいものだけ印刷してみたんですが、内容から見ると、ドクターの書き込みもあるようです。もともと日本は、海外に比べて放射線関係の検査が多くて、専門家の間では〝医療被曝《ひばく》大国〟と呼ばれてるらしいです。長年、そういう環境にあったので、がんの遺伝子が変異して、放射線に対する感受性を変化させた可能性があると書いてあります」

『がん凶悪化、検査が引き金に……』

『放射線によるDNA障害が、急激ながんの増殖反応を……』

そんな言葉が並んでいる。

検査が増えたわけではなく、がんのほうが刺激の蓄積で変異したというのか。それなら可能性はあるかもしれない。

そう言えば、先ごろ亡くなった嵐富十郎は、毎年人間ドックを受けていたというし、ナース那須も長瀬コージも、検査を受けたあとにがんの悪性度が強まったようだった。

もし、検査をするとがんの凶悪化が起こるなら、いったいどうやって診断すればいいのか。

佃の打ち出した紙を見ながら、矢島塔子は漠然と不吉な予感を抱いた。

11

矢島塔子の予感は、別の形でその徴候を現した。

翌々日の朝いちばんに、免疫療法グループの白江真佐子から緊急の電話があり、すぐ来てほしいと頼まれたのだ。矢島塔子は出社してきたばかりの吉本をつかまえ、いっしょにタクシーで慶陵大学に向かった。

「何があったんです」

「詳しくはわからない。でも、白江先生はプロジェクトG4の実態を象徴するような事態だと言っていた。もしかしたらスクープかも」

矢島塔子は後部座席から前方を見ながら、シンポジウムのときの白江を思い浮かべた。上品な物腰の彼女は、ほかのグループの男どもが自己主張にかまける中で、ただ一人、協調性を打ち出していた。その彼女が、深刻な声で緊急事態を報せてきたのだから、のっぴきならないことが起こったにちがいない。

医学部の正門でタクシーを降り、玄関ホールで案内板を確認すると、免疫療法科は四階の東ブロックにあった。エレベーターで上がったが、教授室がどこにあるのかわからない。薄暗い廊下に扉が並んでいるが、どの部屋も白いプラスチック板が掲げられているだけで、表示が出ていない。

「来訪者が迷いますね。なぜ表示を出さないんでしょう」

いぶかしげな吉本を従え、矢島塔子は左右を見ながら進んだ。廊下は異様に静まり返り、人に聞こうにもだれの姿もない。

「当てずっぽうに開けてみましょう。まちがってたらそこで聞けばいい」

矢島塔子は手近なドアノブをまわした。無人かと思いきや、数人の白衣の女性がいた。

「報栄新聞の矢島と申します。白江先生から取材のご依頼を受けてうかがったのですが」

「お待ちしていました」

一人が立ち上がって廊下に出てきた。奥の部屋の前に行き、「失礼します」と声をかけて扉を開くと、白江が奥の執務席から急ぎ足で出てきた。

「急にお呼び立てしてごめんなさい。でも、あんまりひどいので、これは見ていただかなければと思いまして」

廊下に出て壁に沿って進み、実験室らしい部屋の扉を開いた。工事現場のような刺激臭が鼻を衝《つ》く。試験管、顕微鏡、遠心分離機などの器械が、灰色の雪に覆われたように汚れている。

「これは、いったい……」

矢島塔子が絶句すると、白江は怒りを堪えるように言った。

「粉セメントを撒《ま》かれたんです」

「だれが、どうして」

「犯人はわかりません。でも、目的は明らかです。わたくしどもの研究の妨害です」

「写真、いいですか」

吉本がひとこと断ってカメラを構える。ひとしきり撮影すると、白江が、「こっちも見てください」と、別の部屋へ案内した。

準備室らしい前室には異変はないが、奥の部屋は大地震の直後かと思われるほど備品が床に散乱していた。

「ここは細胞培養室です。前室は通常の施錠だけですが、奥には電子ロックをつけていました。明らかにプロの仕業です」

「警察には報せたのですか」

「いいえ。まずメディアの方に見ていただこうと思いまして」

警察が入ると、取材が制限されて、すべてを公開しにくくなるからだと白江は言った。

「これは物盗《ものと》りではなく、確信犯的な研究の妨害ですから、一刻を争って警察に通報する意味はないのです」

「お電話では、プロジェクトG４の実態を象徴するようなとおっしゃってましたが、ほかのグループとの関連が疑われるのですか」

「現時点では、それ以外に考えられません」

白江の頬にかすかな緊張が走った。確証はないのだろう。

「ひどいことをするんですね。これで先生のご研究にも、大きな支障が出るのでしょうか」

「出ないこともないけれど、さほどではありませんわ。犯人は侵入のプロかもしれないけれど、医学的にはまったくの素人です。だから、浅い考えで、厳重に施錠してあるところに重要なものがあると思い込んで、二つの部屋を荒らして逃げたんです。大事なものは、別のところに置いてあるとも知らずに」

不快にまぎれてか、嘲《あざけ》るように言った。白江にしてはやや荒《すさ》んだ物言いだ。

「つまり、先生の医局では、こういう事態を予測して、あらかじめ防衛策を講じていたということですか」

「まあそうね。アメリカでは産業スパイならぬ、研究スパイが横行しています。だから、どのラボも多額の予算を割いて、重要な研究データを守っているんです。日本のスパイはまだまだレベルが低いわ」

抑えてはいるが、憤懣《ふんまん》のこもった声だ。

「ここの医局は、部屋の表示のプレートが白いままですが、それも安全管理上の理由ですか」

「そうです。以前にも泥棒が入って、高価な実験器具を盗まれたんです。それは医学知識のある者の犯行でした。獲物のある部屋にだけ侵入してましたから。それ以来、どこに何があるかわからないようにするために、プレートを裏返しにしたんです」

そういうことかと、矢島塔子と吉本は顔を見合わせる。

一通り話が終わったところで、白江がわずかに媚びを含む口調で言った。

「こんなことをお願いするのは恐縮なんですが、できれば、記事は被害の深刻さを強調するように書いていただきたいのですが」

「どうしてですか」

「セキュリティ対策を強化するのには、予算が必要なんです。日本はのんびりしていますから、危機管理意識が低くて、なかなか予算がつきませんの。今回のようなことがあったとき、メディアが派手に報じてくだされば、上層部の危機感も高まると思いますのよ」

白江は持ち前のこぼれるような笑顔を二人に向けた。その裏にマスコミを利用しようとする意図を感じ、矢島塔子はその微笑みを素直に受け取ることができなかった。

第二章　暗躍

1

深夜、午前零時過ぎ。

東帝大学の腫瘍《しゅよう》内科の医局にある「形態研《けいたいけん》」と呼ばれる研究室の一角で、赤崎守はひとり陶酔の面持ちで、顕微鏡をのぞいていた。

接眼レンズの下に見えるのは、無数のダンゴムシのように群れ集った赤紫色のがん細胞。倍率を上げると、そのいくつかがクローズアップされる。歪《いびつ》な細胞膜、巨大な核、今まさに分裂しようと、染色体を分離しつつあるものもいる。まさしく凶悪化したがんにふさわしいおぞましさだ。

まちがいない。

ついに、人工的ながんの凶悪化に成功したのだ。

赤崎は顕微鏡から目を離し、恍惚《こうこつ》の面持ちで天井を見上げた。感動、感激、そんな言葉では表せない興奮が押し寄せる。KLFの発見に次いで二度目の、いや、それよりはるかに大きな研究成果を手中にしたのだ。

この細胞は、人間の大腸がんをマウスに移植したものだった。ヌードマウスといって、免疫系を抑えた無毛のマウスに、人間のがん細胞を植えつける。そして、六週間にわたり、1・5ギガヘルツと、2・0ギガヘルツの電磁波を、一日四時間、一センチの至近距離から、垂直に交わるように照射した。

がんに変化が現れたのは、十二日前のことだった。それまでほとんど変化がなかった腫瘍が、急激に増大しはじめた。そして、今日、予想外に早くマウスを死に至らしめたのだ。解剖すると、がんは肝臓をはじめ全身に転移していた。

この経過は、明らかに凶悪化したがんである。

赤崎はふたたび顕微鏡をのぞき、視野を動かした。論文に載せるには、できるだけインパクトのある画像を選ばなければならない。いかにも凶暴で、いかにも悪性度の強そうな細胞。通常のがん細胞と形態的な差はないが、似たり寄ったりの集団の中に、染色体を分離し、合わせ鏡のドクロのようなおぞましい形相を見せるがん細胞があった。

これだ。

核の大きさといい、無気味な顆粒《かりゅう》といい、これぞ〝キング・オブ・凶悪化がん〟とでも呼びたくなるような顔つきだ。

赤崎はふと思いつく。このがん細胞を〝キング〟と名づけよう。世界ではじめて、人工的に凶悪化させたがん細胞。

知らず、笑いがこぼれる。顕微鏡にセットしたカメラでがん細胞を撮影しながら、赤崎は自分の体温が上昇しているのを感じた。だれもいない深夜の研究室で、彼は押し殺した笑いに背中を震わせる。

これまでも、凶悪化の徴候を見せたがんはいくつかあった。しかし、変化は曖昧《あいまい》で、完璧に凶悪化したとは言いがたかった。今回のマウスのがんは、だれが見ても文句のつけようがないほどはっきりしている。

凶悪化の線引きはむずかしいが、腫瘍の大きさや転移の有無は、実験ノートに記録してある。それをもとに、あとから判定基準を決めればいい。多少基準を甘くすれば、がんが凶悪化したと判定されるマウスはさらに増えるだろう。


赤崎がこの実験を開始したのは、二年前だった。

その少し前、彼はスマホを購入し、ショップの店員からアプリの説明を受けて唖然《あぜん》とした。あまりに便利で、あまりにも誘惑に満ちていたからだ。通信業界は、日本人を四六時中、スマホ漬けにしようと企《たくら》んでいるのではないか。そう思えるほどの便利さだった。

ある調査では、従来のケータイに比べ、スマホになってから、メールの送信回数は一・五倍、ゲームの使用は三・五倍、ツイッターやブログを見る時間は四・五倍に増えたと報じられた。実際、電車の中でも駅でも、歩行中でさえ、スマホに向き合っている人が街中にあふれている。かつてない異様な光景だ。

そのとき、赤崎にふとアイデアが湧いた。

がんの凶悪化は、急増したケータイやスマホの電磁波が引き起こしているのではないか。あれだけの人間が通信しているということは、周囲に恐ろしいほどの電磁波が飛び交っているということだ。スマホを使っている人は、無自覚のまま、至近距離で電磁波のシャワーを浴び続けていることになる。

赤崎は、さっそく電磁波に関する安全情報を調べてみた。

まずは、総務省のホームページから。

『……暮らしの中において、携帯電話、無線ＬＡＮや電子タグなど電磁波利用の拡大や多様化に伴って、電磁波は健康に良くないのではないかという不安を抱いたり、電磁波の安全性について疑問を持つ方がおられます。（中略）携帯電話端末から発射された電磁波のエネルギーの一部は、人体に吸収されて熱になりますが、定められた基準値（局所ＳＡＲ）を超えなければ人体に悪影響はありません』

局所ＳＡＲとは、人体の任意の組織一〇グラムが、六分間に吸収するエネルギー量の平均値で、単位はＷ／㎏（ワット毎キログラム）。ケータイ電話のように頭のすぐそばで使う端末の局所ＳＡＲの基準値は、２Ｗ／㎏までと定められている。

同じホームページには、『弱い電磁波を長期間浴びることによる発がん性の有無について、動物実験などの研究が行われていますが、現在のところ有害性は確認されていません』とも書かれていた。

また、「電波産業会」の「電磁環境委員会」は、ケータイの電磁波が、脳細胞に及ぼす影響について、２Ｗ／㎏の強さの電磁波を二時間照射した実験では、サイトカイン（免疫や炎症に関わる情報伝達物質）の産生量などに、電磁波の曝露《ばくろ》による有意差は認められなかった、と報告している。

同委員会はまた、1・95ギガヘルツ帯《たい》の電磁波を、ヒト白血病由来の細胞に、六時間、二十四時間、七十二時間曝露し、「小核形成頻度」を調べたところ、有意な増加は認められなかったと発表した。

ひとことで言えば、電磁波はさほど心配ないということだ。

一方で、電磁波の危険性を示唆する情報も少なくなかった。

アメリカのワシントン大学、ヘンリー・ライ博士の報告。

『2・45ギガヘルツ（日本で使用される周波数よりやや高い）の電磁波を、頭部に二時間、照射したラットの脳細胞で、DNAが切断される現象が多く見られた。DNAの損傷は日常的に起こるが、通常は修復機能が働いてがん化を防いでいる。電磁波を照射されると、この修復機能が低下すると考えられる』

また、フランスのボルドー大学国立科学研究センター、ピエール・オービノー博士の報告はこうだ。

『ラットの脳に0・9ギガヘルツ（ヨーロッパで使用される周波数）の電磁波を二時間照射したところ、脳内のタンパクが血管から硬膜や髄膜に漏れ出ていることが確認された。その際、局所SARが2W／kgで、「血液脳関門《ブラッド・ブレイン・バリア》」からの流出が起きている』

局所SAR値2W／kgは、日本の総務省が、安全とする基準である。

ほかにも、ヨーロッパのREFLEX《リフレックス》プロジェクトでは、細胞レベルの実験で、ヒト由来の皮膚細胞の遺伝毒性が増加することが報告されている。

さらに、二〇一一年五月には、WHOの「国際がん研究機関」が、ケータイの電磁波に、限定的ながら「発がんの可能性がある」との分析結果を発表した。イギリスやスウェーデンなど、さまざまな国で行われた疫学的研究で、ケータイを長時間使用する人に、神経膠腫《しんけいこうしゅ》という脳腫瘍の発生が多いことが判明したためだ。

これらのデータは、いずれも限定的で、安全性と危険性のいずれも、十分に証明されたとは言いがたい。

ケータイやスマホの電波は、放射線と同じ電磁波の一種で、DNAを障害する可能性がある。それなら、がん細胞の遺伝子を変異させることも大いにあり得る。すなわち、電磁波ががんの凶悪化を引き起こすという仮説、「電磁波がん凶悪化説」には、理論的な裏付けが可能であるということだ。

このアイデアに、赤崎は戦慄《せんりつ》した。もし、ケータイやスマホががんの凶悪化の原因だとわかれば、たいへんなことになる。便利で楽しいはずの文明の利器が、一転してがんを凶悪化させる恐怖のアイテムと化すからだ。その混乱は、一九五〇年代のアメリカで、タバコが肺がんの原因であるとわかったときの衝撃に匹敵するだろう。それまで快適だった嗜好品《しこうひん》が、がんの元凶とされたのだから。

赤崎はまず、通常のがん細胞を培養し、そこに電磁波を照射することで、がんの凶悪化を誘導しようとした。がん細胞の培養は、むずかしくない。シャーレの培地に細胞を移植するだけで、コロニーを形成する。凶悪化の報告が多い胃がんと、卵巣がんの細胞で実験を繰り返したが、凶悪化は起こらなかった。

次に、赤崎はマウスに皮膚がんを発症させ、そこに電磁波を照射することで、がんの凶悪化を再現できないかと考えた。あらゆるバリエーションで照射を試し、照射時間もそれまでの週単位から月単位に延ばした。しかし、これもうまくいかなかった。

そこで、赤崎は原点にもどり、ヌードマウスの背中に、人間の大腸がんを移植して、そこに電磁波を照射する方法を試みた。照射の方法も、人間が被曝している状況に近づけるため、至近距離の照射を加えたり、周波数の異なる電磁波をランダムに照射したりしてみた。

しかし、マウスに移植したがんは凶悪化しなかった。

電磁波ががんを凶悪化させるというアイデアは、ほかの研究医も考えていたようで、いくつかの施設で実験が行われていた。だが、いずれも凶悪化には成功していなかった。

自分の仮説は見当外れだったのか。

そう思いかけたとき、朱川が言った。

――ウサギの耳に人工がんを発生させた山極勝三郎と市川厚一は、ほかの研究者が二ヵ月ほどであきらめた実験を、二十二ヵ月継続して、世界初の人工がんを作ったんだ。君も自説に確信があるなら、あきらめずに実験を続けたまえ。

赤崎は朱川の言葉に励まされ、実験を継続した。

これまでの実験では、電磁波の照射は、垂直か水平の一方向だけだった。ほかの研究者たちの報告も同様だ。しかし、現実の電磁波は、あらゆる方向から飛び交っている。赤崎は理学部の知人に頼んで、垂直電磁界と水平電磁界の位相を、九〇度ずらして重ねる「回転電磁界」の曝露装置を作製してもらった。

これにより、より現実に近い形で電磁波が照射される。この装置を使った実験で、赤崎はようやくがんの凶悪化らしき現象を観察することに成功したのだ。

報告すると、朱川は我が事のように喜んでくれた。ちょうど、プロジェクトG４の開始直前で、朱川は政府から内々に、プロジェクトリーダーを打診されているときだった。がんの凶悪化のメカニズムが解明されれば、治療だけでなく、予防にも道が開ける。

――薬でがんが予防できるようになれば、プロジェクトG４は、内科グループの完全勝利も同然だ。がんが発生しなければ、手術はもちろん、ほかの治療もいっさい不要となるのだからな。

朱川は早くも勝利を手にしたように言い、抜け目なく動く小さな目を輝かせた。彼は赤崎の研究を内科グループのトップシークレットにし、決定的な論文が出せるまで、いっさい情報を洩《も》らさないようにと厳命した。

その後、赤崎は実験を繰り返し、より明確に凶悪化するがんを作り出す要件を模索したが、なかなか思うような結果は得られなかった。わずかな条件のちがいや、マウスの個体差の影響で、必ずしもクリアな結果が出ないのは仕方がない。だが、何かが欠けているのはたしかだった。そのミッシング・リンクを明らかにすれば、メカニズムは解明される。

とにかく、一匹でも明らかに凶悪化したがんを作り出すことだ。偶然であれ、何であれ、現物があれば、その存在は否定のしようがない。

そう思って実験に取り組んでいた赤崎が、今夜、ようやく完璧に凶悪化したがん〝キング〟を手にしたのだ。これで彼は、この研究分野で日本のトップに立ったと言ってよかった。

今までは予備実験で、次はマウスの数を増やして、電磁波を照射するグループと、照射しないグループを比較する本実験をはじめる。その過程で、ミッシング・リンクが何かを突き止めよう。本実験で有意差が出れば、論文にして、海外の有名雑誌に発表する。そうなれば、日本中がひっくり返るだろう。

赤崎は広がる空想に陶然となりながら、ふたたび顕微鏡をのぞき込んだ。接眼レンズの下で、見事に凶悪化したがん細胞がうごめいている。

日本広しといえど、今、凶悪化したがんを見てうっとりしているのは、自分くらいのものだろうと、赤崎は不穏な笑みを浮かべた。

2

京御大学放射線科の教授室では、毎月恒例の医局親睦《しんぼく》会が行われていた。

教授の青柳宏を中心に、総勢二十二人の医局員が集まって、ビールを飲むのである。親睦会といっても、実質は青柳の独演会に近い。

ビール好きの青柳は、教授室にビールサーバーをしつらえ、親睦会のために生ビールを樽《たる》で買っていた。ミュンヘンで手に入れたジョッキは、大ぶりな陶器製で、胴には天体図と、青柳の星座である蟹座《かにざ》のレリーフが施されている。

奥の執務席に座った青柳は、ジョッキを片手に医局員たちに厳かに語った。

「がんの治療は、放射線治療こそが最終解決である。我々は、その信念を失ってはならない」

医局員を睥睨《へいげい》する横顔には、いつものシニカルな表情ではなく、カルト集団の教祖のような不遜《ふそん》さが漲《みなぎ》っている。

「私が研究を進めているBNCT（ホウ素中性子捕捉《ほそく》療法）、および、手術に匹敵する効果のある粒子線治療。この二つは、がんの病巣を一〇〇パーセント消滅させられる。しかも、副作用はゼロに近い！」

手前の右には准教授の龍田公造《たつたこうぞう》、左には筆頭講師の梅川隆二《うめかわりゅうじ》が控えている。そのほかの医局員は、ソファや持ち込んだパイプ椅子に座って青柳の言葉に耳を傾けている。

「しかるに日本では、放射線治療の認知度がきわめて低い。たとえば、子宮頸《けい》がんの第二期では、患者の八〇パーセントに手術が行われ、放射線治療は二〇パーセントにとどまる。欧米では逆に、八〇パーセントが放射線治療だ。日本には放射線をことさら忌避する風土がある。それはなぜか。日本が被爆国だからだ！」

うっ屈した青柳の目元を垂れた前髪が覆う。のどを鳴らしてビールを飲むと、医局員たちもそれに合わせるようにグラスを傾ける。酔いがまわると、青柳の言葉づかいが荒れる。

「だいたい外科医どもは、手術で臓器を切りすぎて多くの患者を死なせ、生き残った患者にも合併症で不自由な生活を強い、挙げ句の果てに、再発したら内科に任せて知らん顔だ。たまたま死なずにすんだ患者もいるが、手術のおかげで助かったという保証はどこにもない。竣世大学の岸上は、手術で治った患者はすべて『偽がん』だから、手術しなくても死ななかったと言っている。珍説だが、実に痛快だ！」

青柳は顔を上げ、皮肉な笑みを浮かべる。医局員たちも一様にうなずく。攻撃の矛先は内科医にも向かった。

「内科医どもは、焦《あせ》りを隠すのに必死だ。ヤツらは効かない抗がん剤を効くように見せかけるため、データの取り方を操作し、結果をごまかし、都合の悪い症例を無視している。研究医の風上にもおけない連中だ」

三白眼の目が前髪越しに怪しく瞬き、次の獲物をあげつらう。

「免疫療法に至っては、海のものとも、山のものともつかない机上の空論で、がん治療の一翼と見なすことさえ片腹痛い。ちまたの開業医がやっている『免疫細胞療法』を見ろ。まったく効果もないのに、末期がん患者の弱みにつけ込んで、自由診療で高額な治療費を貪《むさぼ》っている。彼らは悪辣《あくらつ》な詐欺師だ。犯罪者にも等しい。がんの治療で、真に効果が期待できるのは、唯一、放射線治療だけだ」

青柳は拳《こぶし》を握って机を叩《たた》く。そして預言者のように言葉を紡《つむ》ぐ。

「我々放射線科医は、日本人の放射線アレルギーを払拭《ふっしょく》し、理想的な放射線治療を広めなければならない。我々は長らく内科医や外科医の横暴に虐げられ、ただの検査屋のように扱われてきた。しかし、これからは放射線科が診断と治療の両面で、主役となる時代が来るのだ。そうだろう。龍田」

青柳の下問を受けたイエスマンの准教授は、医局員を代表するかのように大きくうなずいて言った。

「おっしゃる通りでございます。がんの診療において、有効な展開が期待できるのは、放射線科しかあり得ません」

龍田は医師としての能力は凡庸だが、経済に強く、医療機器メーカーにも太いパイプを持つ。だから、青柳は彼を有能な金庫番として准教授に据えたのだ。

「梅川はどうだ」

講師の梅川は、冷酷な策士で、骨折のレントゲン撮影でも、平気で患者が痛がる姿勢を強要する。人の痛みに共感しないサイコパス的人格だが、優秀でインテリジェンス活動にも長《た》け、各種学会や他大学の情報にも通じている。

梅川は背筋を伸ばし、伏し目がちに答えた。

「放射線治療ががんの最適化治療に決定されれば、内科医も外科医も、単に患者を集めてくるだけの営業マンに成り下がるでしょう」

「その通りだ」

青柳は満足そうにうなずき、ビールを飲み干した。すかさず、若い医局員がジョッキを受け取り、サーバーから新たに注ぐ。その軽やかな身のこなしを見て、青柳は自らの若かりし日のことを思う。

彼は子どものころからチームプレイが嫌いだった。野球でもサッカーでも、自分のミスでチームに迷惑をかけるのはいやだったし、他人のミスで負けるのはもっといやだった。音楽でも、下手なプレイヤーのいるセッションでは乗れない。みんなで力を合わせてなどという集まりには、いつも嘘くささを感じていた。優秀な人間が圧倒的な努力をして、最高のレベルを達成する。それが青柳の理想だった。

医学生になってからも、青柳はすべてを冷笑する皮肉屋に終始した。医学に対しても同様だ。基礎医学はまだしも、内科や外科の臨床医学を学ぶと、その無力さを痛感せざるを得なかった。治らないがんは治らないし、副作用や合併症を考えると、手術も抗がん剤も、やる意味があるのかと首をひねらざるを得なかった。それでいて、内科医も外科医も、治るがんだけ治してふんぞり返っている。馬鹿馬鹿しいと彼は内心で軽蔑《けいべつ》していた。

「青柳先生。どうぞ」

「うむ」

お気に入りのジョッキに満たされたビールを受け取ると、青柳は一口飲んで、手の甲で唇を拭《ぬぐ》った。

「諸君。プロジェクトG4は、内科や外科に引導を渡す絶好のチャンスだ。巨額の予算を放射線科で独占して、日本を放射線治療の先進国に押し上げなければならない。プロジェクトG4で勝利を収めるためには、世間があっと驚く新機軸が必要だ。私自身は、BNCTと粒子線治療の二本柱で進めるのがよいと考えている。龍田の意見はどうだ」

龍田は少し考えてから答えた。

「粒子線治療は効果も高く、副作用も少ない点で優れています。ですが、施設の建設には広大な敷地が必要です。さらに莫大《ばくだい》な建設資金と、維持費も問題となるでしょう。プロジェクトG4で予算が取れれば、成果も挙げられるでしょうが、成果を挙げないと予算が取れないとなると、やや苦しいかと」

「ふむ。BNCTのほうはどうだ、梅川」

「こちらは理論的に斬新《ざんしん》ですし、完成すれば勝利はまちがいないでしょう。ですが、中性子を取り出せる原子炉が限られていますし、技術的な開発の余地もまだあるかと」

「そうだな。先日のシンポジウムでも議論されたが、これからのがん治療は、がん幹細胞への攻撃が主眼となるだろう。そのためにも、ホウ素の取り込み法を早急に開発する必要がある。ほかに何かあるか」

青柳が医局員を見渡すと、若手の講師が遠慮がちに発言した。

「最近、がんの凶悪化について、検査による被曝が原因ではという噂が流れております。これについてはいかがされますか」

「馬鹿な。放射線ががんの凶悪化を引き起こすなど、あり得ないことだ」

思いがけない怒声に、医局員たちは身を強《こわ》ばらせる。青柳にとっては、放射線によるがんの凶悪化はもっとも神経に障る話題だった。

龍田が場を取りなすために、発言者をたしなめる。

「それは2ちゃんねるとかツイッターの情報だろう。何の根拠もない風評にすぎんよ」

「いや、そうともかぎりませんよ」

情報通の梅川が声を低めた。「一般向けの医科学雑誌にも、似たような記事が出ています。これを週刊誌やテレビが取り上げたら、無知な世間はすぐに信じ込むでしょう。そうなれば、ますます日本人の放射線アレルギーは強くなります」

冷徹な梅川の意見に、青柳も感情を鎮める。

「早急に対策を講じる必要があるな。メディア戦略は梅川、君がやってくれ」

「承知いたしました」

青柳は梅川に指示を下したあと、ふたたび医局員を見渡して言った。

「我々の立場は決して楽観できるものではない。しかし、放射線グループはほかの三グループに比べ、圧倒的優位に立っている。外科と内科は幹の朽《く》ちた〝陽だまりの樹〟だ。免疫療法科は夢物語を弄《もてあそ》んでいる山師の巣窟《そうくつ》だ。我々放射線科の前には、広大な新天地が拓《ひら》けている。畏《おそ》れることはない。世間があっと驚くような手法で、がんの最適化治療を確立するのだ。そして、病院で我が物顔に振る舞っている内科や外科の馬鹿どもを、我々の足下にひれ伏させてやるのだ！」

　青柳の言葉に、医局員たちが熱気をたぎらせる。

だれもが無言でビールを飲んだ。青柳自身も、自らの言葉に鼓舞されつつ、がんを意味する蟹座《キャンサー》のレリーフのついたジョッキを飲み干した。

3

「……ペプチドワクチン療法では、この論文にある通り、ヒト型の肝臓がんを作ったマウスにおいて、有意に腫瘍の縮小効果が見られます。キラーT細胞《セル》の誘導も、対照群に比べて、約十六倍に増えています。臨床応用の問題点としては、GPC3を載せるHLA分子の有無、リンパ球におけるキラーT細胞の誘導率などが考えられます」

　慶陵大学の免疫療法科の准教授である秋吉典彦《あきよしのりひこ》は、カンファレンスルームの教卓で一礼し、英語論文の抄読《しょうどく》を終えた。抄読とは、論文などを要約して説明することである。

「みなさん、今の論文にもあった通り、『グリピカン－3』は、肝臓がんに特異性のあるペプチドです。人工的に合成したGPC3ペプチドワクチンを注射することにより、キラーT細胞が活性化し、がんを攻撃して壊死《えし》に陥らせます。免疫療法のうち、GPC3のようながん抗原を使って自然免疫を活性化させる方法は、国際的にも有望視されています」

白江真佐子は、教卓横の席から穏やかな口調で、医局員たちに語りかけた。抄読会に参加している医局員は総勢十八人。その半数近くが女性医師である。

白江は静かに続ける。

「がんの免疫療法では、ペプチドワクチン以外にも、患者自身のリンパ球や、樹状《じゆじよう》細胞を培養して、体内にもどす『テーラーメイド型』のがんワクチンや、iPS細胞でキラーT細胞を若返らせる再生治療など、さまざまな治療法が開発されつつあります」

医局員たちがうなずき、白江は満足そうに微笑む。

「内科や外科、放射線科は伝統はありますが、古い科です。わたくしたちの免疫療法科は、新しく出発したのですから、可能性という意味ではもっとも有利な立場にあります。これまでの治療は、どの科もがんを攻撃するものばかりでした。それは武力に訴える戦争のようなものです。同じたとえで言うなら、免疫療法は外交戦略です。もともと生体に備わったシステムを利用するのですから、副作用はほとんどありません。もっとも賢明で、自然の理に適《かな》った治療法と言えるでしょう」

最前列で聴いていた筆頭講師の西井圭子《にしいけいこ》が、憧《あこが》れと信服の目で白江を見つめた。彼女は白江が慶陵大学にもどるときに、東京医科学センターから引き抜いた子飼いのスタッフである。白江の説明に感動したように発言する。

「免疫療法は、いわばがんに対する平和的解決なのですね。プロジェクトG4でも、副作用がないのは、我々の免疫療法グループだけですものね」

「そうです。他科の治療は、いずれも治療効果を強めれば、健康な組織も被害を蒙《こうむ》ります。これは彼らにとって、永遠のジレンマと言っていいでしょう」

医局員たちが賛同の眼差《まなざ》しを送る中、秋吉だけは論文のコピーに目を落として顔を上げない。白江はそれを横目で見ながら、ほかの医局員たちに語りかけた。

「副作用がないという点で、わたくしたち免疫療法グループは、アドバンテージを得ています。しかし、油断はできません。これまで有効性を示すエビデンスが十分でなかったために、ともすれば、免疫療法は〝異端〟であるとか、〝夢物語〟だなどという誹《そし》りを受けてきました。特に問題なのは、ちまたのクリニックが自由診療で行っている『免疫細胞療法』です。これは患者の免疫細胞を培養し、数を増やして患者の体内にもどすというものですが、一見、理に適っているようで、大きな欠落があります。いくら免疫細胞を増やしても、がんを〝異物〟と判断しなければ、免疫機能は働きません。免疫細胞にがん細胞を識別させるという肝心要《かなめ》のステップを無視しているのですから、効果が出るはずもありません」

白江の声が徐々に熱を帯びる。

「にもかかわらず、悪徳クリニックはがん患者の窮状につけ込み、高額な治療費を請求しています。医学的な根拠に基づいて研究をしている治療が、なかなか保険適用されない一方で、自由診療にさえすれば、まやかしの治療がすぐにも導入できる。これは日本独特の不合理な状況です。アメリカでは考えられません」

「アメリカではどんな体制なのですか」

西井が医局員を代表するように訊《たず》ねた。

「わたくしが在籍していたジョンズ・ホプキンス大学では、研究医と病院と治療を認可するＦＤＡ（食品医薬品局）の三者が、緊密に連携し合って、適正な医療を一日も早く患者に提供できるように協力していました。その一方で、怪しげな民間療法に対しては、厳しい取り締まりがあります。民間の保険会社も目を光らせていますし、被害が出れば、裁判になることも珍しくありません」

西井がさらに聞いた。

「今、秋吉先生が抄読した論文も、ジョンズ・ホプキンス大学から出ていますね。著者は Takashi Omichi M.D. となっていますが、日本人でしょうか」

「そうよ。大道孝志《おおみちたかし》先生は、若いけれど優秀な免疫学者です」

白江の脳裏に密《ひそ》やかな思いがよみがえる。といっても色恋沙汰《ざた》ではない。大道は白江がプロジェクトＧ４の発足を見越して日本にもどるとき、研究の一部を託してきたシニア研究員である。

白江は彼の論文を取り上げた秋吉に聞いた。

「秋吉先生は、大道先生と学会かどこかで面識があるのかしら」

「いえ」

「じゃあ、たまたま抄読に選んだというわけね。さすがに目が高いわ」

ことさら明るい口調で持ち上げるが、秋吉は愛想笑いも浮かべない。医局員たちは、教授と准教授の不仲に困惑と不安を漂わせている。

慶陵大の免疫療法科は、六年前に新設されたばかりで、一昨年に白江が赴任するまで教授なしの医局だった。トップは准教授の秋吉だったが、当時、四十歳の彼は年齢的に教授になれずにいた。あと数年で教授に昇進すると思っていたところに、理事長のトップダウン決裁で、白江が落下傘教授として着任したのだ。当然、秋吉はおもしろくない。表面上は白江に恭順を示しているが、いつ裏切るともしれない。それがどんな形をとるにせよ、医局の中枢にいる彼の背信は、重大な危機となり得る。男の嫉妬《しっと》ほど怖いものはないというのは、白江がアメリカでいやというほど学んだことだった。

白江はもともと慶陵大の医学部を卒業したあと、小児科の医局に入った。関連病院での研修を終え、小児がんの免疫療法で博士号を取得したあと、二年間の予定でジョンズ・ホプキンス大学に留学した。そこでレジデントとして実績を挙げ、研究員として残ることを勧められた。所属していた小児科医局の教授は、白江の活躍を喜び、滞在の延長を認めてくれた。そのまま十年が過ぎ、アシスタント・プロフェッサーになる直前、同じジョンズ・ホプキンス大学で国際経済学を研究していた日本人男性と結婚した。ところが、夫は彼女が仕事に没頭することを喜ばず、さらに研究面で実績を挙げると、嫉妬から不倫に走った。そして、離婚。男はもう懲り懲りというのが、白江の偽らざる気持だった。

彼女が人並み以上に化粧に気を配るのは、自分のプライドのためである。女性の文武両道は、学問と身だしなみだと思っている。家庭を維持できなかった負い目から、白江にはアカデミズムでトップを取るという密かな野心があった。

「秋吉先生ほど見る目が高ければ、どこの医局に行っても大丈夫ね」

ふたたび持ち上げると、秋吉の眉《まゆ》がわずかに動いた。脈ありだ。先日、白江は秋吉を教授室に呼び、内々の話を持ちかけた。プロジェクトG4で免疫療法グループがトップを取れば、秋吉には教授として、東帝大に行ってもらいたいと言ったのだ。

秋吉は信じられないといった面持ちだった。当然だろう。日本の最高峰である東帝大の医学部に、他大学出身の教授が就任することは、口で言うほど簡単ではない。しかし、白江はアメリカでの例を出して秋吉を説得した。競争の激しいアメリカでは、大学のレベルを維持するために、出身大学はもちろん、国籍にさえこだわらずに優秀な人材を教授として招聘《しょうへい》している。

――東帝大の栗山《くりやま》教授は、アメリカから誘いがあるようだから、その後任になってほしいの。

白江は熱意を込めて話したが、秋吉は半信半疑の仏頂面を変えなかった。しかし、今の反応を見れば、心は動きつつあるようだ。それなら時間をかけて言い含めればいい。

白江は自分の気持を奮い立たせるように、改まった調子で言った。

「みなさん。がんの患者さんは一日も早い新しい治療を待ち望んでいます。特にメディアでかまびすしく報じられている凶悪化したがんには、早急な対策が必要です。政府は免疫療法に大きな期待を寄せています。先日、内閣府で、我々の大規模なランダム化比較試験が、スーパー特区に採択されたことでもそれは明らかです」

ランダム化比較試験とは、多くの患者を無作為に分け、新治療と対照群を比較して、効果を判定するものだ。スーパー特区は、厚労省の提唱で創設されたもので、正式名は「先端医療開発特区」という。

「まだ公表はしていませんが、わたくしがアメリカから持ち帰った新しい免疫療法が、間もなく治験段階を迎えます。これはあらゆるがん細胞に共通する物質をターゲットにした治療法です。いわば『超免疫療法』です」

突然の発表に、医局員たちがざわめく。秋吉も顔を上げて白江を見やる。白江は興奮を抑えかねるように声を高めた。

「この新療法は、ペプチドワクチンだけでなく、薬品処理をしたウイルスのエンベロープ（外側の膜）を併用するものです。これにより、免疫活性が強まり、がん細胞を効率よく壊死に導くことができます。副作用はほとんどありません。あらゆる病期のがんに使えますし、手術不能の進行がんにも使えます。身体にメスを入れることも、副作用の強い抗がん剤を使うことも、放射線を浴びることもない理想的な治療です。まもなく、みなさんにも手伝っていただいて、治験に参加してくれる患者さんを募り、大規模なランダム化比較試験をはじめる予定です。名称は、『J《ジェイ》-WHITE《ホワイト》』にしようと思っています」

白江は前に出て、ホワイトボードに流麗な文字を書いた。

『Japan Working groups of Hyper Immune Therapy Examination（日本超免疫療法治験作業部会）』

大文字のイニシャル、J・W・H・I・T・Eにアンダーラインを引く。医局員たちの戸惑いは、瞬時に期待に変わった。自らの名前にちなむ略称は、白江の自負と意気込みを表すのにちがいないからだ。

「『J-WHITE』は、プロジェクトG4初の治験として、注目を集めるでしょう。ほかのグループは抜け駆けと批判するかもしれませんが、それは治験の準備を怠った彼らの落ち度です。免疫療法は、まちがいなくがんの最適化治療に選定されるでしょう」

「すばらしいです」

西井が立ち上がって拍手した。ほかの医局員たちもそれに続く。秋吉もわずかに遅れて、拍手に加わった。

これで安心して、ランダム化比較試験が開始できる。白江は視界の隅に秋吉を捉《とら》えながら、にこやかにうなずいた。

4

荻島俊哉の仕事場は、品川《しながわ》区大井《おおい》にある古びたマンションの三階にあった。何の変哲もない1DKで、出迎えてくれた荻島も、チノパンにポロシャツという飾り気のない服装だった。さすがは庶民派ジャーナリストを自任するだけのことはある。

「やあ、ようこそ。散らかってるけど、そこに座って」

ステンレスパイプのソファを勧められた矢島塔子は、恐縮しながら腰を下ろした。

医療科学部長の松崎に、荻島への取材を勧められたとき、彼女はどんなことを聞けばいいのかと迷った。これまでの取材で、プロジェクトG4に、がん治療の四グループによる覇権争いの側面があることは明らかだった。それは患者には何のメリットもない。ほんとうにがんの撲滅を目指すなら、四グループが協力し合うことが不可欠なはずだ。矢島塔子は、悩ましい思いで荻島を訪ねたのだった。

荻島はもともと読日《よみにち》新聞の出身で、「読日ウィーク」の編集長を経てフリーとなり、今は夜の報道番組「メディア23」のメインキャスターを務めている。豊富な知識、公平な目線、常に弱者の側に立つ正義感から、言論人としての評価も高い。六十二歳にしては身体つきも若々しく、女性ファンも多い。もちろん、矢島塔子が惹《ひ》かれるのは外見ではないが、改めて向き合うと、魅力的な男性であるにはちがいなかった。

矢島塔子は肩に力が入るのを意識しながら訴えた。

「わたしは事実を伝えることで、徐々にではあっても、報道が世の中をより望ましい方向に動かせると思っているんです。プロジェクトＧ４についても、無闇に医療者たちを批判するだけではだめだと思います」

「そうだろうな。批判は相手を頑《かたく》なにするだけだから」

「専門知識では医療者にかないませんが、新聞記者として、専門家が気づかない世間の感覚や、患者の思いを伝えられると思います。いわば橋渡しの役割です。世間には専門家の知識を伝え、専門家には世間の気持を伝える、みたいな」

「そのためには、専門家と敵対しちゃだめだな」

「でも、批判的な目は必要ですよね」

荻島は矢島塔子の突っかかるような反論に、微苦笑を浮かべてソファにもたれた。

「批判的な姿勢は大事だけれど、その前にきちんと勉強しなくちゃな。たとえば、この前、矢島さんがおかしいと言ってたがんの五年生存率だけど、あれから調べてみたかい」

「あ、……いえ」

忙しさにかまけて、うっかりそのままにしていた。

「僕は気になったから調べてみたんだ。たしかに五年生存率は、再発した患者も生存者にカウントしている。でもね、逆に、がん以外の病気や事故で亡くなった人が、がんで亡くなった患者と同じく死亡者にカウントされる場合もある。そういう意味では、必ずしも医療者がずるいわけではないだろう」

それならきちんと判別すればいいのではないか。反射的にそう思ったが、荻島は彼女の反論を封じるように続けた。

「通常、五年生存率のもとになるのは、『全生存期間』といって、調査対象の患者がどれだけ生きたかという数字だ。再発の有無にかかわらず、生きてさえいれば生存者にカウントされる。これに対して、再発もほかの病気もない『無病生存期間』とか、がんは再発しているけれど、進行せずに安定している『無増悪生存期間』、あるいはがんの再発がない『無再発生存期間』なんていうのもある。五年生存率の起算日時も、診断がついた日、治療の開始日、手術終了後から計算する場合もある。さらには再発なしと診断されても、それは目に見える再発がないというだけで、細胞レベルでは、がんが存在するかもしれない。それを『無再発生存期間』に入れたらおかしなことになるだろう」

「たしかに」

矢島塔子は反論の余地もなくうなずく。

「僕が言いたいのは、要するに、医学の世界は我々が考える以上に複雑で、簡単に答えが出ないということだ。だから、専門家ならわかっているはずだとか、きちんとしたデータがあるはずだとか、そういう批判的な目は、あまり感心しないということだよ」

前のめりになりすぎると、批判的態度も過剰な要求になってしまうということか。公平な報道のためには、厳に慎まなければならないことだと、矢島塔子は自戒する。だが、その一方で、専門家に配慮しすぎる報道姿勢も問題だろう。患者目線を離れた報道は、世間に伝わりにくい。

矢島塔子は、用意していた質問をぶつけた。

「少し前ですが、がん患者と医療者の意識調査で、興味深いアンケートがあったのをご存じですか。『望ましい死を迎えるために、最後まで病気を治療しますか』という問いで、がん患者の八割がイエスと答えたのに対し、医療者は八割がノーと答えたんです」

「ああ、東帝大病院の調査だね」

「これを見ただけでも、患者と医師の間には、大きな意識の隔たりがあることがわかります。患者の多くは、治療はよいことだと思っているのに対し、医療者は治療はやりすぎるのはよくないと考えているわけでしょう」

荻島はじっと聞いていたが、やがて冷静な識者の目になって、ロマンスグレーの長髪を掻《か》き上げた。

「あのアンケートは、患者と医療者が真逆の答えだったから、メディアでもよく取り上げられたけれど、僕は必ずしも正確ではないと思うよ」

「どうしてですか」

「だって、あのアンケートに答えた医療者は、がんじゃないだろう」

「あ、なるほど」

その指摘はすとんと腑《ふ》に落ちた。つまり、医療者もがんになれば、悠然と治療せずにいられるかどうかわからないということだ。

「だから、あまりわかりやすいデータは、信用しないほうがいいと思うよ」

「ほんとうですね」

わずかな時間だが、教えられることばかりだ。矢島塔子はついでにもうひとつ質問した。

「荻島さんは、竣世大学の岸上先生をご存じでしょう。『真がん・偽がん説』の提唱者の」

「知ってるよ。この前のシンポジウムにも、飛び入りで参加したって新聞に出ていたね」

「そうです。彼の説はどう思われますか」

荻島は厄介なことを聞くなとばかりに、苦笑半分で目尻《めじり》にしわを寄せた。

「そうだねぇ。おもしろい仮説だけれど、肯定も否定もしにくいんだよね。『真がん』と『偽がん』の見極めは、結果がすべてだろう。つまり、患者が死ねば『真がん』、死ななければ『偽がん』というんだから、そこはちょっと説得力に欠けるな」

「事前に診断できなければ意味ないですよね。治療方針が決められないんだから」

「気になるんなら、直接、岸上さんに取材してみたらどうだ。僕も興味があるから、結果を教えてよ」

「はい。そうします」

矢島塔子は、新たな課題を与えられた緊張と、これでまた荻島に会えるという喜びを、密かに胸にしまった。

5

雪野光一は疲れを意識の外に追い出すような早足で、エレベーターホールを横切り、五階の自宅の扉を開けた。

「ただいま」

「あら、今日は早いじゃない」

妻の紘子《ひろこ》が笑顔で出迎える。早いといっても午後九時過ぎだ。

「研究室で北沢君の実験ファイルを読んでたんだけど、どうにも頭に入らなくてね」

雪野は靴脱ぎで、鞄《かばん》を紘子に渡す。

「亮太《りょうた》は起きてる？」

「残念でした。さっき寝たとこよ」

ため息とともに疲れが倍ほどに感じられる。もうすぐ四歳になる息子と言葉を交わすだけでも、気分が晴れると思っていたのに。

寝室代わりの和室の襖《ふすま》を開け、息子の寝顔を見る。どうせ夜を無駄にするなら、もう少し早く帰ればよかった。

「夕飯はどうする。簡単なものなら作れるけど」

「ああ、頼む」

いつも帰りの遅い雪野は、休みの日以外、家で夕食をとることはめったにない。洗面所でうがいをして、キッチンをのぞくと、紘子は手早くポークピカタと味噌汁《みそしる》を作っていた。その後ろ姿に、ふと安らぎを感じる。今さらながらの感慨だが、家庭があるのはありがたいことだ。

紘子とは結婚して八年が過ぎた。知り合ったのは医学生のときで、阪都大の大学祭の最終日だった。雪野は友人たちと赤血球を見せるブースを開いていた。客に安全ピンで指を刺してもらい、わずかな血液をプレパラートに載せて、顕微鏡で見せるのだ。神戸の女子大生だった紘子は、興味津々のようすで友だちと参加したが、彼女の赤血球をモニターに映し出すと、半分ほどに金平糖のような棘《とげ》がついていた。

――何、これ？

驚く紘子に、雪野たち医学生もすぐには答えられなかった。

――鎌状《かまじよう》貧血じゃないか。

――いや、リンパ性の白血病かも。

うろ覚えの知識で言い合っていると、紘子が真っ青になってその場にしゃがみ込んだ。

——すみません。あとできちんと調べて返事しますから。

そう言って、メールアドレスを教えてもらった。結局、赤血球の棘は、紘子が血を採るのが早すぎたため、赤血球が変形したのだと判明した。おどかしたお詫《わ》びに、雪野が食事に誘って交際がはじまった。

雪野は大学を卒業したあと、一年間、大学病院で研修し、翌年、消化器外科の大学院に進んだ。紘子は商社に就職し、ＯＬになった。多忙な雪野はなかなかデートの時間が取れなかったが、紘子は文句を言わなかった。そして三十歳のとき、博士号を取得したのを機に結婚したのだった。

「はい。できたわよ」

味噌汁の湯気が鼻をくすぐる。ピカタには千切りキャベツとミニトマトが添えてある。

「平日に家でメシを喰《く》うなんて久しぶりだな」

紘子はお茶をいれて、向かいに座った。

「北沢先生の研究って、なんとかリンパ節でしょ」

「センチネル・リンパ節」

「あなたがやってたがん遺伝子の研究と、ぜんぜんちがうじゃない。ひどいよね。あなたの研究のほうが、大発見の見込みがあったんでしょう」

大発見という言葉に、雪野は軽く失笑する。

「まあ、そうだけど、僕の研究も必ずしもいい結果が出るとはかぎらないからね。研究には運が必要なんだ」

雪野は自分自身に言い聞かせる。どの研究医も幸運の女神が微笑んでくれるのを待っている。そういう意味では、今回は女神に背を向けられたのかもしれない。

――おまえは運がいいから、案外、出会い頭みたいに見つかるんじゃないか。

G４幹事会のあとで飲んだときに、赤崎が言った言葉を思い出した。どこに運があるんだ、と雪野は自嘲《じちょう》する。

「でも、あなたの研究、いいところまでいってたんでしょう」

「仕方ないよ。医局にいるかぎり、教授の方針には逆らえないんだから」

「そんな医局、やめちゃえば。わたしはいいわよ。あなたが大学病院の医者でなくなっても」

「簡単に言うなよ。大学をやめたら、どこで研究するんだ。同じ大学でも、プロジェクトG４で選ばれた四大学以外じゃ、研究費の桁《けた》がちがってくる。カネがあればいい研究ができるってわけじゃないけど、カネがなけりゃいい研究はできないんだから」

「ふーん、なんだか世知辛いわね」

「現実はそんなものさ」

雪野は皿に目を落とし、自分の研究を思い返す。がんに共通する増殖遺伝子をさがしはじめたのは四年半前だ。約五百種類のがん遺伝子から、最初の候補が見つかったのが二年前。それからいくつか小さな発見が続き、ようやく使えそうなものを四つリストアップした。そこに発現するタンパクを同定して、活性化を抑制する薬剤の探索にまで漕《こ》ぎ着けていた。

同じ分野の研究医は、アメリカやドイツにもいたが、自分が先頭を走っている自信はあった。だが、三カ月もすれば追いつかれるだろう。ボストンやフランクフルトの国際学会で出会った研究医たちの顔が思い浮かぶ。彼らはみんな、雪野に期待してくれていた。雪野も彼らにエールを送った。だれが最初にゴールしても、みんなで祝福しようというフェアな空気が流れていた。

それに引き替え、日本の医療界の偏狭さはどうだ。

思わず唇を嚙《か》むと、紘子の能天気な声が聞こえた。

「ねえ。医局に残ったまま、こっそりがん遺伝子の研究を続けるってのはどう」

「あのCIAみたいに陰湿な黒木准教授の目を盗んでかい」

「だって、もったいないじゃん」

気楽な女子大生のように口を尖《とが》らす。雪野は半ば投げやりに、それも一計かと頭の隅で考える。

「で、北沢先生のほうは大丈夫なの。わたし、奥さんも知ってるから同情しちゃうな」

紘子と北沢の妻は、医局のバーベキュー大会で二度ほど顔を合わせていた。年齢が近いので、お互い打ち解けたようだった。

北沢康彦は、四国の伊予《いよ》大学を卒業後、消化器外科の権威である玄田教授に師事したくて、阪都大の医局に入局した。しかし、他大学からの入局者は外様《とざま》扱いで、研修も大阪府北部のへんぴな病院に行かされた。研究のために大学にもどったときも、配属されたのは「止血研」という地味な研究室だった。それでも、北沢は持ち前の熱心さで研究を続け、がんが最初に転移するセンチネル・リンパ節の論文で注目された。翌年には助教の筆頭になり、研究室に個人スペースを与えられるまでになっていた。

北沢は手術の腕も悪くなかったが、どちらかといえば学究肌で、雪野はその点でも自分に共通するものを感じていた。

北沢の妻礼子《れいこ》は、松山《まつやま》市の出身で、北沢とはやはり学生時代からのつき合いだった。控えめな性格で、明るい紘子とは気が合ったようだ。

「今度、北沢先生が赴任する熊野川病院って、和歌山と奈良の県境にあるんでしょ。そんなところに行っちゃったら、もう研究も続けられないわよね」

「そうだな。惜しいと思うよ。彼なら世界に通用する研究医になれただろうに」

「ねえ、赤崎先生に相談してみたら。東帝大に拾ってもらうとか」

「無理言うなよ。あいつは人の世話をするようなタイプじゃないよ」

赤崎のことは紘子にも何度か話していた。

「でも、このごろよく連絡あるじゃない。電話とか」

「どうして知ってるの」

「あなたがお風呂《ふろ》に入ってるときとかにも、かかってくるんだもん」

そう言えば、最近、赤崎からの電話が増えた。メールですむような用件でも、電話をかけてきてあれこれ聞こうとする。プロジェクトG4に関わってから、黒木や玄田の動きが気になるようだった。

「あなたが研究テーマを変更させられたこと、赤崎先生は知ってるの」

「ああ、この前、話した」

「怒ってたでしょ。医局の横暴だって」

「いや、それほどでもないよ。どっちかと言うと、落胆したみたいだったな。僕の研究に何かを期待してたみたいで」

しかし、考えてみればおかしな話だった。常に外科グループを警戒するようなそぶりを見せていた彼が、なぜ自分の研究テーマを惜しがったのか。雪野は今さらながら、赤崎の反応に違和感を抱いた。

6

赤崎守は、十二畳の座敷で漆塗りの座卓に着き、だれもいない上座を見ていた。

新大阪駅からのタクシーの中で、早口にまくしたてた朱川の声がよみがえる。

——今日行くのは、堺筋本町《さかいすじほんまち》の古い料亭だ。大阪で学会があるとき、いつも神武《じんむ》製薬が接待してくれる店でな、船場《せんば》の老舗《しにせ》だから、むかしながらの大阪の味が楽しめるぞ。

あの早口と多弁は、緊張をまぎらわせるためだったにちがいない。朱川は店に上がったあと、いったんは座敷に通ったものの、落ち着かないのか、トイレに行ったきり帰ってこない。いつもなら同席する製薬会社の管理職もおらず、赤崎は一人、広い座敷でぽつねんと座っていた。

今日、迎えるのは、阪都大学の玄田壮一郎と黒木潤の二人だ。新幹線の中では、朱川がずっとしゃべり続けていたが、赤崎の心中は複雑だった。

まず驚いたのは、阪都大の黒木がよく朱川の招きに応じたなということだ。プロジェクトG4のシンポジウムで、朱川に四面楚歌《しめんそか》に追いやられた記憶は、そう簡単には薄れないはずだ。雪野にそれとなく聞いたところでは、黒木の怒りは激烈で、こうなったら外科と内科の全面戦争だと息巻いていたという。

それに、玄田も接待嫌いで有名で、こういう席にはめったに足を運ばないとのことだ。その二人がそろって来るのだから、よほど重大な用件なのだろう。

朱川が准教授の小南ではなく、自分を伴ったのも腑に落ちない。先方が教授と准教授なら、こちらも同じランクでなければ儀礼に反するのではないか。しかし、この前の赤坂の料亭以来、小南は医局でも完全に浮いた存在になっている。インテグリンの研究も頓挫《とんざ》したようだし、医局内では、小南は近々、関連病院に出されるか、あるいは開業するのではないかなどと、無責任な噂も流れていた。そうなれば、自分の准教授への昇進はまずまちがいない。

新大阪へ向かう車中で、朱川は赤崎に研究の進捗《しんちょく》を訊ねた。赤崎が先日の凶悪化がん細胞〝キング〟の発見以来、研究は順調だと告げると、朱川は短い眉を下げて喜んだ。だが赤崎は、「電磁波がん凶悪化説」には重要なミッシング・リンクがあることを、まだ朱川に伝えていなかった。

——研究データは洩れていないだろうな。

——それは、細心の注意を払っておりますから。

しかし、研究の概要はどうしても周囲には知られてしまう。マウスの世話をする実験助手もいるし、同じ形態研に実験スペースを持つ医局員もいる。赤崎の態度から、研究が大詰めに近づいていることは、おそらく気づかれているにちがいない。

座敷で思いを巡らせていると、ようやく朱川がもどってきた。

「いやあ、さすが大阪の料亭はちがうねぇ。踊り場にお多福《たふく》の人形が飾ってあった。東京ではあり得んよな。玄田さんたちはまだかな。もうそろそろ来るころだが」

座椅子にあぐらをかきながら、せわしなく腕時計を見る。赤崎が顎《あご》を引いて訊ねた。

「今日は私は何を心得ておけばよいのでしょうか」

「君は阪都大の雪野君と親しいんだろ。話をよく聞いて、彼を通じて先方の反応をフォローしてくれればいい」

やはり内密の話があるらしい。人払いしているのもそのせいだろう。

ほどなくして、玄田と黒木が到着した。朱川が素早く立ち上がり、出迎えに歩み寄る。

赤崎も遅れじと後ろに控える。

「これはこれは玄田先生。お忙しいところ、よく来てくださいました。ささ、どうぞ奥へ」

　玄田が黙って上座に座ると、朱川は黒木にも満面の笑みで声をかけた。

「黒木先生。いつぞやのシンポジウムでは、たいへん失礼をいたしました。さぞかし気分を害されたことでしょうな。いやあ、あのときは、ほんとうに申し訳なかった。とんだハプニングで、話がおかしなほうに逸《そ》れてしまって。ははは」

　自分で仕組んでおきながら、まるで偶発事のように言う白々しさだ。黒木は事前に言い含められているのか、硬い表情ながら玄田のとなりに腰を下ろした。

　飲み物と先付けが運ばれると、朱川が陽気に乾杯の音頭を取った。玄田と黒木は黙ってグラスを挙げる。朱川は一杯目のビールを飲み干すと、早々に日本酒に切り替え、酒と料理をほめ、前にこの店を使ったときの話をし、大阪の地名に蘊蓄《うんちく》を傾けて、まるで沈黙を恐れる芸人のようにしゃべり続けた。

　料理が中盤に差しかかったころ、朱川はようやくがんの治療に話を進めた。半ば酔ったように上体を揺らし、とぼけた調子で言う。

「いやいや、がんも転移さえ抑えられれば、脅威は大幅に薄れるんでしょうがなぁ」

　それに黒木が素早く応じる。

「転移が抑えられても、原発巣の問題は残るでしょう。機能障害や出血が問題になると、やはり切除が必要になる」

朱川の顔に一瞬、罠《わな》にかかった獲物を見るようなほくそ笑みが浮かぶ。赤崎はそれを見逃さなかった。ひと呼吸置いてから、朱川が弾《はじ》かれたように笑い声をあげる。

「ははっ、たしかにおっしゃる通りです。がんの治療に手術は欠かせません。それは私も認めるにやぶさかではありませんよ。でもね、手術ですべてのがんが治せるわけでもないでしょう」

語尾を上げ、上座の二人に真顔で言う。眼鏡の奥で玄田の半眼がわずかに開く。

「いやいや、私は何も手術にケチをつけているわけじゃありませんよ。早期のがんなら、手術で完全に治せるでしょう。それは認めます。しかし、がんが全身に散らばってしまうと、手術ではどうしようもない。そうでしょう。特に昨今の凶悪化したがんは、早期で見つかっても、あっという間に転移する。そうなると、抗がん剤の出番です。つまり、がんの治療に関しては、手術も抗がん剤も、五分五分だということですな」

「いや、それはちがうでしょう」

黒木がすかさず反駁《はんばく》した。「今、おっしゃったように、早期がんなら手術で治せますからね。抗がん剤では、早期のがんも治らんでしょう」

「ほほっ、これは手厳しい。たしかに抗がん剤ではがんは治りません。しかし、手術とて、がんを治しているわけではない。見える部分を取り除いているだけです。細胞レベルでは見えないがんもあり得ますからな。しかも臓器を失うという代償を払って。がんという病気は、根本的に治らない病気です。我々は、まずその事実を謙虚に受け入れるべきではありませんか。しかし、何も病気を治すことだけが医療ではない。延命治療も立派な医療です。人はいずれ死ぬのですからな。そう考えれば、あらゆる治療は延命治療だと言っても過言ではない。そうでしょう、ちがいますか」

朱川が玄田に視線を据える。玄田は箸《はし》を止め、半眼の奥に鋭い光を宿している。しばしの沈黙のあと、厳かに問い返した。

「何がおっしゃりたいんです」

「玄田先生ならもうお察しでしょう。治療の棲《す》み分けをしようって話です。早期がんは手術で取り除く。進行がんは抗がん剤で延命効果を図る。これですっきりお互いの領分を侵さず治療ができるでしょう。両科の存在意義も十分に維持できます。いかがです」

黒木が玄田の反応をうかがう。玄田は痰《たん》の絡んだ声で応《こた》える。

「それでは、これまでの医療と変わらんと思うがね」

「そうです。がんの治療は、手術と抗がん剤が中心でした。患者の立場からしても、がんを取り除く手術か、がんを抑える抗がん剤が、治療として安心できます。目に見えない放射線や、理屈だけの免疫療法より、よほど信頼されている。プロジェクトG4も、今後は伝統ある外科と内科が中心となって進めていく。今日はそれを相互確認したかったのです。いかがです」

朱川は密約を持ちかける政治家のような目で、玄田と黒木を見た。赤崎は意外な思いでことの成り行きを見守った。あれほど外科を敵視していた朱川が、なぜ急に宥和《ゆうわ》策に転じたのか。

黒木は詮索《せんさく》するように朱川を見つめ、玄田に何やら耳打ちをした。玄田がうなずき、黒木も一礼して朱川に向き直る。

「つまり、これからは内科と外科で、プロジェクトG４の主導的立場を共有しようということですか」

「そうですそうです。いわば、同盟関係ですな」

黒木が疑わしげに朱川に視線を据え、わずかな間を置いて低く言った。

「もしかして、放射線グループか免疫療法グループに、動きでもありましたか」

「ほう、さすがは黒木先生。勘が鋭い」

感心するように手を打ったあと、朱川は背中を丸くして声を落とした。

「実は免疫療法グループに関する情報がね。近々、大規模なランダム化比較試験をはじめるそうです」

その話は赤崎も内々に聞かされていた。白江たちのグループが、新しいペプチドワクチンと、薬品処理をしたウイルスを使った新治療で、大規模な治験をはじめるというのだ。

「がんに共通するタンパクをターゲットにした治療法で、完成すれば、そうとう有力な治療法になるらしいです」

「まさか」

黒木が鼻で嗤《わら》い、その直後、思い直したように言う。「その情報はどこから」

「いや、それはちょっとご勘弁を。しかし、たしかな筋からの情報です」

情報源はおそらく、ランダム化比較試験を認可する厚労省の関係者だろう。朱川は官僚にも密かな人脈を持っている。

「それが事実なら、座視するわけにはいきませんな」

「その通り。白江さんはこのランダム化比較試験に、『J‐WHITE』なんてスカした名前をつけているそうです。これが成功すれば、プロジェクトG4の流れは一気に免疫療法グループに傾くでしょう。そんなことになれば、これまで長い間、がん治療の歴史でともに苦労を重ねてきた外科と内科が、新参者の免疫療法に駆逐《くちく》されることになりかねない。白江さんは上品に構え、ことあるごとに各グループの協調を口にしながら、ウラでは自グループの抜け駆けを画策してるんだから。とんだ牝狸《めだぬき》ですよ」

「政界にも働きかけてるんでしょうな」

「もちろんです。でなければ、スーパー特区に採択されたりしませんよ」

「スーパー特区に？　それは捨ておけない。免疫療法には玄田先生も懐疑的です。なんとか手を打たなければなりませんな」

「その通り。ですが、白江さんのところとうちは同じ都内ですから、我々としては動きづらいところがありましてね。それで、阪都大の外科グループの強大な力をお借りできないかと思った次第なのです」

朱川は寄せた眉に媚《こ》びと狡猾《こうかつ》さを滲《にじ》ませ、上席の二人を交互に見た。黒木は思いを巡らせるように目線を泳がせていたが、やがて胸の内で算段をつけたように、「わかりました」とうなずいた。朱川が満面の笑みで相手に酒を注ぐ。

「よろしくお願いしますよ、黒木先生。こちらからも随時、情報を提供させていただきますので」

朱川は赤崎にも酒を酌するよう促す。黒木が朱川から目を離さず言う。

「ときに、青柳さんのところはどうなんです。こちらは対策を講じなくてもいいんですか」

「放射線科？　あんなものは、へへっ、心配ないですよ。予算がつけば別ですがね。青柳さんのBNCTには、原子炉がいるんですよ。粒子線療法だって、直径六十メートルからの加速器が必要だし。おいそれと広まるわけないじゃないですか」

朱川は放射線グループなど端《はな》から相手にしていないようすだった。

「それじゃ、もう一度乾杯しましょう。外科と内科の共存共栄を祝して、乾杯！」

朱川が威勢よく杯を持ち上げる。赤崎もそれに倣《なら》うが、玄田と黒木の乾杯は形だけだった。それには構わず、朱川が宣言するように言う。

「これで我々も利益共同体になったも同然ですな。患者のためにもいいことですよ。がんの治療は、やはり内科と外科の二本柱に限ります。これからは互いに尊重、不可侵で協力していきましょう」

朱川は独りよがりの笑みを振りまきながら杯を飲み干した。赤崎はボスに酒を注ぎながら、その真意を汲《く》み取ることに意識を集中した。目の前のやり取りが、まるで高校の世界史で習ったヒトラーとスターリンの独ソ不可侵条約のように思えたからだ。

7

「真がん・偽がん説」を唱える岸上律は、医療界では異端の存在である。

にもかかわらず、教授として在職し続けられるのは、私立の雄である竣世大学に、異端も認める自由な気風があるからだと、岸上自身が著書に記していた。

矢島塔子は、荻島俊哉への取材を終えたあと、すぐに岸上に連絡を取って、取材の了解を取りつけた。記者としては当然だが、彼女は取材までに岸上の著書をあらかた読み終えていた。

「失礼します。報栄新聞の矢島と申します」

時間ちょうどに訪室すると、岸上は折り目正しいスーツ姿で矢島塔子を迎えた。論争ではときに過激な発言もする岸上は、面と向かうと意外にも紳士的だった。部屋は整頓され、膨大な本や論文集もきちんと書棚に収められている。

矢島塔子はていねいにお辞儀をして、取材ノートを取り出した。

「さっそくですが、岸上先生の『真がん・偽がん説』では、命に関わる『真がん』と、放置しても大丈夫な『偽がん』の二種類のがんがあるということですね。この二つの見分け方はあるのでしょうか」

いきなり本質に迫る質問だったが、岸上は冷静に答えた。

「今のところ、『真がん』と『偽がん』を、病理学的に見分けることはできません。病理の検査は、単に顕微鏡で細胞を観察するだけですからね。判定は患者の経過を見るしかないですね」

「事前に『偽がん』だという判定ができないのなら、がんと診断された人は、やはり治療を求めるのではないでしょうか。手術が可能なら、手術で切除したほうが安心でしょうから」

「医者が患者をおどすから、そんなふうになるんですよ。『偽がん』であれば、切る必要はありません」

「しかし、もし『真がん』なら、放っておいたら命に関わるのでしょう。『偽がん』かどうかわからないまま、経過を見るというのはむずかしい気がしますが」

「もし『真がん』であれば、たとえ早期で見つかっても治療は無効です。この前のシンポジウムでも言いましたが、がんが診断できる大きさになる段階では、がん細胞は数千億個ほどになっているのです。『真がん』であれば、そこまで増える前に、まちがいなく転移します。だから、いくら原発巣を取っても、必ず再発する。手術で臓器を切除したり、抗がん剤の副作用で体力を失ったりする分、害のほうが大きいでしょう」

岸上は余裕たっぷりに、本革の執務椅子で脚を組んだ。

「つまり、『偽がん』であれば、治療の必要はないし、『真がん』なら治療は無駄なので、いずれにせよ、がんは放置しておくのがよいということですね」

「その通りです」

ここまでは前もって仕入れた知識で、矢島塔子も一応、納得していた。彼女が疑問に思ったのは、早期がんと進行がんの生存率のちがいだ。

「もし、『真がん』と『偽がん』のちがいのみで、生死が分かれるのなら、どうして早期がんの予後はよくて、進行がんは生存率が低いのでしょう。『偽がん』なら進行がんになっても、死なないのではないですか」

「早期がんと進行がんの判定は、ご存じだと思いますが、がんができた時期ではなく、がんが粘膜下層を越えているか否かで決まります。早期がんの予後がよいのは、『偽がん』が多いからです。と言うより、『偽がん』はほとんど進行しませんから、早期がんの状態で見つかることが多いのです。逆に、『真がん』は進行が早いから、見つかった時点で筋層まで広がっていることが多い。だから生存率が低いのです」

なんだかこじつけくさいなと、矢島塔子が首を傾げると、岸上はさらに説明を重ねた。

「毎年検査を受けていても、人間ドックで進行がんが見つかるのはなぜだと思いますか。それは取りも直さず、進行の早いがんがあるということでしょう。発生して一年以内なら、時期的には早期のがんですよ」

報栄新聞の記者にも、似たようなケースが二人あった。毎年、会社で健診を受けていたのに、一人は吐血で胃がんが見つかり、一人は手遅れの肺がんが見つかった。いずれも前年の検査では異常はなかった。今から思えば、それは昨今、問題になっている凶悪化したがんだったのかもしれない。

考えていると、岸上が続けて言った。

「医療の世界には、誤解を生む言葉が多いのです。たとえば、がんの〝再発〟もそうです。がんの手術をして、しばらくしてがんが見つかったら、あたかも新しいがんができたように、〝再発した〟と言うでしょう」

「ちがうんですか」

「ちがいますよ。そのがんは新しくできたのではなく、手術をした時点からすでにその場にあったんです。ただ、小さくて見えなかっただけです。それが増殖して、診断できる大きさに育ったということで、新たにできたわけじゃありません。がんの手術を受けると、がんを取り去ってもらったように思うかもしれませんが、それも誤解です。『真がん』なら、細胞レベルであちこちに残っていますから」

「手術のあとに、がん細胞が残っているかどうかはわからないわけですね。だから、定期的に診察を受けて、早期発見に努めるのですね」

「いいえ。それもちがいます」

　岸上は大きくかぶりを振った。

「再発したがんは、できるだけ早く見つけて、早く治療したほうがよいというのは、根拠のない思い込みです」

「と言いますと？」

「たとえば、乳がんの術後検診は、無意味であるということが、イタリアで行われた大規模調査で確定してます。調査では、乳がんの手術後に定期検診を受けた患者と、受けなかった患者のグループが比較されました。再発の発見は、当然、定期検診を受けていたグループのほうが早かった。だから、治療も早く開始できた。定期検診を受けなかったグループは、自分で再発を見つけてから治療するので開始が遅れた。ところが、死亡時期を比べると、二つのグループに有意差はなかったのです。つまり、再発を早く見つけて治療しても、寿命は延びないということです。考えようによっては、再発が早くわかったグループは、それだけ長い期間、死の恐怖に苦しんだとも言えます。だから、欧米の学会は、乳がんの手術後の検診を勧めていません。なのに日本では、医師も患者も情緒的な不安から、せっせと検診をやっているのです」

　岸上の説明は嘘ではないだろうが、とてもそのまま受け入れることはできない。がん家系の矢島塔子には、不安はいつも現実のこととしてある。もし、自分が乳がんになったら、手術を受けたあと、やはり定期検診に通うだろう。検査もせず放っておくなんて、とてもできない。

矢島塔子は、岸上の機嫌を損なわないようにしながら、疑問をぶつけてみた。

「こういうお話のとき、いつも思うのですが、死亡時期に有意差がないといっても、それは統計上の話ですよね。統計は必ずしも個人には当てはまらないでしょう。欧米諸国が、がん検診に熱心でないのは、検診によってがんの死亡率が下がるというデータがないからだと聞いています。でも、たとえ統計に反映されなくても、わずかでも助かる人がいるなら、検診は行うべきじゃないでしょうか」

岸上は目を逸らさず聞いていたが、最後に揶揄《やゆ》の笑いを洩らした。

「おっしゃることはよくわかります。しかし、がん検診による放射線の被曝で、がんになる人がいることもご存じでしょう。あなたの主張を援用すれば、わずかでも検査でがんになる人がいるのなら、検査は行うべきではないということになりませんか」

矢島塔子は反論できず、言葉に詰まる。

岸上はさらに追い討ちをかけるように言った。

「あなたは、がん検診で助かる人がいると言うが、その人がほんとうにがん検診で命拾いしたという根拠はありますか。検診を受けなくても、症状が出てから治療を受けて、助かる可能性もあるでしょう。さらには、がん検診で見つかるがんが偽がんだとしたら、治療しなくても患者は死にません。よけいなものを見つけて、よけいな手術で胃や肺を失っているだけというケースも多いと思いますよ」

「たしかに、そうかもしれませんが……」

しかし、それを言うなら、岸上が言う検査でがんになったという人も、検査を受けなくてもがんになっていた可能性もあるのではないか。岸上はそんな彼女の思いに先まわりをするように続けた。

「がん検診が有効である可能性があることは、私も否定しません。しかし同様に、がん検診は無効かつ有害である可能性もある。なのに、有効だと決めつけるような世間の風潮に、私は疑問を感じているのです」

「……なるほど」

「医療における因果関係はむずかしいのです。たとえば、風邪の患者が、抗生物質をのんで熱が下がったとしましょう。すると、患者は薬が効いたと思う。しかし、抗生物質は風邪の原因であるウイルスには効きません。患者はたまたま治る時期に薬をのんだにすぎない。それでもたいていはそこに因果関係を感じる。がん検診で命拾いした人も同じです。検診を受けなくても、助かったかもしれないのに、検診のおかげだと思い込む。そして、検診のせいでがんになったり、ストレスで命を縮めることの危険性を無視してしまう。私は医療者として、そういう欺瞞《ぎまん》を憂慮《ゆうりょ》しているのです」

岸上の主張は、論理的には首尾一貫しているように思われた。しかし、どうも素直に受け入れられない。理屈ではなく、感覚が拒否しているのだ。それは医療に対する無意識の期待のせいだろうか。

矢島塔子は自問しつつ、もうひとつ気になっていることを訊ねた。

「これは少々個人的な質問で恐縮なのですが、実はわたしはがん家系なのです。がんの遺伝については先生はどうお考えですか」

「がん家系といったって、『真がん』の家系か『偽がん』の家系かによって話がちがうでしょう。あなたはどちらですか」

「父は大腸がんで治療中ですが、父方の祖母と伯父《おじ》が胃がんで亡くなり、母方の祖父が胆のうがんで亡くなっていますから、『真がん』の家系かもしれません」

岸上はいったん目を逸らし、諭すように声を和らげた。

「がん家系については、たしかな根拠はありません。だから気にされる必要はないでしょう。ただ、大腸がんのお父さまは、これ以上、治療しないほうがいいでしょうね」

岸上はあくまで『真がん・偽がん説』に基づくがんの放置を推奨するようだった。

気がつくと、すでに一時間近くが過ぎていた。そろそろ終わりにしなければならない。

矢島塔子は最後に聞かなければと思っていた質問をした。

「先生は、最近の日本のがんが凶悪化している背景については、どうお考えですか」

「それはさまざまな社会環境の変化じゃないですか。たとえば、日本は安全に対する要求が異常に高い。出産でも輸血でも予防接種でも、安全で当然だと思っている。食品や家電や遊具も、消費者は商品を選んだ自己責任は省《かえり》みず、生産者ばかりに安全を求める。そういうメンタリティーが影響している可能性がある」

「メンタリティー、ですか」

それこそ根拠のない話ではないか。矢島塔子はとうてい納得できなかったが、岸上は半ば冗談のように続けた。

「むかしから〝病は気から〟と言うでしょう。これだけ医学が進歩して、世界中の優れた研究医が必死に取り組んでいるのに、がんはいっこうに克服されない。それどころか、さらに凶悪化まで噂されている。なぜだかわかりますか。それは、がんは自己だからですよ。十九世紀ベルリンの病理学者、ルドルフ・ウィルヒョウはこう言っています。『がんは成長しなければならないという、謎めいた未知の衝動に取り憑《つ》かれているかのようだ』とね。言い換えれば、がんは人類のためにあるということです」

ますます意味がわからない。岸上一流の衒学《げんがく》的ユーモアなのか。あるいは、自分がからかわれているのか。

問い直そうとしたとき、岸上の挑発的な表情に、矢島塔子は思わず言葉を呑《の》んだ。

8

白江真佐子はお気に入りの白いスーツに身を包み、エルメスのケリーバッグを持って、青山《あおやま》通りを早足に歩いていた。

フォーマルな装いにしたのは、とりあえず先方に敬意を表すためだ。どんな話になるのかはわからないが、場合によったら懸念がひとつ晴れるかもしれない。

新堂真人《しんどうまひと》と名乗るフリーライターから、メールが届いたのは二週間前だった。医学関係のノンフィクションを書いているという人物で、ぜひ白江に紹介したい医師がいるという。その相手は万条時虎《まんじようときとら》。免疫細胞療法をチェーン展開で行っている「天王会《てんのうかい》クリニックグループ」の総帥である。

そのグループは、ネットで免疫細胞療法を派手に宣伝している医療法人で、末期がん患者を集めては、効果のない治療に法外な費用を請求している。万条は二流の医大を出たあと、アメリカに渡り、いい加減な免疫療法を持ち帰って、クリニックをチェーン展開した。医療をビジネスと考え、一流ホテル並みのサービスで、政治家や芸能人の患者を集める経営戦術は、かねて白江の眉をひそめさせるものだった。

万条のような医師がいるから、免疫療法の信頼が損なわれる。それが白江の偽らざる気持だった。だから、新堂からのメールを見たとき、まず拒絶の気持が先に立った。

けれど、メールをよく読むと、万条はこれまでの方針を改め、新たに正統な免疫療法をはじめたいと考えているようだった。ついては白江の協力を得て、免疫療法を基礎から学び直したいのだという。新堂は以前、雑誌の企画で万条にインタビューをした経緯があり、その縁で今回、白江との仲介を頼まれたとのことだ。

白江はまず、ネットで新堂のことを調べた。ノンフィクションの著書と、雑誌への寄稿があるのは事実らしい。直接、電話をしてみると、言葉づかいもていねいで、白江のほうから連絡をもらったことをしきりに恐縮していた。

万条が本気で正統な免疫療法に取り組もうとしているなら、それは喜ばしいことだ。新堂によれば、万条はこれまで貯《たくわ》えた資金を提供して、白江と共同研究の形で、臨床試験に取り組みたいと考えているとのことだった。天王会クリニックの資産は、低く見積もっても百億は下らないだろう。そこから資金の供与があれば、これから動き出す「J−WHITE」の研究費にも流用できる。

しかし、この話にウラはないのか。

白江はつき合いのある製薬会社に依頼して、万条の周辺を調査してもらった。その結果、天王会クリニックグループは、患者の遺族が「被害者の会」を組織し、患者数が減っていることがわかった。このままだと、クリニックを維持できなくなる。そこで万条は、遅まきながら、正統な治療への転換を図ろうとしているのかもしれない。

仮にそうだとしても、万条の目論見《もくろみ》は別のところにあるように思われた。あれだけあざとい医師のことだ。考えられるのは、慶陵大学免疫療法科との共同研究という金看板だろう。自分のクリニックグループにそれを掲げることで、一気に集客を図ろうとしている。それが万条の真の狙いではないか。

白江は警戒したが、だとしても、この申し出を無下に断ろうとは思わなかった。要はこちらが主導権を握ればいいのだ。共同研究の方針、メディア対策などを厳重に管理すれば、無闇に宣伝に利用されることもないだろう。天王会クリニックグループを怪しげな治療法から撤退させ、なおかつ研究費の面でこちらにメリットがあるとすれば、万条との協調も悪くはない。

そう思って、彼女は新堂が指定した表参道《おもてさんどう》のフレンチレストランに向かっていたのだ。

「ル・コルヴェール」という名のその店は、通りに面した壁がガラス張りで、開放的な雰囲気の高級店だった。

ウェイターに案内されると、新堂と万条は先に来ていて、わざわざ席を立って出迎えてくれた。

万条はネットで見た通り、口ひげに目鼻立ちの濃い中年男で、仕立てのよい花紺のスーツに、ネクタイとそろいのチーフを胸に挿している。キザなドンファンという感じで、見るからに胡散臭《うさんくさ》かった。

食事はフルコースで、創作フレンチらしく、穴子や冬瓜《とうがん》など珍しい食材が使われている。会話は多弁な万条がリードし、なかなか本題に入らなかった。新堂はケータイに着信があったり、ソムリエに何か注文しに行ったりと、何度か席を立った。メインの魚料理が終わったところで、白江が痺《しび》れを切らしたように万条に聞いた。

「万条先生は、アメリカで免疫学の研究をされたそうですが、大学はどちらですか」

万条はナプキンで口元を拭い、多少の媚びと自画自賛を込めて答えた。

「UCLAです。医療系の大学院で二年間」

「まあ、でしたら、マンドゥ・ゴーナム教授をご存じですわね」

「……どなたですって」

「ゴーナム教授。エジプト出身の免疫学の泰斗《たいと》です」

「ええっと、ああ、ゴーナム教授ね。よく存じ上げていますよ。エジプトはたしか、カイロ大学でしたね」

「いいえ。マンソーラ大学の理学部です」

「えっ、ああ、そうでした」

ほんとうに知っているのだろうか。ＵＣＬＡで免疫学をやって、ゴーナム教授を知らないとすれば、完全なモグリだ。

白江が不審を浮かべると、万条はそれまでにも増して多弁にしゃべりはじめた。

「医療はこれまで、病気を治すことばかりにかまけ、アメニティーの視点がなさすぎました。治療にも快適さが必要です。顧客サービスです。その点、私どものクリニックは自由診療ですから、患者さまには十分なご満足を提供しています。ハード面だけでなく、ソフトの面でも、他の追随を許さない斬新なアイデアを取りそろえているのです。今回、新堂さんのご紹介で、白江先生の大学と共同研究をさせていただくのも、診療に対する信頼感を飛躍的に向上させるものとして、大いに期待しているところでして……」

「ちょっと待ってください」

白江は運ばれてきた肉料理に目もくれず、万条を遮った。

「新堂さん。万条先生が共同研究をお考えだということは、たしかにメールに書いてありました。でも、その前に確認させていただくことがあります。万条先生はほんとうにこれまでの免疫細胞療法を、きっぱりおやめになるのですか」

「何？ 今、何とおっしゃった」

万条のこめかみに驚きが走り、白江に鋭い目を向けた。白江はそれを正面から見返す。

「これまでそちらのグループでやってらした効果のない免疫細胞療法を、すべて中止して、正統な免疫療法に切り替えていただけるんですね」

「失礼な。我々のクリニックグループでは、きちんとデータも採り、インターネットでも公開している。がんの縮小効果は明らかだ」

「その記事ならわたくしも拝見しました。でも、あれは併用した抗がん剤か、放射線治療が効いただけでしょう。免疫療法だけで、あんな短期間に腫瘍は縮小しません」

「何を根拠にケチをつけるんだ。新堂さん。これはいったいどういうことです。話がちがうじゃないか」

「い、いえ、決してそんなことはありません。私の説明が不十分でした。万条先生も白江先生も、免疫療法を通じてがんを克服しようとされているのは、共通の理念かと思います。もう少し冷静にお話ししていただければ」

「わたくしは万条先生がこれまでの治療を撤回されるのだと思ったからこそ、足を運んだんですよ。そこがちがっているのなら、うかがった意味がありません」

「どうして治療を撤回しなきゃならんのだ。そんなこと、ひとことも言った覚えはないぞ」

　万条が詰め寄ると、新堂はハンカチで汗を拭いながらしどろもどろに言った。

「もちろんです。いや、撤回だなんて、それは誤解です。ただ、これまでより一歩進んだ治療という意味で、白江先生にご協力いただければ、万条先生の免疫細胞療法が、新療法に生まれ変われるのではないかと」

「そんなこと、ぜんぜん聞いてませんよ」

「これからご説明しようと思っていたところで、申し訳ございません」

「新堂さん。あなた、何か企んでいるのね。ほんとうのことを言ってちょうだい」

「企んでいるだなんて。私はただ、万条先生の免疫細胞療法と、白江先生の専門的など研究がコラボできれば、より有効な治療ができて、多くの患者さんのためにもなるし、免疫療法の未来につながるのではと思っただけでして」

　白江は新堂の苦し紛れの弁解を聞きながら、ふと思いついた。

「あなた、免疫療法を題材に、本を書こうとしているのでしょう。わたくしと万条先生から情報を仕入れて、ノンフィクションにするつもりなのね」

「ちちち、ちがいますよ」

　新堂は汗を拭《ふ》きながら首を振った。左右から厳しい視線を浴び、新堂は観念したように頭を垂《こうべ》れた。

「すみません。すべては私の勇み足です。実は私の母が去年、がんで亡くなったんです。膵臓《すいぞう》がんでした。見つかったときには手遅れで、手術は無理だと言われました。抗がん剤も放射線治療もやりましたが、どちらも副作用が出るばかりで、すぐ中止になりました。どこの病院に行っても、治療の余地はないと言われ、いわゆるがん難民になったんです。それでもなんとか治療してくれるところをさがして、やっと免疫細胞療法に行き当たったんです。万条先生のクリニックではありませんが、治療を引き受けてくれたのは、免疫細胞療法の先生だけでした。治療をはじめると、がんが少し小さくなりました。副作用もないし、これでなんとか助かってくれないかと思ったんですが、結局はだめでした。それで私は、及ばずながら免疫細胞療法をもっと効果的なものにできないかと思って、いろいろ調べてみたんです。そしたら、現場では万条先生のグループがいちばん進んでいるようだし、大学の研究では白江先生のところが最先端のようでしたから、お二人に力を合わせてもらえれば、なんとかなると思ったのです」

ほんとうだろうか。白江が半信半疑のまま聞いていると、万条がいきなり新堂の肩に手を伸ばした。

「お母さまはお気の毒でしたな。天王会クリニックグループに相談してくれれば、助けることができたかもしれないのに」

「ありがとうございます」

「ちょっと待ってください。どうしてそんな無責任なことをおっしゃるんです。今、そこのクリニックでやっている免疫細胞療法は、論理的に効くはずがないんですよ。まやかしもいいところです」

「何だと。うちのクリニックでがんが治った患者は、百や二百できかないんだぞ。大学の研究者は屁理屈《へりくつ》ばかりこねて、実際的な治療法を何ひとつ実現していないじゃないか。現場で末期がんに苦しむ患者は待ったなしなんだ。とにかく現実の治療が必要なんだ」

「だからと言って、インチキ治療でいいわけがないでしょう」

「インチキとは何だ」

「インチキだからそう言ったのよ」

言ってから、白江は激しい自己嫌悪に襲われた。なんという愚かしい会話だ。こんな下らない席には一分たりとも座っていられない。

「新堂さん。申し訳ないけれど、わたくし、帰らせていただきます」

「あ、先生。もう少しお話を」

すがるように言う新堂を振り切り、白江は頬を紅潮させて出口に向かった。背中に悔いと不快さがべっとり貼りついているようだった。

9

赤崎守は自分の実験スペースのある形態研で、朱川からの呼び出しを待っていた。

数日前、ケータイやスマホの関連企業で作る「日本電波通信産業連合」、通称「日電連」から、赤崎を名指しで研究費提供の申し出があり、今日、その役員二人が朱川に面会に来ているのである。

朱川から報《しら》せを受けたとき、赤崎は自分の「電磁波がん凶悪化説」が「日電連」に洩れたのかと、一瞬、青ざめた。しかし、朱川は思いの外、機嫌がよかった。

――「日電連」からの研究費提供なら、そうとうな額だろう。まあ最低でも一億、多ければ五億くらいか。で、君はどうする。

研究費はいくらあっても多すぎることはない。実験には高価な器具や装置が必要だし、専門職のスタッフを一定期間、専属で雇い、実験動物の管理やデータの解析、統計処理などをしなければならない。モニタリングの外注もあるし、事務処理やスケジュール管理も必要だ。人件費、材料費、保険、諸経費など、恐ろしいほどの金額が右から左へと消える。国からの予算では、ほんの小規模な実験もままならないのが現状だ。

だから、民間の企業や団体からの研究費は、のどから手が出るほどほしい。しかし、当たり前のことだが、そういうカネにはヒモがついている。研究内容は、社会にとっての利益よりも、出資元の利益を優先しなければならない。いわゆる「利益相反」である。

研究費を提供するということは、取りも直さず、「日電連」に有利な結果を出せということだ。どこまで情報をつかんでいるのかはわからないが、赤崎が電磁波によるがんの凶悪化の研究を進めていることを知り、その結論を覆すか、方向転換させるために寄付を申し出たのは明らかだ。

むろん、赤崎はそんな横槍《よこやり》で研究を手放す気はなかった。「電磁波がん凶悪化説」は、自分に大きな名誉をもたらす虎の子の大発見なのだ。

しかし、億単位の研究費も捨てがたい。それがあればミッシング・リンクの究明にも使えるし、研究成果をさらに大きくすることもできる。

だが、それは「日電連」への背信行為だ。カネをもらって研究をあきらめるか、研究を守ってカネをあきらめるか。その苦しい選択を、朱川は聞いてきたのだった。

――研究費はもちろんほしいですが、「日電連」が相手では、やはり受け取るわけには……。

後者を選びかけると、短軀《たんく》の朱川は赤崎を横目で見上げながら声をひそめた。

――君は欲がないな。そんなことじゃ大成せんぞ。

名誉もカネも両方とも手にする方策があるというのか。朱川はとりあえず自分が先に役員に会い、そのあとで赤崎を引き合わすと言った。

午後五時過ぎになり、ようやく朱川の秘書から電話がかかった。「どうぞ、教授室へ」と言われ、赤崎は殊勝な顔つきで朱川の部屋に入った。

「おう、赤崎君。待ってたよ」

朱川は愛想よく赤崎を招き入れた。一礼して前に進むと、応接椅子に座った二人の役員に紹介された。二人はへつらいの笑顔で名刺を差し出す。電信業界の人間とは初対面だが、思惑があるときの卑屈な物腰は、製薬業界の重役と変わらない。赤崎は勧められて、朱川のとなりに腰を下ろした。

「赤崎君。『日電連』さんの情報収集力はすごいよ。君が極秘で進めてる研究の内容を、あらかたご存じのようだからね。さすがは通信業界を牛耳るだけのことはある。スパイ衛星なんぞ飛ばしてるんじゃないでしょうな。わはははは」

朱川は得意の無意味な哄笑《こうしょう》を響かせる。

「で、研究費の提示額はいくらだと思う。聞いて驚くなよ。二十億だ、五年で二十億。うほっ」

役員たちに流し目を送りつつ、朱川はわざとらしい感嘆を洩らした。

それだけの研究費があれば、新しい研究施設が立ち上げられる。そうなれば、当然、自分が所長だ。独立した研究施設の所長になれば、肩書きは一挙に教授に格上げされる。夢のような申し出だ。

赤崎は刹那《せつな》、空想の世界に意識を奪われたが、遠慮がちにもみ手をする役員たちに現実へ引きもどされた。

「赤崎先生には、ぜひとも新しい研究施設で、新たなご研究を進めていただき、画期的な成果を挙げていただきたく存じます」

もう一人が続く。

「私ども電信業界といたしましては、赤崎先生のようなお方にご協力いただければ、世間的な信用は絶大なものとなりますので、ぜひともお力添えをいただければと思う次第でございます」

新たな研究とはつまり、今の研究を取りやめよということで、お力添えとは「日電連」に有利な結果をということだ。

「いや、『日電連』さんにはまったく頭が下がりますな。業界としての社会貢献は、まさに他の追随を許さないといったところでしょう。それに、赤崎君のような優秀な研究医に支援の手を差しのべてくださるとは、誠にお目が高い。国の予算だけでは、とてもまともな研究はできませんからな。研究医にとっては、またとない僥倖《ぎょうこう》です」

朱川はキンキンと頭に響くような声で「日電連」を持ち上げた。二人の役員が恐縮すると、不意打ちのように話を変える。

「ところで、今一度、確認させていただきたいのですが、この研究費の提供は、『奨学寄付金』、と承ってよろしいのですな」

奨学寄付金とは、企業などが大学や研究施設に供与するもので、研究者は寄付元に対して特定の義務を負わない。研究者が自由に使えるカネで、利益相反にはならないクリーンな寄付とされている。しかし、実際には、寄付元に対するさまざまな心理的要素が働き、とてもクリーンとは言えないのが実情だ。

二人の役員は顔を見合わせ、答えに詰まる。

「ん？　何だ何だ、歯切れが悪いねぇ。何か付帯義務とか、密約のようなものがあるのかな」

「いえ、そのようなものは、決して、はい」

先ほど常任理事の名刺を出した役員が、頬を引きつらせる。製薬会社の重役いびりが得意な朱川は、「日電連」の人間にも同じ手を使おうとしているようだ。先に「日電連」を持ち上げたのも、今さら研究費の提供を取りやめにできないよう追い詰めるための布石だろう。

二人は不安そうに互いをうかがい、事務局長の名刺を出した役員が、意を決したように口を開いた。

「私ども『日電連』は、社会貢献と公益性の立場に鑑《かんが》み、電磁波の安全性には常に最善の注意を払っております。これまでも、電磁波障害研究プロジェクトとしまして、人体における有害性について、綿密に研究を進めてまいりました。たとえば、脳循環では、血液脳関門の透過性や、血流への影響は確認されておりませんし、通常使用されるスマートホン等のＳＡＲレベルにおきましては、短時間の曝露で、細胞への影響はないという結果が出ております。さらに、高周波曝露による睡眠に関する影響、内分泌に関する攪乱《かくらん》作用等につきましても、いずれも有害な作用は認められなかったと、報告されております」

「すばらしい！」と、朱川は膝《ひざ》を打った。露骨な感心は、あとに続く痛烈な批判の前兆だ。赤崎が思った通り、朱川はネズミをいたぶるネコの陰湿さで言った。

「それにしても、見事に問題のなさそうな事象を選んで、お調べになっているようですな」

　今度は常任理事が言葉を詰まらせながら答える。

「いえ。決してそのようなことはございません。私どもの、プロジェクト以外にも、総務省さんが、『不要電磁波問題対策委員会』や、『電磁環境委員会』で、さまざまな調査を行っております。そのいずれの結果も電磁波の有害性を否定するものでして……」

「電磁波による発がん性はどうです」

「もちろん、調査しております。ラットの実験でございますが、長期間、頭部に電磁波の曝露をしても発がん性は確認されておりませんし、ウサギの実験でも、皮膚、肺、眼球に関し、発がん性は認められておりません」

「ほう。今、長期間とおっしゃったが、具体的にはどれくらいです」

「六週間でございます」

「ほほう。つまり一カ月半ということですな。実際、ケータイやスマホを〝長期間〟使っている人というのは、一カ月半程度で使用をおやめになるのでしょうかね。〝長期間〟というなら、ふつうは五年とか十年とかを思い浮かべるがなあ。どうだね」

　赤崎は素早く頭を回転させ、最適の答えをボスに返す。

「そうですね。電磁波の影響は短期的には確認しにくいでしょうが、蓄積を考えますと、また別の影響も考えられるかと。たとえば、DNA損傷などですが」

　役員たちが顔色を変える。もっとも触れられたくない話題のようだ。当然だろう。がんの凶悪化はＤＮＡの変異による可能性がきわめて高いのだから。

だが、寄付をもらう立場としては、あまり先方を追い詰めるのはよくない。そこで赤崎は多少の配慮を見せた。

「ただし、長期的な影響となると、電磁波以外の作用もあるでしょうから、一概に電磁波だけが原因だと特定しにくいかもしれませんね」

「そうです。そこなんです。そういう見地から、私どもは赤崎先生の研究のご発展を切に期待しているわけでして」

「さようでございます」と、常任理事も事務局長に追従した。

「私ども通信業界の命運は、今や赤崎先生のご研究にかかっていると申し上げても過言ではありません」

それを聞いた朱川が身を乗り出し、ひとつ手を叩いた。

「ついに本音が出ましたか！　いやいや、それこそほんとうの姿というものです。我々研究医だってちゃんとわかっておりますよ。奨学寄付金はクリーンな寄付だとは言いながら、実際は立派なヒモつきですからな。寄付の額が大きいとなれば、それも当然でしょう」と、そこで言葉を切って、朱川は念を押すように声の調子を改めた。

「ただし、我々研究医は、あくまで科学的な事実に対して謙虚でなければなりません。そのあたりをご理解いただきますように」

「もちろんでございますとも」

二人の役員はふたたびお互いを見て、苦しい目配せを交わした。それでも朱川の了解が得られたと判断したのか、救われたように何度も頭を下げてそそくさと教授室を出て行った。

役員たちが帰ったあと、朱川が赤崎に言った。

「暗黙の了解とか、阿吽《あうん》の呼吸とか、日本人はこういうのが好きだねぇ。しかし、そんな曖昧なやり取りが成り立つのはこの国だけだ。欧米ではきちんと契約書に明記されないことは、ないも同然だからな」

「それはつまり、『日電連』から奨学寄付金を受け取っても、今の研究を継続してもよいということですか」

「当然じゃないか。さっきも言っただろう。我々はあくまで科学的な事実に対して謙虚でなければならないと」

たしかに言ったが、研究医だってちゃんとわかっているとか、奨学寄付金は立派なヒモつきだとも言っていた。それを都合よく解釈するのは、「日電連」の勝手というのか。

赤崎が不安を浮かべると、朱川は執務机に近づき、指で縁の埃《ほこり》を拭ってから、今気づいたように顔を向けた。

「なんだ、心配なのか。君は自分の研究を進めればいいんだよ。『電磁波がん凶悪化説』は、まだ完全なデータがそろっていないのだろう」

赤崎は思いがけない指摘に言葉を詰まらせた。

「どうした。あのレベルの研究に、おいそれと完璧なデータがそろうとは思っとらんよ。研究を完成させるためには、まだ未知な要素もあるだろう。すなわち、『日電連』に有利な結果が出る可能性もあるということじゃないか。それなら、彼らの研究費を使うことに、何ら疚《やま》しいところはない」

ミッシング・リンクがあることは、とうに見抜かれていたようだ。それにしても、何という割り切り方だ。もし、「電磁波がん凶悪化説」が完璧なものになれば、研究の公表は完全に「日電連」を裏切ることになる。そんなことをして大丈夫なのか。

吹っ切れない面持ちの赤崎を見て、朱川は晴れ晴れとした表情でうそぶいた。

「研究医は、常に自由でなくちゃならん。大物になるには、下らん良識などに囚《とら》われない強《したた》かさが必要だぞ」

赤崎が絶句すると、朱川は思い出したようにつけ加えた。

「そうそう、わかってると思うが、今回の寄付金は、ボクと君との共同名義で受けるからね。分配率は二対一だ。もちろん、ボクが二をいただく」

あまりの宣告に、赤崎は言葉を失い、酸欠を起こしたフナのように喘《あえ》いだ。

10

プロジェクトG4の最高意思決定機関は、福留官房副長官を議長とする「G4会議」で、初回はプロジェクト発足の直後に開かれたが、そのあとはしばらく開催が遠ざかっていた。

第二回の同会議は、五カ月後、大阪のグランパレスホテルで開かれることになった。がん撲滅の五カ年戦略に関して、より踏み込んだ話し合いが行われる予定である。参加者は、福留のほか、G4の各グループリーダーと、厚生労働副大臣、経済産業大臣政務官、文部科学副大臣、総務大臣政務官、事務官、書記の計十一人。

会議の通知を受けたとき、阪都大の玄田壮一郎は、前に堺筋本町の料亭で会った東帝大の朱川を思い出し、苦い色を額に浮かべた。口数の多い人間は信用できない。それが寡黙な玄田の信条だからだ。

会議の冒頭、福留が恒例の長たらしい挨拶《あいさつ》をした。

「近年のがんの凶悪化により、日本人の二・五人に一人、すなわち四割ががんで死ぬというゆゆしき事態が、今や現実になりつつあります。泉水総理は、プロジェクトG4をがんの撲滅のみならず、日本経済の成長戦略の目玉にするお考えです。医療の世界市場は、平均で年八・七パーセントの成長を続け、今や五百兆円規模となっております。プロジェクトG4に計上される予算は、五年で八千億円。我が国の生命科学分野の予算が、全体で年間三千二百億円であることを考えますと、いかに膨大であるか、ご理解いただけると存じます」

玄田以外のグループリーダーが、はしなくも色めきたつのがわかる。玄田は予算ごとに一喜一憂するなど恥とばかりに、素知らぬ顔を決め込んでいた。

続いて、各省庁の副大臣と政務官が資料を配付し、それぞれの主張を述べはじめた。曰《いわ》く、創薬体制の充実、ベンチャー企業の育成と活動振興、産官学の連携および協同体制の構築、医療ITによる成長促進、がん医療におけるシーズとニーズの特定等々。

もっともらしい政治家の文言を聞くうちに、玄田は徐々に苛立《いらだ》ってきた。こんな会議は時間の無駄だ。つまらぬ議論をしている暇があったら、実際的ながん治療の研究に時間を割くべきだ。

眉間《みけん》のしわが険しさを増しかけたとき、玄田はふと自分の前任者で恩師でもある神永《かみなが》道雄《みちお》の言葉を思い出した。

――外科医たる者、常に忍耐を忘れてはいけない。

手術に焦りや苛立ちは禁物だ。派手に見えても、手術は地道な作業の積み重ねなのだからという教えである。

玄田は小さいころから自制心の強い子どもだった。山口県萩《はぎ》市の図書館長の長男として生まれた彼は、小学校のころはさほどでもなかったが、中学生になってからは、ずっと学年でトップの成績を維持した。長身、やせ形で、運動は特にしていなかったが、自宅から中学校まで五キロの道のりを毎日早足で歩いたので、足腰は強かった。

玄田が神永と出会ったのは、彼が高校二年生のときだった。母親が食道がんになり、その手術をしてもらったのだ。一九六〇年代後半、食道がんは早期発見がむずかしく、母親も進行がんの状態で見つかった。当時はがんの告知はめったに行われなかったが、彼女は気丈な性格で、診断を受けたときから、自分ががんであることを察知していた。市民病院から地元の大学病院に紹介されたが、手術不能と言われ、放射線治療を勧められた。しかし、母親は手術を切望し、食道外科の手術で日本一と言われた神永を頼って、阪都大学病院に入院したのだった。

神永は玄田の父に、再発の危険性は高いがと断った上で、母親の手術を引き受けてくれた。手術は七時間にも及ぶ大がかりなものだったが、術後の合併症もなく、無事に退院することができた。母親は泣いて神永に感謝し、これで治ると信じた。結果は一年後に再発し、肝臓にも転移して、手術から一年三カ月後に亡くなった。

それでも、母親は喜んでいた。手術でがんを取り除いたことで、一時的にでもがんの苦しみから解放されたからだ。あのまま放射線や抗がん剤で治療していたら、彼女はずっと身体の中にあるがんを忘れることはできなかっただろう。

玄田は現役で阪都大学医学部に合格し、教養部から熱心に勉強した。ポリクリと呼ばれる臨床実習で神永に再会し、卒業と同時に神永が主宰する消化器外科に入局した。

朝はだれよりも早く病棟に来て診療をし、夜はだれよりも遅くまで研究室に残って実験をする。それが若き日の玄田だった。病院に泊まり込むことも多く、父からの小包が大学病院の当直室宛てになっていたという逸話も残っている。

神永の厳しい指導もあって、玄田はめきめきと手術の腕を上げ、早くから神永の後継者と目されるようになった。玄田には、外科医として持って生まれたアドバンテージがあった。手のひらの幅が狭く、指が長いのだ。狭い腹腔《ふくくう》内で手術操作をするのには、理想的な手だ。ほかの外科医が届かない肝臓の奥や、脾臓《ひぞう》の裏にも指が届く。

一度、恩師の神永を啞然とさせたことがある。食道がんの手術で、胸骨の裏を剝離《はくり》するとき、腹部の傷から左手を入れ、右手は頸部の傷から差し入れて、上下から剝離を貫通させたのだ。そんな長い指の持ち主はいなかったし、指先の感覚だけで剝離して、両側の剝離層をぴたりと一致させたことも驚きだった。

──君の手術はうますぎて、後進が育たないだろう。

神永が苦笑し、先輩の医局員たちもあきれ顔で感心した。

若いころ、玄田の細長い指は「蜘蛛《くも》の手」と揶揄されたが、大学病院で実績を積むに従い、「神の手」と呼ばれるようになった。しかし、彼自身はそれを認めなかった。自分の手術は神がかりのものではない。地道な努力と訓練の賜《たまもの》だ。解剖学を頭にたたき込み、臓器の膜と層を完璧に把握する。その上でメスを入れる向きと深さ、剝離鉗子《かんし》の角度と幅、縫合の間隔などを最適にすれば、出血や組織へのダメージを最小限に抑えられる。

神永が定年で退官したあと、玄田は四十五歳の若さで阪都大学の教授に就任した。以後、消化器のあらゆるがんを切除し、今も語りぐさになるような困難な手術をいくつも成功させた。その卓越した技術は、日本のみならず、世界にも知れ渡り、海外でもデモンストレーション手術や、招待手術を何例もこなした。

玄田には信念があった。がん治療における手術至上主義である。

患者はがんが身体に残っているかぎり、心理的な苦しみから解放されない。手術でがんを切除すれば、母親がそうだったように、少なくとも患者はいったんがんから自由になれる。再発するかもしれないが、それまでは希望が持てる。ならば、たとえ進行がんであっても手術すべきだ。免疫療法のような得体の知れないものは言うに及ばず、抗がん剤でも放射線でも、一気にがんを取り去ることはできない。

そういう意味で、がん患者にとっては、手術がいちばんの福音であるのはまちがいないと、玄田は信じて疑わなかった。


副大臣と政務官の発言が終わると、福留が予算配分についてグループリーダーたちに意見を求めた。待ちかねたように東帝大の朱川が口火を切った。

「ここに集う四グループの欠点を補い合う集学的治療は、世間的には聞こえはいいですが、実態は、場当たり的な寄せ集めにすぎません。真に有効な最適化治療を確立するには、予算の集中的投入が必要と思われます」

「わたくしも、有望な療法に予算を重点配分することが、確実な治療法開発への近道だと考えます」

慶陵大の白江が即座に賛同した。彼女はランダム化比較試験の「J－WHITE」がスーパー特区に認定されて、舞い上がっているのだろう。馬鹿な女だと、玄田は軽侮の思いをかみ殺す。

京御大の青柳は三白眼に薄笑いを浮かべて、皮肉っぽく言った。

「放射線治療は、設備がないとできませんからね。我々が有望視しているBNCTも、粒子線治療も、大がかりな設備を必要とします。集中的な予算投入がなければ、実績を挙げることもできません」

「玄田先生のご意見は？」

福留に求められて、玄田はおもむろに答えた。

「予算の集中的投入には賛成です。問題は、どの分野に投入するかですな。それを誤れば、予算も死に金になってしまう」

「その通り」と、朱川がせわしなく引き取った。「四つのグループがそれぞれ自己主張していては、決まるものも決まらない。ここはまず大きく分けて、全身療法組と局所療法組の二方向で考えてみますか。全身に散らばったがん細胞を治療する抗がん剤と免疫療法が前者、局所のがんを切除または焼灼《しょうしゃく》する手術と放射線治療が後者です」

「いいですね」と、また白江が応じた。

朱川の言いまわしは、明らかに全身療法組を上位に据えたものだった。先日の密談では、外科と内科は利益共同体だから、共存共栄を図ろうと言っていたのではないのか。

外科グループに免疫療法グループへの妨害工作をさせ、裏で免疫療法グループとも同盟関係を結んで、全身療法組で分捕った予算を、免疫療法グループが脱落したあと独り占めにする。もしそれが朱川の作戦なら、あまりにも卑劣だ。

玄田が不信を募らせていると、青柳が不満げに反論した。

「局所療法といっても、放射線治療と手術はまったく別物ですよ。手術では見えないがんは切除できませんが、BNCTなら細胞レベルで全身のがんを治療できるのですからな」

見えないがんは切れない。他のグループの連中は、二言目にはこれを言う。たしかに、手術では見えるがんしか切除できない。しかし、それなら抗がん剤や免疫療法でがんは治るのか。放射線治療で全身のがんを消せるのか。

厚労副大臣が、政界で培った調整役ぶりを発揮するように言った。

「予算の均等配分がよろしくないということでは、みなさん、一致されているわけですね。では、二分の一ルールの分配はいかがでしょう。もっとも有望なグループに予算の半分の四千億、次に有望なグループに残りの半分の二千億、あとの二グループにはその半分の一千億ずつ分配するのです」

なるほど。これだと最少と最多で四倍の差がつく。かなりの重点配分だ。

「それはいいアイデアですな。しかし、もっといい方法がありますよ」

興奮したニワトリのようにけたたましい声を出したのは、またも朱川だった。

「現時点では、どのグループが有望か見極めるのも困難でしょう。まず、予算の半分を初年度に均等配分して、その一千億をもとに研究を進め、一年後に結果を見て、残りの四千億を集中的に投入するのです」

これだと、勝ったグループは五千億の予算を得ることになる。

朱川は得意げに参加者を見渡した。玄田はいぶかった。いくらカネをかけようが、抗がん剤ではがんは治せないはずだ。それとも、何か有望な研究でも進んでいるのか。

そんなはずはない。がん治療の主流は、だれが何と言おうと手術なのだ。見えないがんが切れないというなら、細胞レベルでがんが見えるようにすればいい。蛍光法、ウイルス抗体法など方法はいくらでもある。雪野にやらせているセンチネル・リンパ節の研究も有望だ。がん細胞さえ特定できれば、転移したがんも切除できる。それらの研究を完成させるためにも、予算が必要だ。露骨な要求などしないが、外科グループが予算を勝ち取ることこそが、すべてのがん患者の福音になるのだ。

玄田が思案しているうちに、議論は朱川の提案の線で固まりつつあるようだった。それにしても、予算のための会議は苦痛だ。求められること以外、無言を貫いていた玄田に、福留が単なる手続きのように訊ねた。

「玄田先生、ご異議は」

「いえ、特には」

最小限に首を振ると、朱川がせかせかと椅子から腰を浮かさんばかりに言った。

「一年後に評価は、治療に限定するのではなく、将来に寄与する研究、たとえば、がんの凶悪化の解明など、広い視野で判定する必要がありますな。何しろ、我々はがんの最適化治療を確立しなければならないのですから」

あくまで調子のよい朱川の口説に、玄田はさらに不信と警戒心を募らせた。

11

矢島塔子は大阪へ向かう新幹線の中で、用意してきたｉＰａｄのファイルを開いた。これからインタビューする阪都大の雪野光一は、どの画像を見ても、穏やかとしか言いようのない静かな表情をしている。取材を申し込んだのは、プロジェクトＧ４における外科領域の展望を聞くためだったが、雪野への個人的な興味もあった。取材班の吉本が仕入れてきた情報。東帝大の赤崎と高校の同級生で、高校時代からライバルだったが、人望は圧倒的に雪野のほうがあったというのはほんとうなのか。

画像で見るかぎり、雪野はハンサムというのではないが、細面で目が優しく、誠実そうな印象を受ける。しかし、人は見かけによらないというのが、十年の記者生活で、何度も痛感したことでもあった。

インタビューは午後三時からの予定だった。新大阪から地下鉄とモノレールを乗り継ぎ、阪都大学病院に近づくと、これが大阪かと思えるほど広々とした緑に囲まれた地域に入った。

病院のロビーは外来患者の受付も終了し、閑散としていた。時刻は午後二時四十分。雪野が来るまでにインタビューの最終チェックをするのにちょうどいい時間だ。

エレベーターで十四階に上がると、見晴らしのいいスペースがあり、右手にレストランを兼ねたティーラウンジがあった。矢島塔子は人気《ひとけ》のない窓際の席を選び、目印にと伝えておいた白いバッグをテーブルの端に置いた。

取材ノートとICレコーダーを用意していると、三時にはまだ間があるのに、後ろから女性に声をかけられた。

「報栄新聞の矢島さんでいらっしゃいますか」

女性は消化器外科の医局秘書だと名乗り、雪野が今し方、緊急手術の執刀をすることになったと告げた。

「じゃあ、取材は」

「申し訳ございません。手術が終わるまでお待ちいただくか、日を改めてお願いしたいと、雪野先生は申しております」

身内に敬称をつけて謙譲語を使う秘書に違和感を抱きながら、矢島塔子は訊ねた。

「手術はどれくらいかかるのでしょうか」

「状況にもよりますが、四時間ほどだろうと申しておりました」

そんなにと、ため息をつきたくなるのを抑えて、頭の中で計算する。新幹線の最終はたしか九時過ぎまであったはずだ。それなら七時にインタビューをはじめたとしても、要領よく終えればなんとか間に合う。

　ついてないと思ったが、緊急手術なら仕方がない。幸い、資料は多めに持参している し、帰ってからするつもりの仕事も今ここですませばいい。矢島塔子は医局秘書に「待たせてもらいます」と答え、ふたたびｉＰａｄを取り出して起動した。

　時間はなかなか過ぎなかったが、やがて窓の外が夕景に染まり、高層ビルがシルエットから夜景に変わりはじめたとき、足早に人の近づいてくる気配がした。ｉＰａｄの表示は午後六時二十五分。まだ早いのではと思ったが、振り返ると雪野が立っていた。

「すみません。ずいぶんお待たせしてしまって」

　姿勢を正し、ていねいに頭を下げる。思ったより早かったので、わだかまりのない笑顔で応じることができた。

　雪野はきちんとネクタイを締め、白衣も襟つきの丈長のものを着用していた。矢島塔子はプロジェクトＧ４のキャンペーン報道を担当していると自己紹介し、発足時の記者会見から取材を続けていることを告げた。

「記者会見では、玄田先生にも質問させていただきました。玄田先生は神業的な手術テクニックで知られる方だけあって、がんの手術に関しては、絶対の自信をお持ちのようですね」

「そうですね。キャリア的にはすばらしい実績を残しておられますから」

「プロジェクトG4では、凶悪化したタイプを含む、がん全体の最適化治療を目指しているとお聞きしていますが、手術治療の展望はいかがでしょうか」

長く待たされて気が急《せ》いている矢島塔子に、雪野は外科領域の治療について簡潔に説明した。さらに、手術の後に抗がん剤や放射線治療を加える「アジュバント療法」についても、可能性を示唆した。

「雪野先生は、内科や放射線科とのコラボレーションも視野に入れていらっしゃるのですか。玄田先生は必ずしもそうではないようですね。記者会見の席でも、治るがんは手術で治るし、手術で治らないがんは、何をしても治らないというようなことをおっしゃっていましたから」

「それはちょっと極端な気がしますが」

矢島塔子はその反応にも興味を持った。赤崎がボスの朱川に忠犬ハチ公のように心酔しているのに比べ、雪野はあくまでボスを客観視しているようだ。

「玄田先生は、一部で〝玄田天皇〟と呼ばれるほどの権威をお持ちだそうですが、そんな教授の下でお仕事をされるのは、ご苦労が多いのではないですか」

「先生は雲の上の人ですからね。手術テクニックは抜群だし、症例数も今の医師ではとうてい追いつけないほどこなされています」

「でも、人間的にはどうなんでしょうか。患者から見ると、なんだか怖い先生という感じがしますが」

「かもしれませんね。若いころからたいへん厳しい人でしたから。不眠不休の勤勉さで、それこそ超人的な努力を重ねてこられました。ほかの外科医が尻込みするような大きながんや、重要臓器に浸潤したがんにも果敢に立ち向かい、切除を成功させてきました。玄田先生のオペは論理的で、かつ優雅です。妙なたとえですが、魚料理を食べるとき、下手な人は骨をバラバラにして、あちこちに肉を残すでしょう。うまい人は、骨を崩さずきれいに身を剝《は》がして無駄なく食べます。ナイフを入れる深さと角度を正確に把握しているからです。手術も同じです。玄田先生は、解剖学的な把握と組織を見きわめる目が抜群なので、出血も少ないし、切開も剝離も最小限ですむのです」

しゃべるうちに雪野の声は熱を帯び、玄田を賛美するトーンになった。やはり彼もボスに心酔しているのか。矢島塔子は軽い失望を味わいつつ訊ねた。

「では、先生も玄田先生のような外科医を目指していらっしゃるんですね」

当然、うなずくと思いきや、雪野は即答を避けて目線を落とした。

「どうでしょう。自分でもよくわかりませんが」

「と、おっしゃいますと？」

「玄田先生が若いころの話をされていたときに、こんなことをおっしゃったんです。手術の腕を磨いていると、むずかしい症例ほどやり甲斐《がい》を感じる、気がつけば、患者のがんが大きいほどファイトが湧くようになっていたとね。それを聞いて、複雑な気持になりました。もちろん、玄田先生はそんなおつもりはないでしょうが、何と言うか、その

「……」

「患者さんの不幸を喜ぶ、というようなことですか」

「まあ、そうですね」

苦しげな返事だった。さらに深刻な表情で続ける。

「玄田先生が、あらゆるがん患者に手術を勧めることにも、ときに疑問を感じます。すでに転移があって、手術では治せない患者にも、大きな手術をするのです。腫瘍細胞を減らすことが、生体に有利な状況を作るとおっしゃって。しかし、それは仮説で、きちんとしたエビデンスがありません。内科や放射線科に紹介したほうがいいと思う患者もいるのですが」

「教授には逆らえないというわけですね」

「ええ。玄田先生のお考えは、がん患者はとにかくがんを取り除いてほしがっている、手遅れのがんであっても、手術すればとりあえず希望が持てる、手術してもしなくても死ぬのなら、短期間でも希望が持てるほうがいいということなのです。でも、それは外科医の驕《おご》りではないでしょうか。患者さんは痛い思いをし、臓器を失い、合併症の危険にもさらされるのですから」

矢島塔子は意外な気持で雪野を見た。「外科医の驕り」などという言葉が、当の外科医の口から出るとは思わなかった。しかも、それは今自分が賛美したボスの玄田に向けられたものだ。

彼女はこれまで取材してきた外科医たちを思い出し、違和感を覚えた。彼らはいずれも患者の治療を最優先し、手術にベストを尽くすと熱く語っていた。しかし、そこには何か胡散臭いものが漂っていた。その正体が雪野の言葉でわかった気がした。それは多くの外科医たちに欠けている自省の姿勢だ。自分は正しい、だから、手術が患者にとっていちばんよいというとんでもない思い上がり。

「こんなことを申し上げると、失礼かもしれませんが、雪野先生は外科医として異例なほど謙虚でいらっしゃいますね」

「それが私の欠点かもしれませんが……」

雪野が苦笑したので首を傾げると、彼はかすかな自嘲を込めて言った。

「外科医には揺るぎない信念みたいなものが必要なんです。手術は患者さんに大きな傷を負わせる行為です。自分は正しいと信じてやらなければ、とても前には進めません。そういう意味では、玄田先生は堂々たる信念をお持ちです。どんながんでも手術で治す。患者さんにすれば、これほど心強いことはないでしょう」

「先生はそういう信念を持てないのですか」

「持てませんね。私はやはり、手術で亡くなった患者さんのことが忘れられないから」

それはつまり、信念を持つためには、手術で死なせた患者のことを忘れなければならないということか。たしかに、これまで取材した外科医たちは、前向きの姿勢が強すぎる印象だった。そういう医師の前のめりな姿勢が、矢島塔子には不安を感じさせる。

「玄田先生がいくら信念をお持ちでも、再発や転移したがんは治せないのではありませんか」

「中には転移していても手術で助かる患者さんもいます」

「……それは、手術で助かったと言い切れるのでしょうか」

矢島塔子は、雪野の反応をうかがいながら、できるだけ控えめに聞いた。「もちろん」と言われれば、それ以上突っ込まないつもりだった。しかし、雪野は即答せず、逆に「と言うと？」と聞き返した。

「素人考えですみません。もしかしたら、その患者さんは、手術をしなくても命に関わらないタイプのがんだった、なんてことはないのかなと思って」

わざと砕けた口調にしたのは、相手を怒らせないための予防線だ。だが、雪野は目元に笑みさえ浮かべて切り返してきた。

「それは、『偽がん』だったかもしれないということですか」

「見抜かれてしまいましたね。実はわたし、竣世大学の岸上先生にも取材させていただいたんです。岸上先生の説についてはどうお考えですか」

外科医なら言下に否定してもおかしくないが、雪野はそうはしないような気がした。

「岸上先生の『真がん・偽がん説』は、転移するがんが『真がん』で、『偽がん』は転移しないと区別していたはずだけど」

「でも、その中間みたいなものもあり得るのじゃないかと思うんです。転移はするけれど、手術をしなくても命には関わらないというような」

「どうだろう」

雪野は腕組みをして考え込んだ。素人の荒唐無稽《むけい》な考えなのに、頭から否定しないのは、雪野の人柄か。

矢島塔子はその対応に甘えるように、岸上にしたのと同じ気がかりを話した。

「個人的なことで恐縮なのですが、実はわたしはいわゆるがん家系なんです。それでついあれこれ考えてしまって」

「がん家系？」

雪野が妙な顔をしたので、矢島塔子は身内の状況を説明した。雪野は黙って聞いていたが、やがて微笑みながら言った。

「それだけではがん家系とは言えないんじゃないかな。『遺伝性乳がん・卵巣がん症候群』とか、甲状腺《こうじょうせん》の髄様《ずいよう》がんが遺伝する『シップル症候群』とかもあるけど、すべてのがんが遺伝するわけじゃありませんからね。それに矢島さんの場合は、ご家族がみんな同じがんになっているわけではないでしょう。必ずしも遺伝とは言えないんじゃないかな」

それならあまり神経質になることもないのか。

「でも、細胞のがん化を抑える遺伝子が弱い、ということは考えられませんか」

「よく勉強してますね。その可能性はゼロではありません」

なんだ、やっぱり心配なのか。矢島塔子が落胆すると、雪野はなだめるように言った。

「がんはまだわからないことだらけなので、あまり考えないほうがいいです。気持はわかりますが、的外れの心配も多いですから。岸上先生の説だって、将来きちんと証明されれば、がんの治療法が根本的に変わる可能性があります。手術もまったく無用になるかもしれない」

そう言われても、心は安まらない。岸上の取材をしたとき、最後に言われた謎めいた言葉がよみがえった。雪野はどう反応するだろう。

「この前、岸上先生に取材したとき、最後にこんなことをおっしゃったんです。がんは自己だから克服されない、がんは人類のためにあるって。これはどういう意味なんでしょう」

「えっ」

雪野が絶句したので、逆に彼女のほうが驚いてしまった。自分は何か口にしてはならないことを聞いてしまったのか。

矢島塔子は恐縮し、失礼があったのなら即座に謝ろうと思った。だが、雪野は怒るでも不快を浮かべるわけでもなく、穏やかな目に困惑を浮かべるばかりだ。

返事を待っても、答えは返ってきそうになかった。岸上の言葉には、現場で最前線に立つ外科医を動揺させる何か深い意味があるのだろうか。

12

矢島塔子のインタビューを受け終えたあと、雪野光一は疲れた足取りで外科病棟にもどった。

緊急手術をした患者は、ナースステーションの横の重症管理室に入っている。肝臓がんの破裂で、腹腔内出血を起こした患者だった。患者を外来で診ていたのは、准教授の黒木だが、出張で不在だったため、代わりに雪野が執刀することになったのだ。

電話で手術結果を報告すると、黒木は、「その患者も凶悪化したがんだな」と即座に断定した。外来で診ていながら、がんが破裂するまで放置していたことへの弁明だ。

重症管理室に行くと、受け持ちの研修医が、患者につききりで術後管理を行っていた。

「ドレーンからの出血はどう」

「二時間で三〇ccほどです」

「じゃあ、止血は大丈夫だな。血小板輸血は？」

「二パック入れました」

患者は肝硬変を合併していて、出血傾向が強かった。酒は嗜《たしな》む程度だというから、おそらくがんの原因はC型肝炎ウイルスだろう。

がんの原因については、二十世紀にさまざまな議論が繰り返された。ウイルス説もそのひとつだ。成人型のT細胞白血病、子宮頸がん、肝臓がんなどは、ウィルスによって発症することがわかっている。ほかに有力だったのは外部刺激説で、タバコによる肺がん、コールタールによる皮膚がん、放射線による甲状腺がんなどが代表とされる。さらに第三の説として、突然変異説があった。正常細胞が、突然、がん細胞に変異するという考えである。

この三説は、いずれも部分的には正しいが、すべてを説明することはできなかった。現在は、DNAの損傷ががん化を引き起こすと考えられているが、それでもまだわからないことが多い。いったい、いつになったら医学はがんの本態に到達できるのだろう。

しばらく術後患者のようすを見ていたが、特に変化はなさそうだった。

「じゃあ、私は生理研にいるから、何かあったら連絡して」

研修医に言い残して、雪野は研究室に向かった。時刻は午後九時。夕食はとっていないが、空腹感はまるでない。

十五人の医師が所属する生理研には、まだ半分ほどが残って仕事を続けていた。机のパソコンを起動させ、北沢から引き継いだセンチネル・リンパ節の実験ファイルを開く。彼は乳がんのセンチネル・リンパ節への転移を見極めるため、ICG蛍光法という技術を使っていた。それまでのラジオアイソトープではなく、患者に負担の少ない蛍光色素を利用する検査法だ。北沢はそれを胃がんや食道がんにも応用しようと考えていたようだ。しかし、実際は思うほど簡単にはいかなかった。

雪野はファイルを閉じ、引き出しから自分の実験ノートを出した。玄田教授に中止を命じられたがんの増殖遺伝子の制御の研究だ。これが成功すれば、万能抗がん剤も夢ではないと思われたが、ここでその研究を続けるわけにはいかない。未練を断ち切るようにノートを閉じると、雪野は郵送されてきたがん治療の専門誌「標的細胞《ターゲット・セル》」を開いた。

――進行胃癌患者に対するPTX + TS-1療法

――KRAS遺伝子で遠隔転移を有する大腸癌患者に対するpanitumumab併用療法

――消化器癌における癌幹細胞の微小リンパ節転移の臨床的意義

ごたいそうなタイトルが並んでいるが、中身はいずれも、実際の治療に結びつかないものばかりだ。仮定と、推察と、希望的観測に基づく推論。医療はがんを克服しつつあるなどとアピールするような論文は、恥ずべき虚栄だ。雪野は忸怩《じくじ》たる思いで額に手をやった。

先ほどのインタビューで、矢島という記者が岸上から聞いたという言葉が頭をよぎる。

――がんは自己だから克服されない。

がんが正常細胞から発生したのは周知の事実だ。多くの抗がん剤や放射線治療は、正常細胞も攻撃するから、副作用が問題になる。しかし、それはずっと前から言い古されていることだ。岸上が言ったのは、そんな単純なことではないはずだ。

がんは無秩序に増殖する。新生血管を作り、栄養を確保し、転移で新しい生存の場を獲得する。その戦略の巧みさは、あたかも自らの意思を持った高等生物であるかのようだ。だが、そう考えると、どうしても合点がいかないことがある。がんの増殖が、宿主を死に追いやってしまうことだ。それはがん自身の死をも意味する。繁栄が死につながる矛盾。がんとはただ単に狂った細胞なのか。

雪野に衝撃を与えたのは、岸上が言ったというもうひとつの言葉だった。

――がんは人類のためにある。

もし、そうだとしたら、がんの凶悪化は何を意味するのか。

13

青柳宏は「放射線大規模治療センター『レイトピア』in敦賀《つるが》」のプロモーションビデオを見終わったあと、教授室のソファにもたれて唸《うな》った。

「こんな映像、見たことがないな」

映像はハイビジョンの青を基調に、斬新なデザインを駆使したものだった。

『奇跡のがん治療』

『感動と驚愕《きょうがく》の効果』

『神の見えざるナイフ』

華麗なロゴが浮かんでは消える。そして、画面いっぱいに新施設の名称『レイトピア』の文字が浮かび上がる。レントゲンを表す「X－ray」から取った名称だ。

「レイトピア」で行われるのは、ホウ素を使ったBNCTと、粒子線治療を含む放射線の先端治療の予定である。完成すればどんながんでも完治するのではないかと思わせるのに、十分なインパクトだった。

パソコンを操作していた筆頭講師の梅川が説明した。

「この動画を、関西《かんさい》メディカル総合特区の関係者に配信します。おそらく、第三次認定プロジェクトに、選定されるでしょう」

「よくできたビデオだ。どこに作らせたんだ」

「アメリカのPR会社、ブルーノ・フィン社に依頼しました。パキスタンで銃撃された少女の事件を大々的にアピールして、世論を動かした会社です」

「そうとうな経費がかかったんじゃないのか」

「そちらは龍田先生のほうで、手配を」

梅川が視線を流すと、准教授の龍田は黙って青柳に頭を下げた。日ごろから彼が密接なつながりを保っている放射線医療機器メーカーの資金協力があったのは明らかだ。

「BNCTでがん幹細胞に、ホウ素を取り込ませる新薬はどうなってるんだ、梅川」

「ご心配なく。ベガ・ファーマの子会社であるベガ・ケミファが、間もなく開発を終える予定です。同社は産学連携ベンチャーのマジェンダ社と共同出資で販売会社を設立し、大々的な展開を画策しています」

「加速器についてはどうだ」

「そちらも治験に使える機種を、三星《みつぼし》重機と毛利《もうり》製作所が開発中です。完成すれば、世界にさきがけて、本格的な臨床応用がスタートすることになります」

「そうなれば、海外から医療ツーリズムで患者が押し寄せるな。粒子線治療は設備費が嵩《かさ》みそうだが、そちらは大丈夫か、龍田」

「はい。泉水内閣は、粒子線治療を含む先進医療を、次世代産業の柱にしたいとの考えですので、特区での優遇税制が受けられる見込みです。原発マネーも流用されると思われます。原子力業界は、原発施設の新設がむずかしいですから、技術とノウハウを生かせる粒子線治療施設に、活路を見出《みいだ》そうと必死です。大規模治療センターである『レイトピア』は、夢のある話ですから、地元自治体も歓迎するでしょう」

「政治家への働きかけも怠りないな」

「自由共和党の厚労族議員と、民和党の元幹事長を軸に、メーカーとの間を取り持っております。政治家には政治資金、メーカーには大口の受注、我々放射線科医にはがん治療の主役の座。いずれもがウィンウィンの三方よしです」

「『レイトピア』が、関西メディカル総合特区の計画認定プロジェクトになれば、施設の建造も急ピッチで進むわけだな。一年後の予算判定では、きっと我が放射線治療は一段と優位に立つことになる。ジョセフィン・ルビーのお告げ通りだ」

「はい?」

梅川が問い返したが、青柳は「いや、何でもない」とさりげなくやりすごした。

「あとはメディア戦略だな」

「そちらのほうも抜かりなく」

梅川が答えると、青柳は満足げな面持ちで、部下たちには見えないように置いたパソコンのモニターに確信に満ちた目線を流した。

14

慶陵大学免疫療法科は、白江真佐子の名前で、全国のがん拠点病院に、大規模なランダム化比較試験の症例募集の通達を出した。

試験の名称は、「Japan Working groups of Hyper Immune Therapy Examination（日本超免疫療法治験作業部会）」、略称「J－WHITE」。白江が自らの名前を連想させるように名づけたのは、一目瞭然《りょうぜん》だった。

「J－WHITE」の対象となるのは、膵臓がん、肺がん、大腸がんの三種。いずれも進行すれば治癒のむずかしいがんばかりである。

症例募集の通達によると、「J－WHITE」に参加した患者は、ペプチドワクチンと薬品で処理したウイルスのエンベロープを溶剤に溶かして、週一回、皮下注射を受けることになる。回数は六回で、その後の経過を三カ月フォローする。

期待される効果としては、腫瘍の縮小または消失。腫瘍マーカーの正常化。疼痛《とうつう》、神経障害、炎症の軽減などである。合併症としては、皮下注射局所の発赤、しこり、および発熱、感冒様症状などが挙げられていた。

募集に応じた患者は、治験開始後も自由に参加中止を求めることができ、それによって不利益をこうむることはない。

大規模治験であるから、白江は目標症例数を一〇〇〇と設定した。それだけの症例で結果を出せば、どこからも文句のつけようのないデータになるだろう。症例はランダムに二つに分けて、ペプチドワクチンを接種するグループと、従来の治療のみのグループで効果を比較する。副作用がほとんどなく、高い効果が期待できるこの療法は評判を呼び、通達を出した直後から、驚異的な勢いで参加希望者を増やしていった。

「この調子なら、三カ月もたたないうちに、目標症例数を達成できるんじゃないですか」

准教授の秋吉典彦が、浮かれた調子で言った。

彼はもともと、白江の教授着任を歓迎していなかったが、「J-WHITE」のプロトコル（治験手順規定）の作成が終わるころから、彼女が提示した東帝大教授への道が現実味を帯びてきたと判断したのか、積極的に協力するようになっていた。

「がんのペプチドワクチン療法は、スーパー特区にも採択されているから、さまざまな優遇措置が受けられるわ。参加申込者には、すぐ必要な検査を開始してちょうだい。HLAの型（白血球の血液型）が合い次第、ワクチン接種を開始します」

白江は医局員に全国の病院を割り当て、早急な治験開始を命じた。これでペプチドワクチン療法の有効性が証明されれば、プロジェクトG4における免疫療法グループの優位はほぼ確定するだろう。それでも白江は油断せず、治験参加者のがんの進行度や合併症の有無などに、細心の注意を払っていた。

実際に治験が開始されると、医局員から次々と好ましい報告が上げられた。

「末期の膵臓がん患者で、早くも腫瘍縮小のデータが届いています」

「大腸がんではCEA（腫瘍マーカー）の正常化が報告されています」

「今のところ、大きな副作用はありません」

白江は満足げに応えた。

「ペプチドワクチンががんの最適化治療になったら、患者は手術で臓器を失うことも、抗がん剤や放射線の副作用に苦しむこともなくなるわ。がんに強くて、身体に優しい免疫療法の時代が来るのよ」

白江は闘争勝利まであと数歩に迫った革命家のように、感慨深げに語った。

そんな折、彼女の胸に一抹の暗雲が垂れ込めるニュースが舞い込んできた。先日、表参道のフレンチレストランで会った天王会クリニックグループの総帥、万条時虎が逮捕されたのである。容疑は、診療報酬不正請求と、詐欺および所得税法違反。

新聞でニュースを知った白江は、いかにも胡散臭かったキザな口ひげ男を思い出し、深く関わらなくてよかったと思った。万条が逮捕されれば、当然、あのインチキ療法のクリニックグループは廃業に追い込まれるだろう。それは免疫療法界にとっても好ましいことだと、彼女はこのニュースを歓迎した。

ところが、事態は急変した。翌週に発売された写真週刊誌「ウォッチャー」に、とんでもない記事が掲載されたのだ。

『天王会クリニックグループ総帥&免疫療法研究の第一人者S女史　夜のアツアツ〝デート〟』

煽情《せんじよう》的に書かれた記事には、白江の名前こそ伏せられていたが、「私大の雄K大学免疫療法科の教授S女史」と、関係者が見れば一目瞭然の書き方で、〝デート〟のようすを次のように報じていた。

『S女史は瀟洒《しようしや》な白のスーツにエルメスのケリーバッグを提げ、いそいそと万条氏が待つ青山通りの高級フレンチレストランに向かった。

……まずはシャンパンで乾杯、仲むつまじそうに語り合う二人は、ときおり笑みを交わしながら、互いに熱い視線を交わした。

……万条氏もS女史も、医師としての専門分野は同じがんの免疫療法。万条氏は天王会クリニックグループ、S女史は大学病院と、土俵のちがいはあれ、その治療には共通する部分も多い。

……天王会クリニックグループの患者が、被害者の会を結成し、「インチキ治療による被害の賠償」を求めて訴訟の動きがあるのは周知の事実。二人の会話は、記者には聞き取れなかったが、万条氏がこの〝デート〟を好機と、S女史に専門家としての支援を要請した可能性も否定できない……』

記事には白江の顔をモザイクにして、レストランに向かう彼女と、レストランの席で親しげに話す二人のカラー写真が掲載されていた。画質は粗く、隠し撮りされたのは明らかだ。白江と万条を引き合わせた新堂というフリーライターも同席していたが、席をはずしたときを狙ったのだろう。そういえば、新堂は不自然なほど何度も席をはずした。はじめから撮影を知っていたにちがいない。

「白江先生。これはいったいどういうことです」

新聞で雑誌の広告を見たらしい秋吉が、当該ページを開いた「ウォッチャー」を持って教授室に飛び込んできた。すでに記事を読んでいた白江は、うめくように声を震わせた。

「ハメられたのよ。すぐに調べるわ」

彼女は新堂のケータイに電話をかけた。が、通じない。メールを送ってもDelivery failureで返ってくる。はじめから行方をくらますつもりだったようだ。新堂は著書もあったので、版元に問い合わせたが、当然のことながら連絡先は教えてもらえない。白江は舌打ちしたが、どうしようもなかった。

「『ウォッチャー』の編集部に電話したらどうですか。これは明らかに名誉毀損《きそん》ですよ」

秋吉に言われるまでもなく、白江は版元のゼネカ出版に電話をかけた。「ウォッチャー」の編集長は、声の感じは存外まともだったが、白江の苦情にはまるで反省の色を見せなかった。

「名誉毀損だなんて、ご冗談でしょう。私どもは先生のプライバシーに配慮して、実名はもちろん、大学もイニシャルですし、写真にもモザイクをほどこしております。それに白江先生が万条氏とレストランで食事をされたのは事実ですし、万条氏が逮捕された今、同じ免疫療法をご専門とされる先生が、万条氏と会食されていたという事実は、社会に対して報じるに値するものだと判断した次第であります」

「冗談じゃないわよ。一回食事をしたくらいで、どうしてそれを報じられなければならないの。あの人とは何の関係もないし、第一、あのときは紹介者があって、致し方なくお会いしただけで、二人で会食したわけではありません。しかも、会ってみたら話がちがうので、わたくしは食事の途中で席を立って帰ったのですよ。それを仲むつまじくだなんて、事実誤認も甚だしい。即刻、雑誌の回収と謝罪の掲載を要求します」

「何人で会食されたのかについては、私どもでは把握しておりません。記者が確認しておりますのは、写真にありますように、お二人でいらっしゃる場面だけです。また、記事には仲むつまじくとは書いておりません。仲むつまじそうにと書いたのであって、それは記者の主観ですから、いわば表現の自由に関わることです」

「そんな屁理屈が通るとでも思ってるの！」

思わず怒鳴ったが、相手はそれを無視して取材の口調になった。

「今、食事の途中で席を立ったとおっしゃいましたが、何かもめ事でもあったのでしょうか。金銭関係？　女性問題？　はたまた今、世間を騒がせている免疫療法がらみで、何かまずいことでも？」

「そんなことあるわけないでしょう。紹介者がいい加減なことを言うから、怒って帰ったんです。免疫療法のことをおっしゃいましたけど、万条さんのやっていた免疫細胞療法と、わたくしたちのやっているペプチドワクチン療法は、根本的にちがうものです。あの記事ではちがいがまったくわからないじゃありませんか」

「でも、どちらも免疫を利用した治療法なのでしょう。私どもは専門家ではありませんから、厳密なちがいはわかりません。しかし、ジャンルとしては同じではないのですか」

「そんないい加減な報道をされては困ります。世間に誤解を与えるじゃありませんか」

横で電話を聞いていた秋吉が、盛んに手を振って通話を終えるように合図してきた。

「電話では話にならないわ。法的手段も含め、改めて正式に抗議させていただきますので、そのおつもりで」

白江は相手の返事も聞かずに受話器をフックに叩きつけた。

「白江先生、まずいですよ。この記事には先生個人に対する中傷だけでなく、明らかに『J‐WHITE』のペプチドワクチン療法も貶《おとし》める意図が込められています」

記事を再読していた秋吉が、声を強ばらせた。それは白江も感じていることだった。万条の逮捕で、彼の免疫細胞療法がインチキであることが明らかになった今、自分がその万条と親密だなどと報じられれば、世間は白江の治療も、万条の治療と同じ穴のムジナだと思うだろう。それこそ彼女がもっとも恐れていたことだ。

「どうしたらいいかしら」

「なんとか記事がこれ以上、広がらないよう抑えることでしょうね」

「でも、このままじゃわたくしの気持が収まらない。なんとか名誉毀損で訴えられないの」

「むずかしいでしょうね」

「万条さんにコメントを出してもらうのは？」

「勾留《こうりゅう》中ですから無理ですよ。お腹立ちはお察ししますが、今は下手に動かないほうがいいでしょう。我々がアクションを起こせば、向こうはそれをネタにさらに話題を盛り上げるでしょうから」

白江は自分がはめられた怒りと悔しさに、身体が震えそうになるのを懸命に堪《こら》えた。ここは秋吉の言うように動かないほうが得策かもしれない。彼女は秋吉とともに学長と理事長に記事の報告に行った。大学幹部たちの判断も静観だった。

「記事が出たのは二流の写真週刊誌ですから、さほど大きな影響はないでしょう。『ウォッチャー』だけで終わればいいんですが」

懸念を浮かべる秋吉に、白江はきつい口調で言った。

「これで終わるわよ。ほかに何を記事にすると言うの。不覚にも会食の誘いには乗ったけれど、万条さんとはあれ以来、何の接点もないのよ。記事の書きようがないでしょう」

しかし、ゴシップとお笑い以外に売り物のない報道バラエティは、そう甘くはなかった。派手なイケメンである万条の女性関係は、世間の耳目を集めるには恰好《かっこう》のネタである。跡追いするテレビ番組や週刊誌も続き、白江にも取材の申し込みが殺到した。もちろん彼女は応じなかったが、「美しすぎる教授」「免疫治療界の女王」などと報じられ、男女の関係がないとわかると、今度は免疫療法の胡散臭さに話題がシフトしていった。

このままでは万条のインチキ治療と、白江のペプチドワクチン療法が混同されかねない。白江は自らメディアに出て、免疫療法の正当性を明かすとともに、ペプチドワクチン療法と、万条医師の免疫細胞療法が、根本的に異質のものであることを説明する決意を固めた。ところが、それまで白江に取材を申し込んでいたメディアが、手のひらを返したように白江の露出を求めなくなった。理由は、白江の主張が専門的すぎて、一般の視聴者には理解しづらいということだった。いくらわかりやすく説明すると言っても断られる。

「おかしいですね。免疫の話なら、これまで何度もメディアで取り上げられたし、世間も注目しているはずなのに」

秋吉が首をひねると、白江も不自然な圧力を感じざるを得なかった。

やがて世間に免疫療法に対する疑念が広まり、白江たちの恐れていた事態が起こった。「J-WHITE」に申し込んでいた患者たちが、参加を取りやめはじめたのである。

「ウォッチャー」の記事以後、「J-WHITE」への申し込みは伸び悩んできたが、それでも希望者は六〇〇を超えており、そのうち約二五〇人の患者がすでにワクチン接種を開始していた。目標の一〇〇〇に比べるとかなり見劣りするが、これだけの症例があれば、一応は大規模治験に入れることができる。ところが、テレビや週刊誌の報道が続くにつれ、すでに治験に参加している患者たちが離脱しはじめたのだ。医局員は手を尽くして引き留めを図ったが、流れを食い止めることはできなかった。そんな中、発行部数四十万部を誇る大手の「週刊現界」が、衝撃的な特集記事を掲載した。

『がん免疫療法　実は卑劣な人体実験　大規模治験の欺瞞を暴く』

筆者は過激な医療批判で知られるジャーナリストの小島修治《こじましゅうじ》。記事は白江の「J-WHITE」を名指しで誹謗《ひぼう》するものだった。

『夢の治療とも期待されるがんの免疫療法。ペプチドワクチンと呼ばれる注射で、患者自身の免疫力を強化し、がんを治す療法である。慶陵大学免疫療法科の白江真佐子教授が、現在、全国の病院で進めている大規模治験は、新しいペプチドワクチンを使って、膵臓がん、肺がんなど、治療困難ながんに対する効果を調べるものだ。白江教授のグループは、がんの縮小や消失など、抜群の効果を前面に押し出して、多くの治験参加者を募っている。だが、全員がその治療を受けられるわけではない。ペプチドワクチンを接種してもらえるのは半分で、残り半分はまったく効果のない偽物のワクチンを注射されるのだ』

煽情的な書き出しではじまる記事は、ランダム化比較試験の解説をしたあと、ことさら批判的に続ける。

『この大規模治験の真の目的は、本物のワクチンを接種したグループと、偽物を接種したグループを比較して、本物のグループにのみ効果があったと証明することである。すなわち、患者の半分は、ワクチンの効果を証明するための捨て石として、みすみす病気の悪化を放置されるのである。どちらのグループに入るかは、コンピュータが決めるため、まったくの運次第。ほかに治療法がなく、新治療に期待して治験に参加しても、患者の半分は何の効果もない偽ワクチンを注射され、その事実は本人にさえ明かされない。こんな人体実験さながらの卑劣な医療が許されてよいものだろうか』

小島の主張は嘘ではないが、事実をねじ曲げ、読者の反感を煽《あお》ることのみを目的としているのは明らかだった。さらに小島はどこから聞き出したのか、「J-WHITE」の極秘情報まで暴露していた。

『「J-WHITE」では、参加者一人につき、十万円の治験協力費が各病院に支払われる。それは病院の収入となり、患者には還元されない。病院はこのカネほしさに、希望者募集に力を入れる。目標症例数は一〇〇〇例。一億円にもなる治験協力費は、サプリメント業界からの寄付金が充てられるもよう。サプリメント業界は見返りに、ほとんど効果のないサプリメントや健康食品を、「免疫力を高める」などの触れ込みで、専門家の協力を得つつ、販売促進ができる。白江教授サイドは、労せずして治験参加者を集めることができ、病院、業界、大学の三者がウィンウィンの関係になるが、割を食うのは偽ワクチンを打たれる患者である。新治療を試してもらえると思っても、その確率は五〇パーセント。それなら治験になど参加せず、確実に本物のワクチンを接種してくれる医療機関をさがしたほうが、よほど助かる見込みは大きい』

「何よ、この記事は。曲解も甚だしい」

白江はふだんの自制心も忘れて叫んだが、大部数の週刊誌の前には何の効果もなかった。

新聞の時評などでは、この記事に関して、「新治療の治験とは、そもそもそういうもの。いかに患者が新治療を求めようと、治療する患者としない患者を無作為に分けて比較する以外、新治療の有効性を確かめる方法はない」などと、専門家の反論が掲載されたが、一般の人にはほとんど理解されなかった。

「週刊現界」の特集記事が評判を呼ぶと、ライバル週刊誌も似たりよったりの記事を載せ、さらに世間に動揺が広まった。

「J-WHITE」は、連鎖反応のように参加者の離脱が相次いだ。このままでは治験は事実上の中止に追い込まれてしまう。

白江はことの重大さに気づき、感情的になっている場合ではないと自らを戒めた。離脱者を引き止めなければならない。しかし、その流れを止めるには、よほど効果的な戦略を考えなければならなかった。

15

阪都大学消化器外科の准教授室で、黒木潤は、手術器機メーカーである神武メディカル社の営業課長と向き合っていた。陽気さとは無縁の策士の顔に、してやったりの笑みが浮かぶ。

「今や〝免疫治療界の女王〟は、時の人だな。それにしても、あの用心深い彼女が、よく〝総帥〟を名乗るような胡散臭い男との会食に出てきたもんだな」

営業課長が直立不動の姿勢をわずかに崩して答える。

「仲立ちをしたフリーライターが私の知人でして。医学関係のノンフィクションを書いているので、信用したのでしょう」

「で、『ウォッチャー』を出してる出版社と、そのフリーライターはつながりはないのか」

「『ウォッチャー』の編集長は別のコネですから、まったく関係はありません。だれが調べても、まず接点は見いだせないでしょう」

「てことは、ことの起こりがどういうものかも、明るみに出ないと考えていいんだな」

「ご心配なく」

「J-WHITEの治験参加者はどうなんだ」

「それはもう順調に減っております。スキャンダル発覚時には参加希望者六〇〇強で、そのうち二五〇例ほどがすでにワクチンの接種を開始しておりましたが、一連の報道以後、離脱者が続出し、今ではワクチン継続者は一二〇例程度になっております。新規の参加希望者はほとんどありませんし、ワクチン接種終了には六週間かかりますから、最後まで完走する参加者はさらに減ると思われます」

「『J-WHITE』は、なし崩し的に中止に追い込まれるということだな」

「さようで」

策略を立案したのはこの営業課長だった。しかし、彼にその役目を任せたのは自分なのだから、手柄は自分のものだと黒木は考えていた。

「白江さんの動きはどうだ。何か言ってきてないのか」

「ゼネカ出版に苦情の電話があったそうですが、まるでそこらの中年女性のヒステリーのようだったそうです」

「『ウォッチャー』の記事はかなり煽情的だが、名誉毀損とかは大丈夫だろうな。裁判沙汰になったら、思わぬところから背後関係が暴かれたりしないか」

「証拠になるようなものはいっさい残しておりません。それに『ウォッチャー』の編集長は申しておりましたよ。もう少しどぎつく書いて、なんとか名誉毀損で訴えてくれるように仕向けりゃよかった、そうすりゃもっと記事が書けるし、雑誌も売れると」

「ほう、そんなものかね」

黒木は医学界以外の世情に疎いことをさらけ出したが、当人はそれに気づかず、満足の体で言った。

「これで彼女もちっとはおとなしくなるだろう。免疫療法などという新参者が、伝統を誇る手術を差し置いて、がん治療の先陣を切るなどあり得ないことだ」

「まったくでございます」

営業課長が餌を待ち受ける犬の卑屈さで頭を低くする。それに気づいた黒木は、意地の悪い一瞥《いちべつ》を相手に向けた。

「それにしても、君のところのレーザーメスだが、他社の製品と比べて十分なメリットはあるのかね」

「もちろんでございます。弊社の炭酸ガスレーザーは、高品質・高性能で、耐久性にも優れ、外科の先生方にも使っていただきやすい多関節仕様で、止血機能も他社製品に比べ、有意に優れております」

「しかし、値段がなあ。一台、千三百万だろう。大手メーカーの普及品なら、七百万前後で納入するぞ」

「黒木先生。モノがちがいますから。弊社のザ・リッパー25は、他社の炭酸ガスレーザーなんかより、はるかに切除スピードも速いですし、ぜったいに納入していただいて後悔させませんから」

営業課長はここが勝負とばかり、唾《つば》を飛ばす勢いで食い下がる。

「まあな、手術部の器材選定委員長の僕が言えば、まちがいなく決まるだろうがね」

「よろしくお願いいたします。この通りでございます」

「で、保証期間は何年？」

「二年でございます」

「そうか、微妙なところだな。器械の寿命があまり短いと、買ってもらえない。寿命が長すぎると、なかなか買い換えてもらえない。次々買い換えてもらわないと儲《もう》からない。そうだろ」

「仰せの通りです。先生方が荒っぽい使い方をして、早く器械をダメにしてくださるとありがたいんですが」

「馬鹿。外科医は自分の使い方が荒くても、壊れればメーカーの責任にするに決まってるじゃないか。こんなすぐ壊れるのは次から買うなってな」

「それは困ります」

「しかし、君らも少しは工夫しなきゃいかんよ。パソコンや家電を見てみろ。あらかじめ適当に壊れるように作って、買い換えのサイクルをどんどん短くしてるじゃないか」

「まったくでございます。我々も勉強いたします」

「まあ、今回は君んところに世話になったからな。玄田先生もザ・リッパー25の推挙には反対されないと思うがね」

「ありがとうございます。ああ、よかった。これで私の首もつながります」

　営業課長は黒木がいびりモードにもどらないよう、精いっぱいの演技で安堵《あんど》して見せた。黒木は蔑《さげす》むように鼻を鳴らし、皮肉っぽく続ける。

「それにしても、フリーライターだの雑誌の編集長だの、いろんなコネを持ってるもんだな」

「マスコミ関係者は機会があるごとに接待していますす。世間に対する影響力が大きいですからね。政治も経済もスポーツもお笑いも、結局、世間を操った者が勝ちですから」

「医療も同じだな。これまでは専門家同士の駆け引きですんだが、今は無知な世間が相手だから苦労するよ。やれ患者の権利だ、安全確保だ、インフォームド・コンセントだと、うるさくてかなわない」

「お察しいたします」

「マスコミは重箱の隅をつつくような批判で、専門家を困らせて喜んでるんだ。世間の溜飲《りゅういん》を下げることで売り上げを伸ばす。それがヤツらの魂胆だ。我々がどれだけ患者のために努力しているかも理解せず、感謝もしない。以前、そのことを指摘すると、マスコミの連中は何と言ったと思う。医者が患者のために尽くすのは、当然じゃないかと抜かしやがったんだ。新聞記者ごときに、なぜそこまで言われなきゃならんのだ。ヤツらは嫉妬とやっかみで、隙あらば医者を貶めようと狙ってる。まったくさもしい連中だ」

黒木の愚痴は止まらない。営業課長はここぞとばかりに尻馬に乗る。

「マスコミの連中は何もわかっちゃいません。ヤツらはアホですよ。専門家の先生方がどれほど艱難辛苦《かんなんしんく》に耐え、粉骨砕身され、難問を解決されているか。そんなことも知らず、気楽な批判ばかりやってんですからね。ほんと、許せないですよね」

「だろ、まったくだよ。腹立つなぁ、もう」

営業課長の見え透いたお追従に、黒木は気分よく憤慨した。

ノックが聞こえ、雪野が顔を出す。

「黒木先生。HAL手術を予定している患者と家族への説明のお時間です」

「おう」

片手で応えて、立ち上がる。営業課長も立ち、素早く出口に控える。

「では、行ってらっしゃいませ」

単なる手術説明に大げさすぎるほどの最敬礼で見送る。HAL手術と聞いて、次の売り込みを考えているのだろう。国産初の手術支援ロボットには、新しい手術機器がいくつか必要になる。抜け目のないヤツだと、黒木は背後の営業課長に軽侮の笑いを洩らした。

16

HALは、アメリカの「ダヴィンチ」に続く手術支援ロボットとして、五島《いつしま》メディカル工業が開発したものだ。アクチュエータの小型化や、アーム制御のフィードバック方式などが、本家のダヴィンチより優れていると評価されている。黒木はエグゼクティブ・アドバイザーとして、HALの開発に初期段階から関わってきた。

阪都大学病院には、三年前からダヴィンチが配備され、泌尿器科の前立腺や、婦人科の子宮の手術に使われている。消化器外科では、黒木が中心になってHALを導入し、四カ月前に第一例として、早期の大腸がんの手術を成功させた。黒木は二カ月前、胆石の手術でもHAL手術を成功させていたが、がんの症例数を増やしたがっているのは傍《はた》目《め》にも明らかだった。

良好な結果を出すためには、年齢的にも若く、がんも早期の患者を選ばなければならない。そこで白羽の矢が立ったのが、これから手術説明をする佐々本和郎《ささもとかずお》という患者だった。

佐々本は五十二歳で、診断は早期の胃がん。人間ドックで診断され、検診センターから黒木の外来に紹介されてきた。過去に手術を受けたことはなく、中肉中背の理想的な体型だった。

黒木は佐々本を外来で診察した段階から、HAL手術にもってこいだと考えていたようだ。

国産の手術支援ロボットで、胃がんの手術をした者はまだだれもいない。雪野はそんな黒木に命じられて、第一症例で助手を務めるよう、ブタや犬を使って、黒木とともにトレーニングを積んできた。黒木の打ち込みようは凄《すさ》まじく、食事の時間も忘れて長時間、練習に没頭する。外科医たる者、それくらいの努力は当然だと公言して憚《はばか》らないだけあって、いつも深夜まで病院に残っている。あるとき、雪野が自分が最後だろうと思って医局の鍵《かぎ》を閉めかけると、准教授室に明かりがついていた。しかし、黒木はいない。もしやと思って手術部に行くと、だれもいない手術室で、黒木は一人、結紮《けっさつ》のテクニックを工夫していた。そういう熱心な姿を見ているから、性格的には問題があるにせよ、雪野も黒木に対して一定の敬意を払っているのだった。

外科病棟のカンファレンスルームには、研修医と佐々本、その妻と二人の子どもが黒木たちを待っていた。

佐々本は小さな商事会社の社長で、子どもが二人ともまだ小さいせいか、年齢より若く見える。体力もありそうだが、裕福な暮らしぶりで、生活習慣病のリスクはあるかもしれないと、雪野は外見から判断した。

「さて、今回の手術ですが、佐々本さんは全身状態も良好だし、がんも早期で見つかっていますので、まあ不幸中の幸いとでも申し上げましょうか、ご心配されることはないと思いますよ」

黒木は余裕ある口振りで説明をはじめた。がんの治療法や早期がんの五年生存率などを説明したあと、手術法に話を進める。

「胃がんの手術は、開腹手術と腹腔鏡の手術が主流とされてきました。それぞれに利点と欠点があります。開腹手術は腹部を大きく切りますので、術後の痛みも強いし、治癒にも時間がかかります。しかし、臓器を直接見ながらしますから、リアルな状況で操作ができます。一方、腹腔鏡の手術は、腹部に数ヵ所、小さな穴を開けるだけですから、術後の痛みも少ないし、傷の治りも早いです。ですが、二次元の画像を見て手術するので、距離感がつかみにくかったり、鉗子の操作が不自由だったりします」

黒木はそこでいったん言葉を切り、佐々本夫妻の反応を見た。二人は真剣な面持ちで次の説明を待っている。

「従来はこの二つでしたが、今は第三の方法として、ロボット手術が開発されています。HALという国産初の手術支援ロボットで、アメリカですでに実用化されているダヴィンチより、数段進化した性能を備えているものです」

佐々本の妻が緊張を浮かべる。ロボット手術という耳慣れない言葉に、不安を覚えたようだ。それを見て黒木が訊ねた。

「ロボット手術は、お聞きになったことはないですか。無理もありません。最先端の医療ですからね。よろしい。百聞は一見にしかず。HAL手術のすばらしさを、映像でお見せしましょう。君、モニターを用意して」

研修医が簡易スクリーンを下ろして、パソコンを用意する。黒木はマウスを操作してHALシステムの映像を開いた。スクリーンに未来的な装置が映し出される。

「これがHALの全貌《ぜんぼう》です。中央のオペレーション・カートは、手術台の横に設置して、三本のアームと内視鏡カメラを患者さんの腹部に挿入します。左側は腹腔内の画像を最適化するビジョンカート。右側のメイン・コンソールは、術者が座って手術操作を行う装置です。画像を見ながら、両手のコントローラとフットペダルで、アームや電気メスを操作します。メイン・コンソールの画像は3Dですから、実際の腹腔内を見ているのと変わりません。カメラはズーム機能付きで局部を拡大できますし、コントローラの動きはスケール・システムで五倍まで拡大できます。すなわち、一ミリの剝離をするのに、指は五ミリ動かせるのです。そのため、肉眼の手術では考えられないほどの微細な操作を行うことができます。HALの手術は、傷が小さく、肉眼以上のリアルな視野が確保でき、操作は精密と、開腹手術と腹腔鏡の手術のいいとこ取りを実現した画期的なものなのです」

黒木は立て板に水の説明でHALを讃美《さんび》した。佐々木夫妻は、圧倒されたようすで目をしばたたいている。

「では、HALによる手術の映像をご覧にいれましょう。少しどぎついかもしれませんが、ご心配なく。お見せするのはブタの胃を切除する映像で、人間の手術ではありませんから」

スクリーンにブタの腹腔内が映し出される。血管や脂肪、臓器の表面など、そこだけ見れば人間のそれと変わらない。佐々木の妻は二人の子どもを抱き寄せ、顔をそむけさせる。佐々木は手術の安全性を確かめようとするかのように、スクリーンに目を凝らす。

「ご覧ください。三本のアームは直径七ミリという細さで、組織をつかむピンセット、切断用の電気メス、縫合用の持針器《じしんき》など、随時、取り替えて使います。いかがです。この流麗な動き、迅速かつ確実な処置。ちなみに、操作しているのはこの私です」

黒木が荒い鼻息を吐く。

雪野は黒木の自画自賛にあきれるが、HAL手術の映像にはいつもながら感心する。鉤《かぎ》状のロボット鉗子が組織をつまみ、広げ、剝離して、血管を焼灼止血して切開する。太めの血管はクリップで留めてから切断する。その動きは、まるで映画の未来ロボットのようにスムーズだ。

コントローラは外科医の指の動きをそのまま鉗子に反映させるので、機械のようなぎこちなさはまったくない。肉眼の十倍の視野が得られるから、細い血管を切ることもなく、出血もほとんどない。万一、出血しても、すばやい吸引と拡大画像で、出血点をピンポイントで同定できる。開腹手術のように、〝上から押さえる〟とか、〝大きくはさんで縛る〟というような野蛮なことはしない。この映像を見れば、外科医でなくても、だれもが感嘆し、手術の新時代の到来を確信するだろう。

「そのロボット手術というのは、これまでどれくらい行われているのでしょうか」

「いい質問です」と、黒木は余裕の笑みでうなずく。「ロボット手術の件数は、二〇一三年までに、世界で三十二万件行われています。我が国でも、ダヴィンチ手術は二千件を超えています。もちろん、死亡例はゼロです」

雪野は黒木を振り返る。死亡例ゼロというのは、必ずしも正しくない。器械の不具合などで死亡した患者はいないが、実際、死亡例は何例か報告されている。しかし、ロボット手術が原因とは断定できないので、カウントされなかっただけだ。死んだ患者はデータから除くというのなら、いつまでたっても死亡例は出ない。因果関係が十分でないなら、データに入れないまでも、死亡例ゼロを強調すべきではないだろう。

「HAL手術をすれば、身体への負担も少ないですし、出血量も格段に少なくてすみます。感染の心配もないし、縫合不全の危険もありません。入院期間も大幅に短縮できます。お仕事への復帰も早くできます。どうです、いいことずくめでしょう。ご了解いただけるなら、佐々木さんの手術はぜひこのHALで行いたいと思います」

黒木は強引に押し切ろうとしたが、佐々木は未《いま》だ迷っているようだった。

「あの、その、HALというのを使った手術は、どれくらい行われているのでしょうか」

「HALは最新鋭の装置ですからね。国内ではさほど多くはありません。それでも阪都大学病院では複数の症例があります。もちろん、すべて成功しています」

この説明もフェアではない。HAL手術は治験中だから、ほかの施設ではやっておらず、阪都大学病院でも複数にはちがいないがたった二例で、胃がんの手術にHALを使うのは佐々木がはじめてだ。

佐々木がなかなか首を縦に振らないことに焦《じ》れて、黒木は患者の妻に猫なで声で言った。

「奥さんからも勧めてあげてくださいよ。HAL手術だと、来週にでも手術ができます。腹腔鏡や開腹の手術だと、一カ月は先になりますね」

「あの、わたしはふつうの腹腔鏡の手術がいいと、知り合いから聞いたのですが……」

妻が遠慮がちに言うと、黒木は一転、威圧的にまくしたてた。

「HALはね、一台五億五千万円もするんですよ。それだけ優れた装置だということです。私は日本腹腔鏡手術学会の特別技術認定医の資格を持っていますし、認定指導医でもあります。この分野では日本のパイオニアと言われてるんです」

雪野は黒木の興奮をなだめるため、軽く咳払《せきばら》いをして割って入った。

「佐々木さんのご心配はよくわかります。手術法を選ぶのは、佐々木さんの自由です。我々は情報を提供するのが役目ですから」

黒木は改めて開腹手術、腹腔鏡の手術、ロボット手術について、それぞれの利点と欠点を説明した。一応、公平を装っているが、ロボット手術に誘導しようとする意図はあまりに露骨だ。

雪野は不快感を覚えたが、異を唱えることまではしなかった。今でこそ一般化し、多くの患者に利益をもたらしている腹腔鏡の手術も、黎明期《れいめいき》には多くの外科医たちが、必ずしもフェアでない説明で、患者に受けるよう勧めたのだ。そのおかげで、今の安全性が確立された。はじめから、「あなたがこの病院で新しい手術の最初の症例です」などと説明して、手術を受けてくれる患者がどれだけいるだろう。

佐々本と妻も、黒木のバイアスのかかった口振りに、HALの手術を選ばざるを得ないという気になったようだった。説明が終わったあと、佐々本は膝に手を置いて、覚悟を決めたように言った。

「それでは、ロボット手術でお願いします。何卒《なにとぞ》、よろしくお願いいたします」

「そう、それがいいよ。大丈夫。ぜったいとまでは言いませんが、まあ、大船に乗った気持でいてください」

患者が了承したことで、黒木は早くもHAL手術に心を馳《は》せるかのような浮き立った足取りで、准教授室にもどって行った。

17

佐々本和郎の手術は、説明から六日後の木曜日に行われた。

全身麻酔がかけられた佐々本の横に、HALのオペレーション・カートが据え付けられる。少し離れた場所にメイン・コンソールが配置され、佐々本の腹部に小さな切開が加えられ、内視鏡カメラとロボット鉗子のアームが挿入される。

　黒木はメイン・コンソールに座り、助手の雪野が手術台の横に立った。開腹手術では第二、第三の助手がつくが、ロボット手術では助手は一人だ。

　内視鏡カメラで見ると、佐々本の内臓脂肪は予想していたより多く、術野《じゅつや》の展開がやや困難だった。それでも雪野は、黒木が操作しやすいようにスペースを広げた。彼は手際よく剥離を進め、血管の処理もそつなく行い、胃の三分の二を切除する手順までを滞りなく終えた。黒木のロボット手術のテクニックは抜群で、さすがに日本のパイオニアを自任するだけのことはあると、雪野は改めて感心した。

　胃の切除部分の遊離が終わると、次はリンパ節の郭清だ。手術前の検査では、リンパ節転移がなかったので、郭清は1群まででとどめてもよかったが、黒木は念のために2群まで郭清するようだった。脂肪の多い患者はリンパ節の露出が困難で、開腹手術ではしばしば難渋する。しかし、HAL手術では、視野がズームできるので、この点でも有利だった。

　だが、異変はまさにこのとき起こった。膵臓の上縁にあるリンパ節を剥離していたとき、黒木の鉗子が、一瞬、膵臓にめり込んだように見えたのだ。

「うっ」

　黒木は慌てて鉗子を引き、カメラを動かして膵臓の表面を観察した。万一、膵臓を傷つけるとたいへんなことになる。膵液は強力な消化液なので、腹腔内に洩れると、自己消化(自分の内臓を消化すること)を起こす。だからすぐに開腹して、損傷部位を縫合しなければならない。その危険は黒木にもわかっているので、息を凝らして観察している。出血はないか、膵臓表面に亀裂《きれつ》はないか。モニターの画面からも緊張が伝わってくる慎重な観察ぶりだった。

「大丈夫そうだな」

「念のため、開腹して、指で触診したほうがよくありませんか」

雪野が言うと、黒木は言下に否定した。

「そんな必要はない。あとでもう一度確認すれば十分だ」

黒木はふたたび鉗子を動かし、リンパ節の郭清を進めた。雪野はさっきの鉗子のめり込み方がどうも気になった。あれは何かが切れたか、裂けたときの動きではないのか。だが、ロボット手術は鉗子の感触が指に伝わらないから、組織の弾力がわからない。傷ついたのが結合組織やリンパ管なら問題はないが、膵臓の皮膜や膵管だと危険だ。

そう思っている間にも、黒木はすべての操作を終え、切除した胃とリンパ節を、臍《へそ》の下に開けた穴から取り出した。そして、先ほどの膵臓の圧迫部位を再確認しはじめた。仔細《しさい》に診ても、出血もないし、膵臓の表面に亀裂もない。やはり問題なかったのかと、雪野もひとまず安心した。

手術は予定の時間内に終了した。麻酔も問題なく醒《さ》め、佐々木は外科病棟の術後管理室へと運ばれた。

手術室を出たあと、黒木は待ち構えていた佐々本の妻に、余裕の表情で説明した。

「手術は無事、終了しました。念のためリンパ節も広めに取っておきましたから、再発の心配もまずないと思いますよ」

佐々本の妻はハンカチで口元を押さえながら深々と頭を下げた。

18

酸素マスクをつけた佐々本が、喘ぎながら苦痛に顔をしかめている。額から脂汗が流れ、切迫した呼吸がマスクに蒸気のような息を吹きつける。

「佐々本さん、どうしました。大丈夫ですか」

「お腹が……、痛くて……」

そう言いながら首を振る。見る見る意識が薄れつつあるようだ。雪野は悲愴《ひそう》な表情で喘ぐ患者を見つめた。

手術後一日目の昨日は、佐々本の容態は安定していた。発熱もなく、本人も笑顔を見せていた。ところが今朝、午前五時半過ぎに急に三十九度七分の高熱が出て、激しい腹痛を訴えたのだ。

看護師はすぐ当直医に連絡したが、当直医は面倒がって患者を診ようとせず、電話で解熱剤と鎮痛剤を指示しただけだった。看護師は指示された注射をしたが、佐々本の熱は下がらず、痛みも改善しなかった。

午前八時、土曜日でもたいてい研究室に出勤する雪野が、佐々本のようすを診るために病棟に顔を出した。深夜勤務明けの看護師が、すがるように言った。

「あ、雪野先生。ちょうどよかった。佐々本さんの状態がおかしいんです」

術後管理室に行くと、佐々本が顔中に苦悶《くもん》のしわを寄せてうめいていた。腹筋が板のように硬い。重症の腹膜炎だ。膨れあがった腹が、人間の身体とは思えない高熱を発している。

「バイタルを測って。血液検査も至急で」

看護師に採血をさせ、検査部に持って行かせる。

「血圧、八六の四〇、脈、一一二です」

別の看護師が緊迫した声で報告する。ショック寸前だ。雪野は無意識に息を詰める。安全な道を歩いていたはずなのに、突如、幅十センチの絶壁の隘路《あいろ》に立たされた気分だった。

「黒木先生にすぐ連絡して」

酸素マスクの流量を増やし、鎮痛剤を追加した。

「超音波検査《エコー》をするから、ポータブルの用意。イノバンの点滴準備も」

「雪野先生。黒木先生のケータイが留守電になってます」

「佐々本さんが急変したと吹き込んで。すぐ私に折り返し連絡するようにと」

看護師が超音波診断の器械を運んでくる。雪野はベッドの横に座り、ふたたび佐々本の腹部に向き合う。

「今からお腹の検査をさせていただきます。そのままじっとしていてくだされぱいいですから」

佐々本は顔をしかめつつも、意識がもうろうとしているようで答えない。腹部にゼリーを垂らし、端子《プローブ》を当てる。素早く、しかし慎重に角度を変える。標的《ターゲット》は膵臓だ。レーダーのようなモニターに、腹腔内の影が映し出される。総胆管と下大静脈を確認して、心窩《しんか》部《ぶ》を検索する。炎症で腫大しているはずの膵頭部が見つからない。代わりに、おぞましいほど不均一な画像が輪郭もなく広がっていた。

「膵臓が溶けてる……。主膵管の断裂だ」

雪野の口から震える声が洩れた。

「先生、検査室から至急の結果が返ってきました」

「アミラーゼは？」

「六〇一三です」

アミラーゼは、膵炎の指標となる酵素だ。正常値は三〇から一一九IU／L。それが六〇〇〇を超えているのは、激烈な急性膵炎を表す。

そのとき、雪野のケータイに黒木から着信があった。

「佐々本さんが急変て、どういうことだ」

「急性膵炎です。すぐ来て下さい」

ケータイを切ると、雪野は看護師に矢継ぎ早に指示を出した。

「緊急手術だ。手術部と麻酔科に連絡して。奥さんにもすぐ病院に来てもらってくれ。意識レベルと呼吸状態をチェックして。外科の当直はだれだ。医局で手の空いてる者をさがして、手術室に入るよう言ってくれ」

落ち着け。自分に言い聞かせながら、雪野は原因を考えた。おそらく、HALの手術中に膵臓の一部を傷つけていたのだろう。損傷は表面ではなく、内部だったのだ。細い膵管がちぎれ、しばらくは持ちこたえていたが、やがて周囲の組織が溶け、主膵管が断裂して、膵液が一気にあふれ出た。一刻も早く開腹し、洩れ出した膵液を洗い流さなければ、たいへんなことになる。

手術の準備を進めているところに、黒木が強ばった表情で現れた。

「おい、どうなってるんだ」

雪野が状況を説明すると、黒木は素早く考えを巡らす顔つきになり、断定するように言った。

「患者は内臓脂肪が多かったので、膵臓が脆弱《ぜいじゃく》な状況にあったんだな。HAL手術の操作に問題はなかったが、膵臓内部に予測不能な微小断裂を引き起こし、それが時間経過とともに主膵管を障害した。つまり、これは不可抗力の突発事故ということだな」

何を言っているのか。こんなときに自己正当化をしている場合ではないだろう。

「そんなことより、先生、今は膵液のドレナージ（排液）が先決です。すぐオペ場に行ってください。家族には私から説明しておきますから」

「いや、ドレナージは君がやってくれ。家族への説明は執刀医たる私の役目だ。おい、佐々木さんの奥さんには連絡したのか」

黒木は雪野の返事も聞かずに、術後管理室を出て行った。雪野は思わず怒鳴りたい思いだったが、看護師の慌てた声に引きもどされた。

「先生。佐々木さんの意識レベルが三の三〇〇（昏睡《こんすい》状態）。呼吸停止です」

「気道確保だ。挿管の準備を。アンビューを持って来て！」

雪野はとっさに佐々木の下顎を持ち上げ、気道を確保した。看護師が挿管のセットを持って来ると、喉頭《こうとう》鏡を口に突っ込み、気管チューブを差し込む。アンビューバッグにつないで、手動の人工呼吸をはじめる。

「心電図をつけて。血圧は」

「六〇の四三。脈拍一二〇です」

「イノバン点滴。ボスミン、カテラン針で用意して！　このままオペ場に運ぶぞ。麻酔科にプアリスク（予後不良）だと連絡しろ！」

雪野はベッドサイドでアンビューバッグを押しながら、患者移送用のエレベーターに佐々木のベッドを運んだ。エレベーターを待ちあぐね、患者とともに中央手術部に駆け込む。土曜で人気のない手術室で、当直の麻酔科医と看護師がスタンバイしていた。手術台に佐々本を移し、あとは麻酔科医に頼んで、手指の消毒洗浄に向かった。当直の外科医も遅ればせながらやってくる。黒木はいったい何をしているのか。卑怯者《ひきょう》！　胸の内でそう罵《ののし》ったが、佐々本の容態は一刻の猶予もならない。

手術室にもどると、一三〇近い佐々本の脈拍が、せわしなく心電図の電子音を鳴らしていた。身体は腹部以外、緑の滅菌シートで覆われ、煌々《こうこう》たる無影灯に照らされている。

「血圧、大丈夫ですか。それでは、ドレナージ術、はじめます。メス」

看護師に指示して、雪野は思い切りのいい切開を腹部に加えた。助手が湧き出る血を拭き取り、コッヘルで止血する。腹直筋を分け、腹膜を開くと、腹腔内は見たこともない惨状を呈していた。黄色い脂肪が膵液に消化され、セッケンのように白く固まっている。小腸と大腸の一部が壊死に陥り、どす黒い灰青色に染まっている。切除しなければ、さらに壊死が広がってしまう。小腸をどけると、背側の筋膜が消化され、膿《うみ》のように表面がドロドロに崩れていた。膵臓はほとんど形をなさず、おぼろ豆腐みたいになっている。

「ひどい……」

当直明けで寝ぼけ顔だった助手も、さすがに眠気が吹き飛んだようだ。

「まず洗浄だ。それから腸切《ちょうせつ》（小腸切除）。結腸（大腸）も切るから人工肛門《こうもん》造設。そのあと、ドレーンの留置」

すばやく方針を決め、大量の生理食塩水で腹腔内の洗浄をする。つづいて雪野は壊死した部分を切除し、小腸を吻合《ふんごう》し、結腸の断端は腹部に別に開けた穴から引き出して人工肛門にした。

その縫合をしているとき、ようやく黒木が手術室に入ってきた。

「どうだ」

「どうもこうもありませんよ。膵液が洩れてひどい状況です」

「今、奥さんには事情を説明した。さっきの説明で、なんとか納得してもらえた。それから、玄田先生にも報告しておいた。残念だが致し方ない、あとはしっかり管理するようにとおっしゃってた」

あとはしっかりって、それはあんたの仕事だろと雪野は思ったが、黒木は白々しいほどそっけなかった。雪野は怒りをこらえて、黒木に言った。

「今、人工肛門の処置をしています。すぐ手洗い（手指消毒）をお願いします」

「いや、その必要はないだろう。ドレーンの留置は君に任せるよ」

思いもしない返事に、雪野は啞然とした。黒木を見ると、まるで独り言でも言うかのように、平然と言った。

「医療というのは、まったく不確定要素が多いな。せっかくＨＡＬ手術はうまくいったのに、術後にこんな予測不能の急性膵炎が起こるとはな」

黒木がわざとらしく咳払いをした。つまり、これが医局の公式見解ということだ。それ以外は口出し無用。

あまりの卑劣さに、雪野は一瞬、我を忘れかけたが、手術中であることを思い出し、排液のためのドレーン・チューブの留置場所を探った。効率よく排液できなければ、また膵液が溜《た》まってしまう。雪野はチューブを三本入れて、手術を終了した。

19

緊急手術のあと、佐々木は外科病棟ではなく、ICU（集中治療室）に収容された。麻酔を切っても意識は回復せず、自発呼吸も弱いため、人工呼吸が続けられた。左鎖骨下静脈《さこつかじょうみゃく》から中心静脈栄養のルートが取られ、高カロリー輸液がはじまった。強心剤と利尿剤が投与され、抗生剤の多剤併用、ステロイドの大量療法も行われた。身体には腹部の三本の太いドレーンのほかに、創部に五本のペンローズ・ドレーン、導尿カテーテル、経鼻サンプチューブ、輸血用の点滴ルートが挿入され、心電図、パルスオキシメーター、直腸温度計が装着され、典型的な〝スパゲティ症候群〟の状態になった。

懸命の治療にもかかわらず、佐々本の容態は改善しなかった。翌日の日曜日には、全身の血液が血管の中で固まりはじめる「播種性血管内凝固症候群《はしゅせいけっかんないぎょうこしょうこうぐん》」を発症して、人工肛門から下血し、鼻出血、口腔出血、眼球出血もはじまった。新鮮血と血小板の輸血が開始されたが、入れた血液がそのまま全身の穴から出血するという状況で、月曜日には尿量減少、肝機能も低下して、多臓器不全に陥った。

雪野はＩＣＵに頻繁に通ったが、黒木はＩＣＵは麻酔科の領分だとして、ほとんど顔を見せなかった。彼はＨＡＬ手術は自分が執刀したが、急性膵炎の手術は雪野が執刀したとして、指示も雪野に仰ぐようにと看護師に告げていたのだ。

雪野は黒木の無責任な対応に憤りさえ覚えたが、患者には何の落ち度もないので、ＩＣＵの医師と共同で治療にあらゆる手段を講じた。

だが、改善の兆しは見えず、佐々木はＨＡＬ手術から六日目の未明、息を引き取った。ずっと病院に通い詰めだった妻は、夫の変わり果てた姿を見て、この世のいっさいを拒絶せんばかりに泣き崩れた。

遺体を霊安室に運び、そこでしばらく時間を取って、妻が落ち着くのを待った。ほかの親族が遅れて到着したあと、黒木は遺族をカンファレンスルームに集めて、治療の経過について説明をした。雪野も黒木から同席を求められた。

「この度は、誠に力およびませんで、心より深くお悔やみ申し上げます」

黒木は神妙な顔つきながら、悲しみに暮れる遺族に対して、専門用語を織り交ぜて、佐々木の死が、最高レベルの大学病院でさえ防げない特殊なものであったことを、既成事実のように語った。予測される質問に先まわりし、佐々木の膵臓がきわめて稀《まれ》な脆弱性を持つタイプであり、それはどんなに優れた医師でも事前に診断することは不可能で、手術をしてはじめて明らかになったものであると、言いくるめた。

HAL手術に関しては、何の落ち度もなく、その証拠に、術後一日目には何も起こらなかったこと、また、緊急のドレナージ手術のときにも、HAL手術による不備はいっさい見つからなかったと強弁した。

口先では何とでも言える。だが、真実は別のところにある。こんな欺瞞に満ちた自己正当化が、許されていいのか。

しかし、何かがおかしかった。雪野がいい加減な説明に不満を持つことは、黒木も十分予測できたはずだ。それなら、なぜ同席させるのか。雪野の目の届かないところで、勝手に説明すればいいではないか。

そう思っていたとき、雪野は黒木のひとことに、氷水を浴びせられたようなショックを受けた。

「急性膵炎の手術では、雪野君も頑張ってくれたのですがね。ドレーン・チューブの位置を適正に決めるのは、至難の業なのです。どうか、結果だけを見てご判断されないように、お願いいたします」

これではまるで、雪野の手術がうまくできなかったため、佐々木の容態が悪化したような言い方ではないか。雪野は焦り、混乱した。誤解を解かねばならない。しかし、下手に弁解すると、よけいに怪しまれてしまう。戸惑っているうちに、黒木は説明を終えてしまった。佐々木の妻と親族は、ていねいに頭を下げてカンファレンスルームを出て行った。

遺族を見送ったあと、雪野は我に返り、黒木に抗弁した。

「今の説明では、私の手術に不手際があったようじゃないですか」

「うん？　何もそんなことは言ってないだろう」

黒木がわざとらしくとぼける。

「しかし……」

さらに反論しようとすると、黒木は厳しい表情でそれを遮った。

「佐々本さんのご家族は、今の説明で納得しているんだ。医療はどんな結果であれ、患者側の納得が最優先だろう。この件はこれで終わりだ。わかってると思うが、いっさい他言無用だ。もちろん、医局にも病棟にも箝口令《かんこうれい》を敷いている。玄田先生の意向だ。万一、秘密が洩れたら、五島メディカル工業だって黙っちゃいないだろう。何しろ、ＨＡＬの開発にはかれこれ五千億円近い研究費が注ぎ込まれているのだから」

「そんなことは、佐々本さんの治療とは何の関係もないことです」

「じゃあ、何だと言うんだ。新治療の開発には犠牲がつきものだろう。今、使われているどの治療だって、すべて過去の犠牲の上に成り立っているんだ。未来の患者のために、研究医はその犠牲を乗り越えていかなければならないんだよ」

「ですが、事実をきちんと伝えなければ、ほんとうに納得してもらったとは言えません」

「何だと」

黒木はマングースに襲われたコブラのような凶暴さで、雪野に向き直った。

「青臭い正義感もいいが、よく考えろよ。ややこしいことになったら、佐々本さんの奥さんがどれほど苦しむか。佐々本さんの死には、君だって大きく関わっているんだ。私だって攻撃されれば全力で自分を守る。攻撃は最大の防御という言葉もあるからな」

黒木は鬼気迫る自己防衛の目で、雪野を十秒ほどにらみ、荒々しい足取りでカンファレンスルームを出て行った。

取り残された雪野は、義憤に駆られながらも、底の見えないクレバスの縁に立たされたような恐怖を感じた。真実を明るみに出せば、どんな仕打ちを受けるのか。玄田教授も了承しているなら、このまま幕引きとせざるを得ないのか。

しかし、と彼は唇を噛む。医者の都合、医療機器メーカーの思惑で、患者の命が捨て石にされていいのか。未来の患者のためという大義名分で、目の前の患者を犠牲にしてもかまわないというのか。

雪野は大学病院の白々しい明かりの下で、一人立ちすくんだ。

第三章　発病

1

「まさか、そんなはずは……」

赤崎守は蒼白《そうはく》になって、顕微鏡から顔を上げた。

接眼レンズの下でうごめいているのは、どれもおぞましい顔つきの凶悪化したがん細胞だ。

時刻は午後十一時。彼の研究スペースがある形態研には、もうだれも残っていない。

「なぜだ……」

赤崎はせっかく手にした栄光が、指の間からすり抜けそうな恐怖を感じて、うめき声を洩《も》らした。

この細胞は、電磁波を完全に遮断したケージの中で死んだマウスから取ったものだ。電磁波を浴びていないのに、十日前から急に背中のがんが大きくなり、食欲を失い、排尿も止まって、先ほど死んだ。がんが凶悪化したのだ。

明らかに「電磁波がん凶悪化説」に反する現象だ。いったいどう説明すればいいのか。落ち着け、と赤崎は自分に言い聞かした。この二回目の実験の前にも、似たような状況はあったが、うまく理由を見つけられたじゃないか。

予備実験で人工的に凶悪化したがん〝キング〟を手にしたあと、赤崎はマウスの数を増やして、一回目の本実験に取りかかった。三十二匹のマウスを二つのグループに分け、Aグループの十六匹には一日四時間、二方向から電磁波を照射し、Bグループには照射せず、対照群とした。電磁波は〝キング〟を発生させたときと同じW-CDMA方式（第三世代移動通信システム）の1・5ギガヘルツ。照射量は、局所SAR2・0W／kg（日本の一般環境基準）とした。

照射の間、マウスはアクリル製の固定具に入れ、腫瘍《しゅよう》の位置が動かないようにする。固定具はトイレットペーパーの芯《しん》ほどの筒状で、窮屈なため、Bグループのマウスも同じ時間、固定具に入れて、ストレスによる差が出ないようにした。

実験開始後、しばらくして異変が起こった。電磁波を当てないBグループのマウスから、凶悪化したと思われるがんが見つかったのだ。

そのときも、赤崎は自分の目を疑った。しかし、事実は事実だ。赤崎はBグループのマウスのがんが凶悪化した理由を、身を削るような思いで考えた。考えすぎて夜も眠れないほどだったが、あきらめなかった。これまでもすべて努力で解決してきたではないか。

そんなとき、研究室の机で、だれかが置き忘れたスマホが震えた。マナーモードで着信のランプが灯《とも》っている。

そうか！

突如、脳裏に答えが浮かんだ。目には見えないが、この研究室にも常時、電磁波は飛び交っているのだ。だから、Bグループのマウスもその電磁波は浴びている。その影響で、がんが凶悪化したにちがいない。であれば、Bグループのマウスを、完全に電磁波から遮断すればいいのだ。

赤崎は奨学寄付金を申し出た「日電連」に連絡を取り、研究室内に電磁波を完全にシャットアウトできるシールドボックスを作らせた。外見はステンレスの冷蔵庫のようで、全面が電磁波シールドの金属板で覆われ、内部にハニカム状の電磁波吸収体が貼られている。Bグループのマウスのケージを、すべてこの中で保管し、固定具に入れるのもシールドボックス内で行うようにした。

これなら、がんが凶悪化することはないはずだ。そう確信して、二回目の本実験を続けていたのだ。ところが今日、またもBグループからそれが出た。

最初にがんが凶悪化の徴候を見せたのは、Aグループのマウスだった。電磁波の照射開始から三十二日目のことだ。二匹目はそれから十三日後、同じくAグループだった。順調だ。そう思っていた矢先、十日前からBグループの一匹のがんが増大しはじめ、今日、そのマウスが死んだのだ。解剖してみると、がんは全身に転移していた。

どう説明すればいいのか。

「電磁波がん凶悪化説」には、何かが欠けているのだ。赤崎は必死に考えを巡らせた。研究費なら「日電連」がいくらでも出してくれる。必要なのはアイデアだ。赤崎は自分の研究が、「日電連」の意に反する方向に進んでいることなど、考慮する余裕もなかった。

　そのまま研究室で夜を明かし、翌朝、ノイローゼのような顔で廊下に出ると、ボスの朱川と出会った。

「よう、赤崎君。目の下に隈《くま》ができてるぞ。大手柄を前にして、頑張りすぎじゃないのか」

　相変わらず陽気な声に、赤崎は軽いめまいを覚えた。

「実は、ちょっと困ったことになっていまして」

　過労のあまり、半ばもうろうとしながら説明する。

「がんの凶悪化が、電磁波を完全に遮断したBグループのマウスにも起こったんです」

　朱川の顔から笑いが消えた。

「それは、ほんとうに凶悪化したがんなのか」

「はい、おそらく」

「凶悪化の判定基準を上げたらどうだ」

　基準を厳しくして、Bグループのマウスを、凶悪化に入らないようにしろというのだ。がんの凶悪化の基準は、未《いま》だ明確になっていない。決め方によっては、グレーゾーンのがんをどちらにでも判定できる。赤崎も自分に都合のいいラインを基準にしていた。

　それが本末転倒であることは、赤崎も十分わかっていた。しかし、似たようなことは、ほかの研究医たちもやっている。もちろん、科学者としての良心もある。だが、だれもが一目瞭然《りょうぜん》で納得する結果など、めったに出るものではない。研究医は連日、遅くまで実験室にこもり、マウスやイヌと向き合っている。試験管を振り、顕微鏡をのぞき、データを分析して、論文を書く。一日休めば、世界中の研究医たちに追い越される。その恐怖から、一日たりとも立ち止まれない。そんな積み重ねでようやく出た研究成果を、失敗だとか、無意味だとか言われて、受け入れられる者がいるのか。ねつ造や剽窃《ひょうせつ》の一線さえ越えなければ、ある程度、研究を誇大に見せることは許されると、赤崎は思っていた。

しかし、今回のケースはむずかしかった。

「基準を操作しても、凶悪化の否定は苦しいと思います」

「うーむ」

朱川が無人の廊下に目を向け、考えを巡らせている。

「電磁波を遮断したグループで、凶悪化したマウスは何匹だ」

「今のところ、一匹です」

「なら、そのマウスは不適格データにすればいい。がんが凶悪化したのは、何か特別な背景があったんだろう。そんなマウスは対照群として適当ではないから、除外だ」

つまり、Bグループでがんが凶悪化したマウスを、データから省けと言っているのだ。不都合なデータを除外すれば、結果がすっきりするのは当然だ。しかし、果たして、それは許されることなのか。

「しかし、それでは操作が過ぎるのでは」

「何を言ってるんだ。君は自分の研究に自信がないのか。正しいと思うなら、論文をよりインパクトのある形で書くべきだ。対照群に凶悪化したがんが出たのは、何かの手ちがいなんだろ。そんなデータを馬鹿正直に検証していたら、ほかの研究医に先を越されるぞ」

それは困る。医学の研究には二着はない。一着でゴールした者だけが、栄誉も富もすべてを独占するのだ。

赤崎は思いを巡らせた。たしかに、Bグループのマウスのがんの凶悪化は、何かの手ちがいかもしれない。電磁波の遮断が不十分だった可能性もある。それなら除外してもいいのか。

考え込んでいる赤崎を見て、朱川が焦《じ》れったそうに言った。

「君は実験が完全な形になるまで、論文を書かないつもりか。そんなことをしていたら、よその研究医に出し抜かれるぞ。まずは論文を書いて、『電磁波がん凶悪化説』は、赤崎守の専売特許だとぶち上げるんだ。一部が不完全でもいい。ほかの研究医が追試している間に、時間を稼いで不足分を補えばいいんだ。研究にミッシング・リンクはつきものなんだから」

しかし、万一、その〝欠けた環《わ》〟が見つからなかったらどうするのか。

煮え切らないようすでいると、朱川は赤崎の肩を二度、強く叩《たた》いた。

「オレがゴーサインを出してやるよ。ボヤボヤしてると、どこかのトンビにアブラゲをさらわれるぞ」

朱川はあけすけな笑いを残して、去っていった。

2

眩《まぶ》しいライトが、荻島俊哉を照らしていた。

向き合って座っている小坂田彰《おさかたあきら》という医者は、テレビの照明に慣れないようすで、しきりに瞬《まばた》きを繰り返している。彼は千葉市在住の開業医で、先月出版した『医療を信じるな！』という新書が、五万部を超すベストセラーになり、今日、荻島と医療不信をテーマに対談することになったのだ。

ディレクターがキューを出し、収録がはじまった。挨拶《あいさつ》のあと、荻島は率直に本題に切り込んだ。

「小坂田さんの『医療を信じるな！』は、ジャンルとしては医療否定本と考えていいんですね」

「まあ、そうです」

「最近、こういう本がよく出ていますよね。ドクターの側から、内部告発するようなものが主流ですが、僕は無闇に医療を否定するのはどうかと思っているんです。医療の不備を指摘するのはいいけれど、じゃあ、どうすればいいのかという視点が欠けている」

鋭く切り込むと、小坂田は気の毒なほど緊張しながらも、反論した。

「医療に関するきれい事が、あまりに多いのが問題なんです。末期がんも認知症も治らないのに、あらぬ期待を持たせる情報があふれすぎています」

「でも、患者に希望は必要でしょう」

「実現性のない希望は、かえって患者を苦しめます」

「じゃあ、あきらめろとおっしゃるんですか。ドクターは専門知識があるから、いろんなことがわかるでしょう。でも、患者は病気になって、不安なんです。その気持を理解しないで、希望を持つなみたいなことを言うのは、医療者の驕慢《きょうまん》じゃありませんか」

つい語気が荒くなる。強い立場の医者が、患者の気持を踏みにじるようなことを言うのは許せない。反論してくるかと思いきや、小坂田はかすかに戸惑い、顔を伏せた。

この四十代半ばの医者は、露悪的な医療批判を書いているが、もしかしたら、案外、ナイーブなのかもしれない。彼はおそらく、はじめてのテレビ出演で緊張しているのだろう。それでも、自分の主張を説明しようと、口を開いた。

「私は、危機管理の面から、医療の限界や不備はできるだけ、明らかにしておいたほうがいいと思うのです。期待値を下げておけば、実際の医療を受けたときに、こんなはずではと思わなくてすみますから」

「それは専門家の逃げ口上ではないですか。努力次第で、医療はいくらでも改善できるでしょう」

特段、力を込めたつもりはなかったが、相手はいきなりテーブルを叩いた。

「医療はそんな簡単なものではありません！」

思いがけず激しい語調に、荻島は意表を衝《つ》かれた。小坂田は強い目線で見据えてくる。現場でさまざまな難問に直面している真摯《しんし》な目だ。

「いや、失礼しました」

ここは謝ったほうがいいと判断した。小坂田も言いすぎたと思ったのか、ぎこちなく目線を下げる。

この医者は、単なる内部告発で医療否定本を書いたのではないかもしれない。

「小坂田さんは、日本の医療について、正直、どう思っているのですか」

「世界的に見てもすばらしいと思います。ただ、世間の期待が先走りすぎているので、現場は困ってるのです」

「それで敢《あ》えて医療の闇みたいな部分を書いたわけですか」

「ええ、そうです」

彼も日本の医療をよくしたいと思っているのだ。それなら合意点は見出《みいだ》せる。荻島が理解を示すと、対談の雰囲気もやわらぎ、小坂田も徐々に緊張を解いていった。最終的には、患者の側も医療の側も歩み寄り、認めるべき現実は受け入れるべきだという穏当な結論に落ち着いて、対談は終わった。

「じゃあ、ま、とりあえず乾杯」

収録の打ち上げは、スタジオの近くの沖縄料理の店だった。ジョッキを合わせると、小坂田が遠慮がちに言った。

「実は私、荻島さんのファンなんです。だから、今日はうれしかったです。ありがとうございました」

「こちらこそありがとう。それにしてもさっきの対談、『医療はそんな簡単なものではありません！』って、いきなり怒鳴られたんでびっくりしましたよ」

荻島が口まねをして言うと、小坂田は恐縮しながら「すみませんでした」と頭を掻《か》いた。

「いや、僕もジャーナリストとして、ある程度は医療のことを勉強してるけど、まだまだ足りないね。健康管理もいい加減だものな。酒はガバガバ飲むし、タバコも吸うし。あ、タバコ、かまいませんか」

「どうぞ」

荻島はジョッキを空けると、泡盛のお湯割りに替えて、となりの女性ディレクターに言った。

「今日の対談、どうだった。小坂田さんは決して医療否定論者じゃないよ。日本の医療を憂う幕末の志士みたいな人なんだ」

グラスを置いて、好物のラフテーを頬ばる。呑《の》み込もうとして、思わぬところでつかえた。

うっ。

「荻島さん、どうかしました」

「いや、何でもない。ちょっと肉がのどにつかえた」

慌てて泡盛で流し込む。どこかふつうのつかえ方とちがう感じだった。

女性ディレクターが、ビールを注ぎながら小坂田に聞く。

「先生の本に、認知症を治す薬はないって書いてありましたけど、あれ、ほんとなんですか」

「進行を遅くする薬はありますが、認知症そのものを改善する薬はありません」

ほかのスタッフたちも口々に質問する。やはり医療の問題は関心が高いようだ。荻島は話を聞くそぶりで、もう一度、ラフテーを口に入れた。今度はしっかり嚙《か》んで、慎重に呑み込んだ。肉が食道に下りていくのがわかる。すんなり落ちたかと思った瞬間、胸骨の裏あたりでまた肉が止まる感触があった。

うぅっ……。

腹筋が震え、思わず前のめりになる。

「あら、またですか。お水、飲みます？」

向かいの女性スタッフがコップを差し出す。とりあえず水で流し込む。

前に人間ドックに行ったのはいつだったか。四年前だ。それからサボっていた。血液検査もコレステロールと尿酸値が高いだけで、ほとんど正常範囲だった。だから健康だと思っていた。

だが、ついに来たのか。

吐息が震える。脇の下に冷たい汗が流れるのを荻島は感じた。

3

飛行機は順調に水平飛行に入った。

デトロイト空港を午後六時三十五分に離陸したボーイング777《トリプルセブン》は、時間を追いかけるように西へと向かっていた。

白江真佐子はファーストクラスのシートにもたれ、ウェルカムドリンクのシャンパンを掲げて、「トースト！」と小さくつぶやいた。祝したのは、もちろん免疫療法の未来である。

今回のアメリカ出張は有意義だった。古巣のジョンズ・ホプキンス大学で、かつてのボス、アルフレート・ローゼンバーグ教授に会い、がんワクチン治療の最新情報を教えてもらったのだ。

ＮＣＩ（国立がん研究所）と、ＮＩＨ（国立衛生研究所）が、共同で研究しているＴＩ

L（腫瘍浸潤リンパ球）療法。切除したがんから採取したリンパ球を培養し、特殊処理で殺傷能力を高めて、患者に投与する。悪性黒色腫《こくしょくしゅ》の患者二十五人に試み、奏効率七二パーセントという驚異的な数字をはじきだした。十数個の肝転移が消えた症例もあった。TIL療法は、悪性黒色腫だけでなく、腎臓《じんぞう》がん、肺がんの一部にも有効であることがわかっている。

さらには「養子免疫療法」と呼ばれる新しい療法。がん抗原を認識するT細胞の受容体遺伝子を、レトロウイルスをベクターにして導入し、腫瘍に特異的に作用するCTL（細胞傷害性Tリンパ球）を人工的に作る方法だ。TIL療法と同じ要領で患者に投与すると、滑膜肉腫《かつまくにくしゅ》の患者六人で、五〇パーセントの改善を見たと報告されている。

説明のあと、ローゼンバーグ教授はサンタクロースを思わせる白いひげに覆われた頰を緩めて言った。

――滑膜肉腫で効果があったということは、適切な抗原さえ選び出せば、あらゆるがんに有効な免疫療法が確立できるということだよ。

すばらしい！　免疫療法には無限の可能性がある。

白江はシャンパンを飲み干し、天を仰ぐように視線を上げた。その目にはあくなき闘志が漲《みなぎ》っている。

白江はジョンズ・ホプキンス大学にいるかつての部下、大道孝志も訪ねた。

彼からは、期待通りの情報が得られた。アメリカのテレビ番組、「Medical Geographic」

で放映された免疫療法の最新トピックス。今回のアメリカ出張は、もともと白江が大道に「J‐WHITE」の窮状を相談したことが発端だった。

――それならいい情報がありますよ。二カ月前、こちらで放映されたテレビ番組です。全米で大評判になって、がんの免疫療法を扱うベンチャーの株が、一気に高騰するきっかけになりましたから。

がんワクチンの治療や、免疫療法をフィーチャーした番組で、実際にこの治療で症状が改善した患者を紹介したものだ。なかでも強烈な印象を与えたのは、TIL療法によって救われた悪性黒色腫の少女だった。

腫瘍は耳の後ろで、握り拳《こぶし》ほどの大きさにまでなっていた。悪性黒色腫はホクロががん化したもので、表面が複雑に隆起して、あたかも黒いカリフラワーのようになる。肝臓にも転移していて、進行度はステージⅣ。ふつうなら完全に絶望的な状況だ。それがTIL療法をはじめると、耳の後ろの腫瘍が小さくなり、治療からたったの二カ月で跡形もなく消えてしまったのだ。

肝臓の転移も、治療前のCTスキャンでは、肝臓に大小さまざまの黒い影があったのが、TIL療法開始後、五週間でほとんどが消え、治療から二年たった今も、再発していないことが示された。死を覚悟し、望みを失っていた少女が、腫瘍から解放され、元気な笑顔を見せる映像は、医療の進歩を象徴して感動的でさえあった。

放送したのはアメリカの三大ネットワークのひとつ、CBS。大道は番組のDVDを入手して、白江に渡してくれた。もちろん、無断で使うわけにはいかない。だが、しかるべき手続きを踏めば、日本のテレビで放映することも可能だろう。

――この映像を見れば、だれだって免疫療法に期待しますよ。だって、腫瘍が劇的に小さくなるんですから。

大道は興奮気味に言った。

日本で放送されれば、万条時虎の逮捕で失った免疫療法への信頼も回復できるにちがいない。「J-WHITE」の治験への参加者も盛り返すだろう。幸い、万条に対する世間の関心はすでに薄れ、週刊誌の記事もなくなった。次々とショッキングな事件や災害が起こり、芸能ニュースが人々の耳目を集めて、すべては忘却の彼方《かなた》に押し流される。

白江は帰国するまで待ちきれず、国際電話で准教授の秋吉に連絡を取った。万条が逮捕されたあと、「J-WHITE」の説明をしたいと言っても、どこのテレビ局も受けてくれなかったことが気になっていたからだ。テレビ業界は、免疫療法に反感を持っているのではないか。

――そんなことはないですよ。どこかから圧力がかかったのでしょう。圧力には圧力で対抗すればいいんです。

秋吉はあっけらかんと答えた。電話で詳しくは聞けなかったが、腹案がありそうだった。

キャビンアテンダントが食事のワゴンを運んでくる。白江は無性に肉が食べたくなり、牛フィレ肉のグリルを選んだ。ワインもフルボディのレ・コント・カオールを頼む。

黒いほどの赤ワインを飲みながら、白江は目を細めた。

このまま引き下がるわけにはいかない。「J-WHITE」の失速は、対抗勢力の妨害にちがいない。怪しいのは東帝大の朱川だ。彼は政治家にも近いし、官僚にも顔が広い。そもそも、抗がん剤でのし上がったというだけでも胡散臭《うさんくさ》い。抗がん剤なんかで、がんが治るはずはないのだから。

抗がん剤が幅を利かせているのは、ほかに決定的ながん治療が確立していないからだ。製薬会社は政治家に金を渡し、官僚に圧力をかけて、新しい抗がん剤を無理やり認可させている。腫瘍内科医たちは、さして効きもしない薬を特効薬であるかのように、ねつ造すれすれのデータで評価し合っている。医学者として恥ずべき欺瞞《ぎまん》だ。

白江はワインを飲み干し、火照った頬を憤怒《ふんぬ》に歪《ゆが》めた。

今は内科と外科が権勢を誇っているが、逆転は時間の問題だ。老いた巨象のような両科に、自分が引導を渡してやる。放射線治療は一定の効果はあるが、副作用があることは否めない。それならどう考えても、免疫療法が最適化療法になるしかないだろう。政治家も官僚も認めざるを得ない実績を見せつけて、プロジェクトG4の覇権は免疫療法グループがいただく。

明かりの落とされたファーストクラスのシートで、白江は冷水でのどを潤しながら、たぎる思いに紅潮した顔を輝かせた。

4

第二回のプロジェクトＧ４幹事会は、前回と同じく永田町合同庁舎の会議室で開かれた。

白江の指示で会議室に一番乗りをした秋吉典彦は、参加者がそろうまでの間、この数カ月のことを目まぐるしく思い起こした。

プロジェクトＧ４のシンポジウムで、東帝大の朱川が仕組んだとしか思えない「真がん・偽がん説」の岸上の飛び入り参加と、抗がん剤、放射線治療、免疫療法の三グループによる外科グループの追い落とし。そのあと、白江が抜け駆けのように開始した「Ｊ－ＷＨＩＴＥ」の順調なスタートと、万条時虎の逮捕にからむ一連のスキャンダル報道による失速。それを挽回《ばんかい》するための秘策として、白江が持ち帰ったアメリカＣＢＳ放送の番組ＤＶＤ。

Ｇ４幹事会に参加する前、白江は獲物に襲いかかる雌鷲《めすわし》とでもいうような目で、准教授の秋吉と筆頭講師の西井圭子に指示を出した。

――「Ｊ－ＷＨＩＴＥ」の妨害工作は、東帝大の朱川が怪しいから、配下の二人がどんな動きをするか、よく見てきてちょうだい。

ところが、会議室に現れた二人は、准教授の小南も、筆頭講師の赤崎も、傍目《はため》にも明らかなほど憔悴《しょうすい》していた。小南の覇気のないのは相変わらずだが、前回の幹事会で上司を押し退けんばかりだった赤崎も、今日は消耗しきって、妨害工作になど関われる雰囲気ではない。

逆に意気盛んだったのは、阪都大の黒木准教授で、親しげに秋吉に声をかけ、世間話のように研究の進み具合を聞いてきた。週刊誌が騒いだせいで、「J－WHITE」が滞っている件を話すと、わざとらしく驚き、いかにも共通の敵をくさすように、「まったく、無責任なマスコミは許せませんな」と吐き捨てた。その顔には喜びが透けているようで、秋吉は、朱川よりもむしろ黒木のほうが怪しいとにらんだ。

だが、彼の部下である雪野は、何やら気がかりがありそうで、これも心ここにあらずという面持ちだった。

京御大から来ている放射線科の龍田准教授と、筆頭講師の梅川は、他グループとの接触を避けるかのように、二人だけで言葉を交わしている。何か隠している雰囲気もあるが、おそらく妨害工作とは別物だろう。放射線科は規模が小さいし、彼らのボスである青柳も、協調性はないが、陰謀を企《たくら》むタイプではない。

どのグループが暗躍したにせよ、白江の持ち帰ったDVDをうまく使えば、「J－WHITE」が復活するのはまちがいない。今に目にもの見せてやると、秋吉は白江同様、密《ひそ》かに自負と闘志をたぎらせていた。

そうしながら、秋吉は自らを複雑な思いで振り返った。二年前、白江が教授として赴任してきたときの屈辱。それは今も心の底でくすぶっている。

秋吉は優秀だったが、もともとは研究医ではなく、臨床医を目指していた。医学生のときは現代医療研究会というサークルに所属し、医療のあり方などを議論していた。医師免許を取ったあとは、血液内科の医局に入り、血液がんの治療に取り組んだ。新しい分子標的薬も出はじめていたが、当時は未だトライ・アンド・エラーの時代で、効果はやってみなければわからないという不安定なものだった。

そんな中で、秋吉は二度、つらい経験をした。

一度目は、十五歳の悪性リンパ腫の少年の治療だった。迷いに迷った挙げ句、強力な抗がん剤治療をしたら、副作用のため四カ月後に死亡したのだ。少しでも効果を挙げようと、薬を使いすぎたのが原因だった。もう少し抗がん剤を控えていれば、命を縮めることもなかったはずだ。しかし、若かった秋吉は、イチかバチか、危険はあっても、完全な治癒を目指すほうが患者のためだと判断したのだ。それはある種のギャンブルだった。秋吉は取り返しのつかないことをしたと悔やんだが、どうすることもできなかった。

二度目は、二十七歳の女性だった。急性リンパ性白血病で、大量の抗がん剤が功を奏し、無事に退院することができた。体調も良好だった。しかし、病気はいつ再発するかわからない。そこで「地固め療法」として、再度、入院してもらい、抗がん剤を投与した。その副作用で肺炎を起こし、最後は多臓器不全で亡くなった。

女性は最後まで「地固め療法」を恨んでいた。ふつうに生活していたのに、念のための治療で命を落としたのだから当然だ。

しかし、秋吉とて、むろん悪気があったわけではない。より安全にと思ったことが、裏目に出たのだ。口では言い表せない悩みとうっ屈。思い出すのもつらい経験だ。

この二人の死は、いずれも抗がん剤の副作用が原因だった。それをなんとかしなければならない。副作用のない治療を求めた結果が、免疫療法だった。しかし、免疫療法はまだまだ黎明期《れいめいき》で、臨床に使える治療は確立していなかった。そこで、彼は臨床医からUターンする形で、研究医になったのだ。

当時、免疫療法のパイオニアとして名を馳《は》せていたのは、アメリカのスタンフォード大学のヒュー・ホフマン教授だった。秋吉は教授に手紙を書き、研究員として留学させてほしいと頼んだ。何度か熱意を込めた手紙を送ると、留学受け入れの返事が来た。

自分で見つけた留学先に行くのは、医局人事を離れることになる。いわば片道切符で、糸の切れた凧《たこ》にもなりかねない。しかし、秋吉はひるまなかった。単身で渡米し、ホフマン教授の指導を受けながら、懸命に研究を続けた。そして、Bリンパ球の抗体産生に関する研究で成果を挙げ、四年後にはチーフ・フェロー（主任研究員）に抜擢《ばってき》された。研究医として名前が知られるようになったころ、母校の慶陵大から、新設される免疫療法科の立ち上げを頼みたいと声がかかった。

秋吉はアメリカで研究を続けたい気持もあったが、やはり帰国に気持が動いた。それは母校に凱旋《がいせん》することにもなるからだ。

大学にもどると、彼は教授不在の准教授というポストを与えられた。ゆくゆくは教授にというのが暗黙の了解だった。

新しい科の立ち上げは並大抵の苦労ではなく、研究スタッフや補助員などの人集め、予算の申請、研究室の確保、研究器材の手配から業者の開拓まで、すべてひとりでやらなければならなかった。そんな苦労を厭《いと》わなかったのも、いずれ自分が教授になって、この科を率いていくという目算があったからだ。

ところが、二年前、突如、大学理事長の鶴の一声で、アメリカ帰りの白江真佐子が、落下傘候補のように教授に就任した。そのときの無念は、患者を死なせたときとはまた別のうっ屈として、秋吉の胸にわだかまった。

教授として赴任してきた白江は、ふくよかな体型ながら色白の美人で、人柄も悪くはなさそうだった。しかし、彼女の出身母体である小児科と、秋吉のいた血液内科は、子どもの白血病で領域が重なり、互いに治療方針をめぐって縄張り争いがあった。そんな経緯もあって、はじめから円満な関係はむずかしかった。

目の前で教授のポストを奪われた秋吉は、いっそのこと大学をやめて臨床医にもどろうかとも考えた。しかし、いったん研究のおもしろさと意義を知ってしまうと、大学を離れることには未練があった。

だが今のまま研究を続けても、白江のサブとしか見られない。それなら、もう一度アメリカに行こうかと思いかけていた矢先、白江から東帝大の免疫療法科の教授ポストの話が持ちかけられたのだ。

慶陵大の出身者が、東帝大の教授になるなど、あり得るのか。はじめは信じられなかったが、プロジェクトG4の内実を聞かされ、もしかしたらという気になった。免疫療法グループがプロジェクトG4で勝てば、莫大《ばくだい》な予算が投入され、国家プロジェクトとして将来が約束される。白江がその栄冠を勝ち取れば、彼女の権威は絶大なものとなり、予算配分にも影響力を持つようになる。そうなれば、天下の東帝大とて白江には逆らえない。

もし、自分が東帝大の教授になれば、新たな展開も可能になる。アメリカに渡って一からポストをさがすより、はるかに確実性が高いだろう。秋吉はそう考え、今は白江と一蓮托生《いちれんたくしょう》の思いで彼女をサポートしているのだった。

それで「J－WHITE」のランダム化比較試験にも協力してきたが、白江の迂闊《うかつ》な行動で、万条がらみのスキャンダルを引き起こし、思わぬ妨害に遭った。今、彼女に恩を売っておけば、秋吉には一種の保険にもなる。

アメリカからの国際電話で、免疫療法の宣伝になる番組DVDの話を聞かされたとき、秋吉にはひとつのアイデアがあった。たまたま、少し前に開かれた高校の同窓会で、同級生がJHK放送のプロデューサーになっていることを知ったのだ。しかも、その男は今、ある若手女優との不倫問題で窮地に立たされていた。友人から耳打ちされたこの話は、プロデューサーにとっては命取りにもなりかねないスキャンダルのようだった。

——これは使える。

ボルチモアからの電話をもらったとき、秋吉はそう思った。まさか自分が脅迫まがいのことをするとは思ってもみなかったが、今は地位を確保するために、できることは何でもしなければならない。

秋吉が思いを巡らせているうちに、幹事会は定刻となり、座長の福留官房副長官が登場した。白江からは、福留の胸の内も探るように指示されている。しかし、この老座長は、専門的なことは何ひとつわからないようすで、紋切り型の挨拶のあと沈黙してしまった。

幹事会は前回同様、表面的には協調を装いつつ、互いに肚《はら》を探り合う建前論に終始した。抜け駆けに近い「J-WHITE」についても、表立った非難が出ることはなかった。裏を返せば、どのグループも水面下では同様の画策を進めているということだ。免疫療法グループも、次の手を急がなければならない。

さしたる進展もないまま、会議が終わりかけたとき、福留がおもむろに発言した。

「みなさんもお聞き及びと思いますが、プロジェクトG4の予算は、五年で八千億円。初年度に半分の四千億円を各グループに均等配分し、その成果を見て、残りの四千億円を重点配分することになっております。泉水総理は、場合によっては初年度の予算も、途中から重点配分に組み入れることも検討するようにとのご意向です」

各グループのメンバーがざわついた。せっかちな泉水総理の意向によれば、予算の重点配分は待ったなしの勝負で決まる可能性が出てきたということだ。

「今の福留さんの発言の意味、わかってるよな」

となりの西井にささやくと、白江の子飼いでボスに心酔しきっている彼女は、顔を正面に向けたまま言った。

「もちろんです。白江先生が持ち帰ったＤＶＤがメディアに流れれば、楽勝ですね」

5

「やあ、お待たせ」

そそくさと入ってきた黒木は、矢島塔子と目を合わさず、二十分もの遅刻に謝罪の言葉も述べなかった。

場所は帝都ホテル本館二階の「オールド・インペリアル・バー」。場所も時間も、黒木が指定した。プロジェクトＧ４の幹事会で、阪都大学消化器外科の黒木准教授が上京してくると聞き、国産初の手術支援ロボットＨＡＬについて聞くために、取材を申し込んだのだった。

黒木はこちらが聞く前からブランデーを所望し、横柄にソファで脚を組んだ。ＨＡＬの開発当初から、エグゼクティブ・アドバイザーとして黒木が関わってきたことを持ち上げると、うれしそうに目尻《めじり》を下げた。こういうタイプは、おだてると調子に乗るので扱いやすい。

「HALはいわば僕の作品みたいなものでね。アメリカのダヴィンチなんかより、数段優れているともっぱらの評判だよ」

「それはもう、何から何までちがいますよ。腹腔鏡手術では、どこがいちばん異なるのでしょうか」

「HALの手術と、これまでの腹腔鏡手術では、画像が二次元だけれど、HALの画像は3Dだからね。距離感もつかみやすいし、縫合するときも肉眼と変わらない。それどころか、ズーム機能で視野を拡大すれば、肉眼では見えない微妙な層まで識別できる。奥まった臓器の隙間も見えるし、肝門部《かんもんぶ》や脾臓《ひぞう》の裏まで観察できて、安全かつスムーズに処置ができるんです」

黒木はどこか棘々《とげとげ》しい調子でHAL手術の利点を並べ立てた。シンポジウムのときにも思ったが、この人はいつも何かに苛立《いらだ》っている感じだ。矢島塔子は警戒しつつ、おもねり路線でインタビューを続けた。

「たしかに、開腹手術では、腹部は上からしか見えませんものね。航空写真みたいなものですね。そのたとえで言うなら、HALはストリートビューでしょうか」

「その通りだ。うまいこと言うね」

黒木は満足げに顔をほころばせ、ブランデーを啜《すす》る。

「しかし、HALの利点はそれだけじゃない。スケール・システムを使えば、コントローラの動きを五分の一に縮小できるから、超精密な動きができる」

「つまり、鉗子《かんし》を一ミリ動かすのに、五ミリの余裕があるということですね」

「そう。HAL手術は安全性、出血量、合併症、術後の回復のいずれをとっても、これまでのどの手術法より優れている。HAL手術はいずれ世界を席巻《せっけん》するだろう。それはまちがいない。僕が保証するよ」

矢島塔子はメモをとりながら、黒木の経歴を思い浮かべた。

黒木は大阪市東淀川区《ひがしよどがわく》の生まれで、進学校の北王寺《きたおうじ》高校から、現役で阪都大学医学部に進学した。大学卒業後、消化器外科に入局すると同時に、大学院に進学。博士号を取得したのち、ドイツに留学。テュービンゲン大学で腹腔鏡手術を学び、阪都大にもどったあとは、一貫して医局でキャリアを積み、助教、講師を経て、七年前、四十五歳で准教授に昇進した。

当初は腹腔鏡手術のエキスパートを目指していたが、ロボット手術が開発されると、即座に方向転換。日本初の手術支援ロボットHALの開発設計に関わり、現在ではその分野の第一人者と目されている。

優秀かつ熱心な医師であるのはまちがいないが、一方で強烈な上昇志向を持ち、性格的にも問題があるようだ。ネットの情報を見ると、黒木を取り上げた女性週刊誌の「名医列伝」に、元級友の証言が出ていた。医学生時代の黒木は、いつも最前列で講義を受けていたが、あるとき、教授に、黒板の板書はすぐ消してくれと要求したという。居眠りをしている学生が、あとでノートをとるのを防ぐためらしい。それほどまじめだったというエピソードとして紹介されていたが、明らかに利己的で不寛容な性格が出ている。

「黒木先生がロボット手術に、いち早く着目されたきっかけは何ですか」

喜びそうな質問をすると、案の定、立て板に水の滑らかさで答えた。

「インスピレーションですよ。アメリカのダヴィンチのデモを見たとき、閃《ひらめ》いたんだ。これこそ未来の手術だとね。ロボット手術に比べると、腹腔鏡手術は、ジェット機とプロペラ機くらいの差がある。もちろん、初期のダヴィンチには欠点もあるし、課題も多かった。しかし、僕がアイデアを出して改良すれば、きっとすばらしくなると確信したんだよ」

「将来的には、あらゆるがんの手術がロボット手術になると思われますか」

「当然でしょう。ロボット手術はいいことずくめなんだから、広まらないわけがない」

「プロジェクトG4では、ロボット手術はどういう位置づけになるのでしょう」

「いい質問だ。今日の幹事会でも出たが、プロジェクトG4では、予算が重点配分されることになる。メインはおそらく外科グループになると思うが、その予算でHALをさらに改良し、全国のがん拠点病院に配備する予定だ。そうなれば、日本はロボット手術の最先進国になり、海外からも治療を受けに来る患者が増える。HALが世界の医療に貢献することになるんだ」

黒木の自惚《うぬぼ》れはとどまるところを知らないようだった。矢島塔子はさすがに辟易《へきえき》し、少し挑発してみたい気になった。

「最近、問題になっている凶悪化したがんも、ロボット手術で治療可能になるということでしょうか」

「もちろんだ」

「お言葉を返すようですが、診断がついた時点で、すでに転移している場合もあるのではないですか」

黒木の目に不快の色が走った。

「転移しているがんは治らないんだよ。抗がん剤を使おうが、放射線を当てようが、細胞レベルで全身のがんを消し去ることはできないんだ」

「免疫療法はどうなんでしょう。免疫なら細胞レベルで全身のがんを攻撃できるとうかがっていますが」

「あんなもの、何の実績もないまやかしだ。君はどんな勉強をしてきたの。君も医療科学部の記者なら、もうちょっとまともな質問をしてほしいね」

同じプロジェクトの療法を、ここまで悪く言っていいのか。そう思ったが、挑発はこのあたりにしたほうがよさそうだった。

「申し訳ございません。ブランデーのお代わりはいかがですか」

「うん？　そうだな。じゃあ、もう一杯もらおうか」

腕時計を見ながらも、残り少ないグラスを飲み干し、せわしなく続けた。

「これはオフレコだが、実際、がんの治療で有効なのは手術だけなんだ。抗がん剤や放射線で、がんをチマチマ攻撃したってはじまらんだろ。そりゃ診断した時点で転移してるものもあるし、手術後に再発する場合だってある。だがね、そういう症例はもともと助からないんだ。うちの玄田教授の金言を知ってるかい。手術で治せないがんは、何をやっても治らない、だ」

そのセリフはプロジェクトG4発足の記者会見でも聞いた。あまりに高慢な言い方に、矢島塔子はあきれたが、感心したそぶりで微笑んだ。

新たなグラスが運ばれてくると、黒木はそれを片手に、口角泡を飛ばさんばかりにロボット手術の利点を再度、並べ立てた。それを聞きながら、矢島塔子は、どうして医療者はこうも自分の実績を誇大宣伝したがるのだろうといぶかった。

しかし、考えれば当然かもしれない。彼らは医学のために、日夜たゆまぬ努力を重ねているのだ。だれかにほめてもらわなければ、続ける気力も湧かないだろう。子どものころからちやほやされ、優秀だとほめられ続けた人間は、大人になっても賞讃《しょうさん》なしには生きていけないのにちがいない。

酔いがまわったらしい黒木が、しゃべりながら腕時計を見た。

「もうこんな時間だ。僕はこのまま羽田に行くからね。タクシー券はいただける？」

取材を申し込んだメールの返事に、『取材料はけっこうですから、タクシー券を』と書いてあった。通常、こういう取材にはギャラは発生しない。

「見送りはいいから」と、黒木は出て行った。だれが見送るかと思いながら、矢島塔子は取材ノートとICレコーダーを片づけた。

ロビーに下りると、「矢島さん」と声をかけられた。振り向くと、思いがけない人物が立っていた。

「雪野先生。どうしてここに」

「ちょっと気になることがあったものだから」

矢島塔子はロビーラウンジに目をやり、空席をさがした。

「ここじゃ何ですから、ラウンジに行きませんか」

「いえ、それほど時間もないし。今、黒木先生に取材されたんでしょう」

「そうですけど」

「HAL手術のこと、何とおっしゃってましたか」

概略を説明すると、雪野はやっぱりというようにため息をついた。

「黒木先生はHAL手術の専門家だから、利点ばかり述べられるのは当然です。だけど、それが前面に出すぎると、ちょっとよくないと思いまして」

「どういうことです」

「ロボット手術の安全性は必ずしも確立していないし、ことさら、危険を強調する必要もありませんが、まだ新しい分野なので、わかっていないことも多いんです」

「黒木先生のご意見の補足ですか」

「そういうわけではないんですが……」

雪野は歯切れが悪かった。

「大丈夫ですよ。わたしも医療科学部の記者ですから、どんな治療法にも利点と欠点があることは承知しています。雪野先生がご心配されているのは、HAL手術を美化しすぎる記事が出て、世間があらぬ期待を抱くことでしょう」

「ええ、まあ、そういうことですが」

「ほかに、何か？」

「いや、特にないですが、メディアは影響力が大きいですから……」

何か気がかりがあるようだったが、雪野ははっきりしたことを言わない。

「雪野先生。よかったら、お茶でも飲みませんか」

「いや、今日はこれで帰ります。足を止めてすみませんでした」

雪野は力なく微笑み、一礼して背を向けた。彼は何を言いたかったのだろう。矢島塔子は悩ましげな後ろ姿を、怪訝《けげん》な思いで見送った。

6

「青柳先生。ご覧ください」

「やりましたね。読日と毎朝《まいちょう》は一面トップですよ」

龍田と梅川が、青柳宏の出勤を待ちかねたように教授室にやってきた。

差し出された新聞には、『放射線大規模治療センター「レイトピア」計画始動』『放射線治療施設に原発マネー』『敦賀市に新しく放射線治療拠点』などの見出しが躍っていた。しかし、青柳にはその意味が読み取れない。

「敦賀の『レイトピア』が、認定プロジェクトに内定したという情報が入ったので、いっせいにプレスリリースを流したんです。花火は一気に打ち上げるほうが効果的ですから」

メディア担当の梅川が言うと、資金集めと政治家対策担当の龍田も同じく喜びに声を上ずらせた。

「今ごろ、東帝大の朱川や阪都大の玄田は地団駄を踏んでますよ。治療センターには、青柳先生イチオシのBNCTと粒子線治療に加え、ガンマナイフやサイバーナイフも配備される予定です。新聞記事にもイラスト入りで紹介されています。これで世論も動くでしょう。手術や抗がん剤で治らないがんが、見事に治療できるんですからね」

「プロジェクトG4の風向きも、一気に変わりますよ」

二人の部下は己の手柄に酔いすぎて、ボスの反応に十分気づかないようだった。青柳はデスクに広げられた新聞に視線を落としてはいたが、その目は虚《うつ》ろだった。

「青柳先生。どうかされましたか」

ようやく梅川が訊《たず》ねた。龍田も、不都合でもあったのかと口をつぐんでいる。青柳ははっと部下に意識をもどしてつぶやく。

「二人ともよくやってくれた。それで『レイトピア』には、どんな治療が入る予定なんだ」

「はあ……？」

今、説明したばかりなのにと、龍田が梅川と顔を見合わせる。

「ですから、BNCTと、粒子線治療の両方が入る予定です。ガンマナイフとサイバーナイフも配備されます」

「ああ、そうか」

そう言えば、今、聞いたような気がする。青柳は疲れた手つきで新聞を重ね、無造作にデスクの横に置いた。

「記事はあとでゆっくり読ませてもらう。少し一人にしてくれ」

「お加減でも悪いのですか」

「診察がご入り用でしたら、すぐ内科に予約を入れますが」

「いや、大丈夫だ」

二人の部下は再度、顔を見合わせ、戸惑いながら引き下がった。

一人になると、青柳は椅子を回転させ、パソコンを起動させた。ここ数日、何度もアクセスしている「占星術師　ジョセフィン・ルビーの部屋」を開く。すでに青柳の出生時のホロスコープ（天体の配置図）は登録済みだ。すぐさま「リーディング&未来予知」

のページに飛ぶ。

表示されているのは、複雑なハウスカスプの図と、惑星の角度情報。その下には碁盤の目にアスペクトが書き込まれている。不吉なオポジション（角度差一八〇度）とスクエア（角度差九〇度）に、困難アスペクトが並んでいる。

何度、見直しても同じか……。

思いつつも、青柳はモニターから目が離せない。

『トランジット法での鑑定　あなたは近々大きな犠牲を払うことになるでしょう』

土星に人馬宮《サジタリウス》が八度で入っている。それはがんの危険を表すらしい。天秤宮《ライブラ》は一二度で、「地獄」のシンボル。青柳の星座である蟹座《キャンサー》は、第八ハウスのカスプに位置して、その意味するところは、『腹部の病気。特にがんに注意』とあった。

ジョセフィン・ルビーのアドバイスはこうだ。

――予想外の困難に直面するおそれあり　動きを避け　自重することが肝要

彼女はギリシャ占星術を受け継ぐ正統派の占星術師である。

青柳は高校時代、占星術に凝り、プトレマイオスのギリシャ占星術が、もっとも精度が高いと確信した。事実、彼の医学部合格や、内部照射療法の成功など、これまでのよいことは、すべて占星術の予言通りだった。逆に、父親の死や、妻の不倫による離婚、四百万円の賠償金を取られたヤクザ相手の接触事故など、悪いことも当たっていた。

そして今、全幅の信頼を置いている彼女のリーディングで、不吉な予知が与えられたのだ。

はじめは気にするまいと思っていた。しかし、食欲が落ち、みぞおちのあたりに不快な圧迫感が続くようになった。青柳は心配になり、大阪の府立消化器病センターに行って、胃カメラの検査を受けた。京御大学病院で検査をしなかったのは、万一、悪い結果が出たら、立場上、大学病院で治療を受けざるを得なくなるからだ。それではリーディングに従えなくなる。

胃カメラの結果は、はたして「グループ4」だった。胃がんの病理診断は、五段階に分かれている。グループ1は正常、グループ2は炎症など軽い異常、グループ3はポリープなどの良性腫瘍で、グループ4はがんの疑い、グループ5はがんと診断される。グループ4の場合は、すぐに手術するのではなく、しばらくようすを見ることが多い。府立消化器病センターの医師も、一カ月後に再検査するように言った。

しかし、青柳はためらっていた。

ここ数年、取り沙汰《ざた》されている凶悪化したがん。青柳は放射線科医として、あることに気づいていた。

がんはすべてが悪性度を変化させるわけではない。何かのきっかけで、凶悪化するのだ。それはおそらく、検査や治療だろう。手術でがんが切除されると、体内に散らばっているがん細胞が、いっせいに増殖しはじめる。

あるいは、生検でがんの一部を切り取ると、あたかもアジトを発見されかけた過激派が、一気にテロに走るように、凶悪化のスイッチが入る。胃や大腸のバリウム検査や、CTスキャンの放射線も関係しているかもしれない。

それはこれまで放射線科医として、手術や抗がん剤治療を傍目で見ていて気づいたことだ。積極的な治療しか頭にない外科医や内科医には見えないのだろう。

今、せっかくグループ4で、首の皮一枚がつながっているのに、再検査などすれば、今度はグループ5が出て、がんが一気に凶悪化する危険がある。

ジョセフィン・ルビーのアドバイスは、『動きを避け　自重することが肝要』。すなわち、これ以上の検査をするなということだ。

そもそも、胃カメラなど受けるからこんな不吉な結果が出たのだ。グループ4なら、知らないうちに自然治癒する可能性もある。今は何もしないほうがいい。検査をするにしても、蟹座の守護星である月が、太陽とコンジャンクション（角度差〇度）になってからのほうがいい。

青柳は現在のホロスコープと、惑星の角度情報を見比べ、魂に癒《いや》しを与えるキロンや、健康を司《つかさど》るケレスの今後の動きを、詳細に検討しはじめた。

7

上司の松崎から、荻島俊哉が食道がんで入院したと聞いたとき、矢島塔子は、まさか荻島さんがと信じられない思いだった。三ヵ月前、荻島の仕事場でがんについて話を聞かせてもらったときは、まったく健康そうに見えたのに。

土曜日の午後、彼女は近くの花屋で花束をあつらえ、荻島が入院している中央区入船《いりふね》にある聖テモテ総合病院に見舞いに行った。八階の東病棟のナースステーションで確認すると、部屋は廊下の突き当たりにある特別室だった。

スライド式の扉を開くと、荻島はベッドで上半身を起こし、「ようっ」とうれしそうに片手をあげた。

「よく来てくれたね。退屈してたんだ」

病室はホテルのツインルームほどの広さで、電動式のベッドに、応接セット、液晶テレビにライティングデスクまで備わっている。

「すごい部屋ですね」

「病気のときくらい快適な環境が必要だと思ってね。仕事場がむさ苦しいのは、矢島さんも知ってるだろ。せっかくだから、入院生活を楽しもうと思ってるんだ」

「さすがは荻島さん。前向きですね」

精神的には落ち込んでいないようなので、矢島塔子はとりあえず安心した。

「応接椅子をこっちに向けて座ってよ。その花束、あとで看護師さんに花瓶を持って来てもらおう」

「入院されたと聞いて、驚いてしまって」

「いや、僕にも青天の霹靂《へきれき》だったよ。収録の打ち上げで沖縄料理の店に行ったら、肉がのどにつかえてね。こりゃヤバイって思ったんだ」

それが食道がんの症状であることは、医療に詳しい荻島ならすぐにわかっただろう。

「ぐずぐず悩むのがいやだから、翌日、病院にすっ飛んで行った。胃カメラのモニターを見てたら、食道に親指くらいの盛り上がりがあってね。やっぱりがんかと思う気持と、もしかしたら良性かもという希望的観測の両方あった。検査を終えて、主治医の外科部長に、『当たりですか』って聞いたら、『そうです』とね、実にあっさり告げられたよ。でも僕は悲観しなかった。外科部長が笑っていたからね。医者が笑ってるんだから、それほど悪い状況じゃないんだろうと考えたわけだ」

「荻島さん、冷静ですね」

「病理検査の結果を一週間待って、がんという診断が確定して、三日前に入院したってわけさ。手術は来週の火曜日の予定だ」

荻島は医師から説明された手術の方法を、矢島塔子に詳しく語った。

「食道がんの手術は、むかしはけっこう危険だったんだが、最近は安全になったそうだ。有名な歌手や指揮者なんかもやってるだろう。僕はまだ六十二歳だし、体力にも自信があるから、まずは大丈夫だと思ってるんだ」

「でも、驚かれたんじゃないですか」

「そうでもないよ。よく考えたら、今は二人に一人ががんになる時代だからね。自分だけがんにならないなんて思うほうがまちがってる。実は、僕自身がそうだったんだけど、根拠もなく自分は大丈夫だなんて思ってた。ところが、がんという病気は、突然、襲いかかってくる。だから、だれでも心の準備はしておいたほうがいいんだ」

荻島は病気が逆に作用してか、かなりハイになっているようだった。矢島塔子は、黙って話に耳を傾けた。

「医者だってどんどんがんになってるんだからね。がんのメカニズムがわかってないのに、予防なんかできるわけがない。診断がつくくらいの大きさになるまでには、がんができてから数年から十数年もかかるらしいよ。ということは、診断されなくても、身体の中にがんを持ってる人は大勢いるわけだ」

そう言われて、矢島塔子は胸の奥にヒヤリとするものを感じた。荻島は、彼女ががん家系であることを忘れているのだろう。しかし、彼の言うことはまちがいではない。

荻島は矢島塔子の不安に気づかないようすで、さらに続けた。

「がんになった人は、なんで自分がと思うようだけど、理由なんかわからない。何が悪かったのかとか、どうしてがんができたのかって、いろいろ悩む人もいるみたいだけど、それは意味がないと思う。大事なのは、がんとどう向き合うかだよ。僕は負けない。進行がんだろうが、転移していようが関係ない。あらゆる治療を試して、とことん闘うよ。もちろん、怪しげな代替療法なんかはやらないつもりだ。医療否定本の類《たぐい》にも与《くみ》しない。がんの放置療法なんかはもってのほかだ。あれは敗北主義だよ。僕は最後の最後まで、できるかぎりのことをするつもりでいる」

「荻島さんのように正面から病気に立ち向かうのは、勇気がいると思います。やっぱり、荻島さんは強いですね」

「とんでもない。僕は弱い人間ですよ。正直言うとね、肉がのどにつかえたときは、ショックで冷や汗がたらたら流れたんだ。でも、少し冷静になったら、これはある意味でチャンスかなと思って」

「チャンス、ですか？」

「そう。考えてもごらん。今の僕ほど、リアルにがん患者の実態をルポできるジャーナリストはいないだろう。健康なジャーナリストは、がん患者にあまり突っ込んだ質問はできない。でも、僕の場合はいつでもどんなことでも取材できる。手術の実感、抗がん剤の副作用、何でも徹底的にレポートできる。まさに千載一遇のチャンスだよ」

「はあ、そんなふうにも考えられるんですね」

矢島塔子は心底、感心した。荻島は両手を布団の上に投げ出し、声の調子を落として言った。

「ただね、同じがんでも、凶悪化したヤツだったら困るなと思ってね。もしそうだったら、ルポを書く暇もないからな」

「そんな、きっと大丈夫ですよ」

「いや、わからんぞ。外科部長にも聞いたんだ。もし、凶悪化したがんなら、正直に言ってほしいとね。そしたら、外科部長ははっきりしたことは言えないと言った。隠してるんじゃないでしょうねと念を押したが、どうもほんとうらしい。病理検査では、ふつうのがんか凶悪化したがんか、見分けるのがむずかしいそうだ」

「らしいですね。わたしもいろいろ調べましたが、顕微鏡で見たかぎりは、明確なちがいがないそうです」

「岸上さんの言ってる『真がん』と『偽がん』もそのようだな。病理検査は、いわば人相判断みたいなもので、その証拠に、病理医たちは、がん細胞を『顔つきが悪い』なんて言うらしい。人間だって、凶悪な顔をしていても、殺人を犯すとはかぎらないのと同じように、がん細胞も宿主を殺すとはかぎらないわけだ。僕のがんも、いくら顔つきが凶悪でもいいから、人殺しをしないヤツであってほしいな」

「ですよね」

「まあ、これ以上は考えても仕方ない。あとは運を天に任せて頑張るだけだ」

荻島は両手を頭の後ろに組みなおし、あっけらかんと笑った。

病室には明るい光が満ち、窓から青い空が見えた。矢島塔子は荻島の楽観的なことを喜び、自分も心が軽くなる気がした。

「でも、お元気そうなので安心しました。こういう人には、運も味方するのじゃないか。今の荻島さんは病気をされる前より生き生きされてる感じです」

「だろ。僕もそう思ってるんだ。ジャーナリスト魂に火がついたせいだな、きっと。このがんがどうなるか、これまで身につけた取材能力をフルに発揮して、渾身《こんしん》のルポルタージュに仕上げますよ。だから、楽しみにしていて」

「はい。わたしも精いっぱい応援させていただきます」

荻島の笑顔は、まるで映画の中のヒーローのように輝いて見えた。その笑顔がいつまでも続いてほしいと、祈らずにはいられなかった。

8

研究室の机で、スマホが震えている。

赤崎守は、疲れた目で着信画面を見る。非通知。どうせいつもの無言電話だ。こんな夜更けに、いったいだれがかけてくるのか。

実験は、依然、暗礁に乗り上げたままだった。

電磁波を完全に遮断したマウスから、凶悪化したがんが出た問題。あれからもまた一匹、電磁波を遮断したBグループから、凶悪化したと思われるがんで死んだマウスが出ていた。今のところ、Aグループで凶悪化がんのマウスは十六匹のうち三匹、Bグループでは十六匹のうち二匹。これではとても論文にはできない。

この研究には、やはり何かが欠けているのだ。

朱川は、不都合なデータを削除して論文を書けと言ったが、一匹ならまだしも、二匹も除外するのはあまりにあざとい。なんとか整合性のある説明を、見つけ出さなければならない。

こうしている間にも、どこかの研究室でがんの凶悪化の秘密が解明されつつあるかもしれない。もし、「電磁波がん凶悪化説」が正しいのなら、ここで他人に先を越されるのは、悔やんでも悔やみきれない痛恨事だ。

これまでも多くの研究医が、研究レースで一着を逃したために、歴史の闇に消えていった。新発見も新治療も、名前が残るのは最初に論文を書いた者だけだ。ゴールが目の前まで迫っているのに、たった二匹のマウスがそれを阻んでいる。

やはり朱川が言うように、早く論文を書いて、アイデアの発見者として名乗りを上げるべきか。しかし、ほかの研究医が追試をして、論文の不備を暴かれたらどうする。

赤崎は、堂々巡りで夜もロクに眠れず、食欲も落ちて、憔悴しきっていた。

机のスマホはまだ着信を報《しら》せている。

はじめは電話に出ていたが、無言電話だとわかってから出ないようにした。それでも神経を逆なでされる。犯人はだれなのか。

まず疑ったのは、准教授の小南だ。彼はボスである朱川の不興を買い、今や飼い殺しも同然だ。まもなく関連病院に飛ばされるか、開業に追いやられるだろう。それで赤崎に無言電話をかけているとするなら、逆恨みもいいところだ。

次に疑ったのは、「日電連」の担当者だ。電磁波を遮断するシールドボックスを作らせてから、たびたび研究室に顔を出すようになった。Bグループのマウスから凶悪化したがんが出たことは、もちろん知らせていないが、赤崎の実験が順調でないことは感づいているだろう。心配するそぶりであれこれ聞いてくるのがうっ陶しくて、出入り禁止にした。無言電話がはじまったのは、それからしばらくしてのことだ。

だれかが研究の邪魔をしている。

問題解決の答えがほしい、答えがほしい、答えがほしい、矛盾を解消する答えがほしい……。

赤崎は半ばノイローゼのように、頭の中で繰り返した。

スマホの着信は、いつの間にか切れていた。赤崎はスマホのニュースサイトを開き、ヘッドラインを読む。新聞を取っていない赤崎には、これが情報収集であり、気分転換でもあった。

『論文ねつ造　東條《とうじよう》大43論文の不正を認定　調査委、教授に撤回促す』

東條大学の分子生物学の教授が、過去十年間に、四十三もの論文をねつ造していたというのだ。その手法は、画像の反転や合成など、幼稚で単純なものだった。そんなものでも、十年間もばれずにいた。医学論文は、不正などないだろうという性善説に基づいているので、内部告発でもないかぎり、発覚しにくいのだ。

赤崎は冷めた気持で見出しをスクロールする。思いがけないニュースがあった。

『高血圧薬の論文　ねつ造データをねつ造？』

先日来、世間を騒がせている降圧剤「ディオプレス」の臨床研究不正の続報だ。

もともとの事件は、「ディオプレス」の臨床研究で嘘のデータが使われたというものだった。

「ディオプレス」は売れ筋の降圧剤だったが、血圧を下げるだけでなく、心筋梗塞《こうそく》の予防にも効果があるという論文が出て、いっそう売り上げを伸ばしかけた。ところが、その論文がねつ造だと暴露されて、一気に評判を落としたのだ。

このニュースに、赤崎は違和感を抱いていた。「ディオプレス」はすでに売れていたのに、なぜ新たな効果を宣伝する必要があったのか。しかも、不正なデータまで使って。ところが、今回のニュースはその論文不正そのものが、ねつ造である可能性が高まったと報じていた。データ回収の担当者が、「ディオプレス」を製造するA社のライバルであるB社の依頼を受け、巧妙にねつ造の数字を紛れ込ませた。そして、わざと暴露されるように仕組んだ疑いが浮上したというのだ。つまりはねつ造をねつ造したわけで、その狙いは、「ディオプレス」のイメージ失墜と、売り上げの低下だ。

そんな陰謀のような妨害工作があるのかと、赤崎は妙に感心した。目的のためには手段を選ばない卑劣な策略。

そのまま考えを巡らせる。もし、だれかが自分の研究を妨害するなら、どんな方法をとるだろう。もっとも確実で、効果的な手段。

突然、閃いた。そうだ、実験マウスのすり替えだ。

思い当たることがあった。実験に使うマウスを入れたケージの位置が動いていたのだ。マウスは四匹ずつアクリル製のケージに入れ、Aグループのケージは飼育棚に、Bグループのケージはシールドボックス内に並べている。几帳面《きちょうめん》な赤崎は、ケージを必ず飼育棚の縁に平行に置いていた。それが何度かズレていた。餌をやる実験助手が触ったのだろうと気にしなかったが、だれかがケージに触ったのはまちがいない。ケージのふたは開閉自由だ。

さらには、凶悪化したがんの位置が、それまでと微妙にちがう気がした。Bグループで最初にがんが凶悪化したマウスは、腰の右寄りにがんがあったはずなのに、凶悪化したあとは真ん中寄りにズレていた。二番目に凶悪化したマウスも、がんは肩の近くにあったのに、背中のほうに移動していた。

その意味するところは何か。だれかが、Aグループでがんが凶悪化したマウスを、Bグループのマウスとすり替えたのではないか。

そんなことをされるとは思っていなかったので、実験に使ったマウスは、個体の識別をしていなかった。がんが凶悪化して死んだマウスは、すでに処分している。だから、検証はできないが、状況から考えて、マウスがすり替えられた可能性は高い。

もしそうだとすれば、結果はどうなる。Bグループで凶悪化した二匹のマウスを、Aグループで凶悪化していない二匹と入れ替えてもとにもどせば……、がんが凶悪化したマウスは、Aグループで十六匹のうち五匹、Bグループで十六匹中ゼロ匹になる。きわめてクリアな結果だ。これならミッシング・リンクの問題も棚上げできる！

しかし、そんなデータの処理をしてもいいものだろうか。

もし、すり替えがなかったのなら、この処理はあまりに幼稚で悪意に満ちている。マウスのすり替えが疑われるなら、きちんと個体の識別をして、すり替えができないようにして、実験し直すのが本来のやり方だ。だが、この実験はシールドボックスを作るときに一度、一からやり直している。ふたたびはじめからやり直していては、時間のロスが多すぎる。

マウスのすり替えの決定的な証拠はないのか。DNAを調べたところで、同系統のマウスを使っているから、ちがいは出ない。移植したがんのDNAも同じだ。監視カメラも、大学や医局の出入り口にはあるが、形態研には備えていない。指紋を調べても、犯人が手袋をしていれば意味がない。

だが、状況証拠はそろっている。ケージの移動、がんの位置の微妙なズレ。無言電話も、赤崎の研究を妨害しようとする人物の存在を示唆している。さらには、最近のスマホの宣伝。電磁波が安全であることを、盛んに強調している。それは裏を返せば、危険が潜んでいるからにほかならない。

「日電連」は、形態研に担当者を送り込み、赤崎の実験を監視していた。奨学寄付金で恩を売り、「電磁波がん凶悪化説」を取り下げさせようと必死だった。担当者を出入り禁止にしたが、最初にBグループのマウスのがんが凶悪化したのはその前だった。

考えれば考えるほど、マウスのすり替えはまちがいないように思われた。疑いがある以上、それをもとにもどすのは正当な行為だ。

赤崎は実験ノートに自分の信じる〝正しい補正〟を書き込んだ。これで完璧《かんぺき》な論文に仕上げられる。

だが、論文を書くには、朱川の承認が必要だ。データの入れ替えというような〝非常手段〟を、朱川が承認するだろうか。おそらく、証拠を示せと言うだろう。それはむずかしい。

赤崎は迷った末、マウスの入れ替えを朱川には知らせないことに決めた。都合の悪いことを、自分から持ち出す必要はない。

翌朝、彼は朱川の部屋に行き、実験がほぼ完了したと報告した。朱川は何か気がかりがあるようすだったが、赤崎はかまわず状況を説明した。実験の条件を調整することで、クリアな結果が出たこと、前に相談した電磁波を遮断したグループから出たがんの凶悪化は、朱川が言うように基準を操作することで、凶悪化ではないと判定できたこと。

「そうだろ。オレの言う通りやりゃうまくいくんだ。さっそく論文をまとめるんだな」

「わかりました」

ゴーサインは出た。これでマウスの入れ替えは、墓の中まで持って行かなければならない秘密になった。

朱川が心ここにあらずという顔で、視線を泳がせている。

「朱川先生。何か不都合でもあるのでしょうか」

探りを入れると、朱川ははっと我に返ったようにいつもの笑いを響かせた。

「何を言ってるんだ。不都合なんかあるわけないだろ。論文はオレのコネが利く専門誌に紹介してやるよ。査読も急ぐようプッシュする。だから、早く仕上げるんだ」

「ありがとうございます。よろしくお願いいたします」

赤崎は深々と一礼して教授室を辞した。

論文の共著者には朱川の名前も入る。万一、論文に疑義が生じれば、彼も連帯責任を負わされる。そうなれば、全力で論文を守るだろう。いわば強力な運命共同体を得たも同然だ。

賽《さい》は投げられた。吉と出るか、凶と出るか、あとは前に進むしかない。

9

東京駅を午前十一時に出た「のぞみ」225号は、予定通りに新富士《しんふじ》駅を通過した。右手に午前の光を浴びた富士山が見える。

矢島塔子はその雄姿を見て、祈るように手を合わせた。二週間前、荻島俊哉の手術が終わり、病理検査の結果、がんは早期ではなく、進行がんであることがわかったのだ。

——でも、リンパ節には転移がなかったのでしょう。それなら、ほかへの転移もないということですよね。

——いや、矢島さんも知ってると思うけど、がんはリンパ節に転移するだけじゃなく、血流に乗っても広がるんだ。血管が豊富な筋層にまで広がっていたということは、がん細胞が血液中に入り込んでいる可能性もあるということだよ。

見舞いに行ったとき、荻島は冷静さと深刻さの混ざった表情で言った。あとは経過を見て、転移が見つかるかどうか、検査を続けていくしかないという。

——でも、僕はこれも悪くないと思ってるんだ。早期がんで手術をして終わりというんじゃあ、がん体験のルポとして迫力に欠けるからね。手術は成功したけれど、進行がんで、転移の危険性もあるというほうが、スリルがあるだろう。

——さすがは荻島さん。徹底的に前向きですね。

明るく言ったが、荻島は手術でげっそりやせ、目元のしわは深まり、自慢のロマンスグレーの髪も干からびて見えた。

もし、荻島のがんが、凶悪化したタイプだったら……。

凶悪化したがんに関する報道は、その後も世間を騒がせていた。前年の健康診断で異常のなかった人が、翌年、末期がんと診断されたり、早期がんで発見されたのに、治療後に急激に症状が悪化した例などが、盛んにマスコミに取り上げられる。ふつうのがんとの線引きは曖昧《あいまい》だったが、明らかに日本のがんは悪性度を増しているようだった。

荻島のがんも、手術が引き金になって急激に増悪するかもしれない。その場合は、おそらく経過は速いだろう。荻島の笑いがどこか不自然だったのは、彼自身、その予感を無理やり押さえ込んでいたからではなかったか。

新大阪駅に着いたあと、矢島塔子は地下鉄で千里《せんり》中央駅に向かった。隣接したホテルのラウンジに行き、中庭に面した席に座る。紅茶を注文して待っていると、雪野光一は約束の午後二時より五分早くやってきた。

「お待たせしました」

「いいえ。わたしが早く着いたんです」

笑顔で応じると、雪野は慣れないようすで向き合ったソファに座った。

この前、東京で黒木にインタビューしたあと、待ち伏せるようにして雪野が言いかけたこと。

――ロボット手術の安全性は必ずしも確立していない……。

黒木はHAL手術のいいことばかりを言ったが、雪野は別の側面もあることを言いたかったのではないか。

矢島塔子にはもうひとつ、雪野に確かめたいことがあった。これまでにもいろいろな医師に聞いたがん検診の問題だ。

彼女を含め、自分ががん家系だと思っている人は、今の日本には少なくないだろう。そういう人はどうすればいいのか。身内に胃がんや大腸がんの患者がいる矢島塔子は、消化器が専門の雪野の意見をもう一度聞きたいと思っていた。

「今日はありがとうございます。あれからネットで、ロボット手術の動画を見ました。ほんとうに機械が人間の手のように手術するんですね」

「はじめて見た人は驚くでしょうね」

「HALは、それを操る外科医より上手な手術ができたりするんでしょうか」

「ロボットはあくまで術者の手の動きを鉗子に伝えるだけですから、術者よりうまい手術ができるわけではありません」

雪野はなかなかリラックスできないようだった。少し肩の力を抜かせなければ。

「変な話ですが、外科医が失敗しそうになったら、ストップをかけるような、安全装置はあるんですか」

「それはないです。でも、そういう機能があればいいかも」

雪野は頬を緩め、注文したコーヒーを一口啜った。

「この前、東京でお目にかかったとき、安全性に改善の余地があるようにおっしゃってましたが」

「ロボット手術はまだ産声をあげたばかりです。でも、泳げるようになるまで水に入らないと言っていたら、いつまでも泳げないのと同じく、どんな新治療も、実際の患者さんに使ってみなければ安全性は確立できません。ある程度のリスクは覚悟の上でね」

「それはつまり、今のロボット手術は、人体実験も同然ということですか」

わざと露骨な言い方をすると、雪野は目を逸《そ》らし、奥歯を噛むようにして言った。

「そう言えるかもしれません。しかし、もしマスコミがそんなふうに報じたら、日本ではもう使えなくなります。私が申し上げたいのは、ロボット手術を無闇に持ち上げるのもよくないし、ことさら危険視するのもよくないということです」

雪野はなぜそんなことを言うのか。矢島塔子は釈然としなかったが、雪野はこれ以上、話す気はないようだった。

「雪野先生。もうひとつ、お聞きしてよろしいでしょうか」

彼女は思い切りよく話題を変えた。

「この前も少しお話ししましたが、わたしはいわゆるがん家系なんです。そういう人は、がん検診を受けるべきでしょうか。がん検診の有効性は必ずしも証明されていないことや、検査被曝《ひばく》による発がんの危険も承知の上でお訊ねしますが」

「うーん、どうだろう」

外科医なら当然、受けるべきだと言うかと思いきや、雪野は即答を避けた。自嘲《じちよう》的とも思える暗い声で言う。

「がん検診は、有効なこともあるでしょうが、気休めという気もしますね」

「気休め、ですか」

「そう。厚労省が勧めているのは、胃がん、肺がん、大腸がん、乳がん、子宮頸《けい》がんの五種類だけでしょう。それ以外のがんは調べなくてもいいんですか。膵臓《すいぞう》がんや卵巣がんなど、検診がむずかしいがんもあるし、ほんとうに早期発見しようと思うなら、年一回では足りません。すべてのがんを早期発見できない状態で、調べやすいところだけ調べて安心するのは、やはり気休めでしょう」

「じゃあ、政府は気休めのために、がん検診を推進しているのですか」

「厚労省の目的は、統計上のがん死亡者数を減らすことです。個人を救うことではありません。がん検診で助かる人がいるのは事実ですが、検査被曝でがんになる人がいるのも事実です」

それは「真がん・偽がん説」の岸上も言っていたことだ。しかし、それならがん家系の不安に悩む人はどうすればいいのか。

「お医者さんは、がん検診を受けているのですか」

「毎年受けている医者は、ほとんどいないでしょうね。放射線科の知人は、胸のレントゲンと胃のバリウム検査を毎年受けていたら、がんになる危険性は確実に高まると言ってました」

「じゃあ、どうすればいいんですか」

矢島塔子は半ば自棄《やけ》になって訊ねた。雪野はまるで無理な抜け道でも聞かれたかのように、首を揺らした。

「答えはありません。いつがんになってもいいような生き方をするしかないでしょうね。むずかしいかもしれませんが」

「雪野先生は、そういう生き方をされてるのですか」

「それはそうです。だって、今は二人に一人ががんになり、三人に一人はがんで死ぬ時代ですよ。心の準備は当然、しておいたほうがいい」

矢島塔子は納得がいかなかった。がん家系の人ならこうすればいいという答えがほしかった。それはないものねだりなのか。

彼女は雪野の冷静さが憎らしくなって、意地の悪い質問をした。

「先生のお話は、ほんとうのことなのかもしれませんが、患者としてはあまりうれしくないです。もう少し希望の持てる話はないのですか。前向きなことを言ってくださる先生も多いですよ」

雪野は自分に失望するように顔を伏せる。

「当てにならない希望と、つらいけれどほんとうのことと、どちらがいいですか。私は医者として、患者さんには誠実でありたいと思っています。聞こえのいい話でごまかすより、いやがられても、ほんとうのことを話すほうが誠意があるでしょう」

あまりに独善的に思え、矢島塔子はつい感情的になった。

「語弊があるかもしれませんが、それは先生の自己満足ではないですか。先生は誠意を通して、ご自身の信念を貫けるかもしれないけれど、つらい話を聞かされる患者は救われませんよ」

「なら、嘘のいい話のほうがいいんですか」

「嘘は困りますが、できるだけ患者につらい思いをさせないように……」

そう言いながら、矢島塔子は自分がジレンマに陥っていることを自覚した。病気というつらい現実の前で、いくら言葉を優しくしても、状況は変わらない。自分は医者に甘えているのか。それでも、多くの患者は同じ思いだろう。

言葉を切ると、雪野は冷静に続けた。

「医者に質問するとき、あらかじめ自分の気に入る答えを期待するのはよくありません。どんな答えでも、受け入れる心の準備が必要です。いやな答えを聞きたくないなら、はじめから質問しなければいいのです。欧米では当たり前のことですよ」

日本人は甘えているというのか。たしかにそういう一面はあるかもしれない。新聞の記事でも、上層部は常に希望や明るさを前面に出したがる。でないと、読者に受け入れられないからだ。悪い事実は知りたくないというのなら、報道は半身をもがれたも同然だ。

矢島塔子は、がん家系の人間がどうすべきかという答えを得られないばかりか、自分のジレンマに直面させられただけで、雪野への取材を終えざるを得なかった。

10

『「文藝公論」記者』と書いた名刺を差し出した若い女性記者は、緊張の面持ちで取材ノートを広げた。そこには事前に調べた岸上律の経歴が書き連ねてある。

東京都出身で、現在六十歳。一九八三年に、竣世大学医学部を首席で卒業したあと、八七年に博士号を取得して渡米。UCLAの放射線科に研究員として勤めたあと、二〇〇二年にユタ州立大学のアシスタント・プロフェッサーに就任。〇五年には、「文藝公論」に連載した『がん治療は患者を殺す』を出版し、日本の医療界に一大センセーションを巻き起こす。二〇一〇年、竣世大学の放射線科の教授として帰国。

女性記者は取材ノートの新しいページを開き、インタビューをはじめた。

「まず、岸上先生が推奨されるがん放置療法の根拠となる『がん治療は患者を殺す』を書かれたきっかけから、お聞かせいただけますでしょうか」

「それは日本とアメリカのがん医療のちがいですよ。アメリカでは、治療の余地がなくなった患者に、抗がん剤も放射線治療もしませんが、日本では最後の最後まで治療して、副作用で患者を苦しめていましたからね。がん検診も、死亡率を下げるというきちんとしたデータがなければ、アメリカでは国が勧めることはありません。ところが、日本は早期発見・早期治療のスローガンのもと、意味のない検診が当たり前のようになっている。そういう状況を糺《ただ》すために、あの本を書いたんです」

「反響は大きかったですね」

「がん患者や家族からの問い合わせが殺到しました。それで日本のがん患者が、いかに無益な医療に苦しんでいるかがわかったんです」

「岸上先生の一連の著作は、どれもすごい評判ですが、その基礎となる『真がん・偽がん説』を思いつかれた経緯をお聞かせいただけますか」

「アメリカで、病理医とディスカッションしているときに、どうもおかしいと気づいたんです。がん細胞は正常細胞が変異してできますが、最初は一個の細胞からスタートする。それが五ミリとか一センチとか、診断できる大きさになるまでには何年もかかる。それまでまったく転移せず、見つかる大きさになってから、急に転移するのはおかしい。同じがんでも、転移するものは早くに散らばっているだろうし、見つかるくらい大きくなっても転移していないものは、そのまま放っておいても害はないのではと考えたのです」

「アメリカの医師たちは、どういう反応でした」

「興味深いと言っていました」

岸上はそれから自説を詳しく説明したが、まだ二十代の女性記者にはがんの脅威がピンと来ないようだった。


一時間ほどの取材で女性記者が帰ったあと、秘書が来て言った。

「予防医療センターの藤枝《ふじえだ》先生が、岸上先生にお話があるそうです。センター長室までご足労願いたいとおっしゃっていますが」

「わかった」

竣世大学病院の予防医療センターは、がん検診や人間ドックを担当している部署だ。

がん検診に否定的な岸上とは、ふだんほとんど接点がない。

ノックして扉を開けると、藤枝は硬い表情で岸上を迎え入れた。応接セットの椅子を勧め、テーブルに用意したパソコンを開く。

「実は、先日受けていただいた特定健診なのですが……」

健康診断の類はいっさい受けない岸上だが、厚労省が主導する特定健康診査、いわゆるメタボ健診だけは、受けなければ大学に迷惑がかかる仕組みなので、仕方なく受けている。結果は毎年、封筒に入れて教授室に届けられるが、藤枝が直々に説明するということは、それなりのことがあったのだなと、岸上は覚悟した。

「何か見つかりましたか」

「胸部のレントゲン写真をご覧ください」

モニターに画像を呼び出し、岸上に向ける。右肺の上葉に二センチほどのコイン・リージョン（円形の影）が写っていた。辺縁不整、濃度不均一。九九パーセント、肺がん。

岸上は念のため、画像の下に記された患者氏名を確認した。「Ritsu Kishigami」。まちがいない。さらに肺尖部《はいせん》、肺野、肺門部を入念にチェックする。

「右のS3（前上葉区）ですな。明らかなリンパ節転移は認めず。おそらく腺《せん》がんでしょう。私はタバコは吸わないから」

岸上は思いの外、自分が冷静であることを感じていた。いつかこういう日が来ることを、無意識に心づもりしていたのかもしれない。

藤枝が気遣うように訊ねた。

「どうされます」

「どうもしませんよ」

「呼吸器外科に連絡いたしましょうか」

「ご冗談でしょう」

岸上は本気で笑いそうになった。今まであれほどがん治療の無意味さを主張してきた自分が、メタボ健診でがんが見つかったからといって、治療など受けられるはずがない。

「しかし、CTスキャンと、気管支ファイバーはされたほうがいいのではありませんか。手術が可能なら切除すべきです」

一瞬、脳裏を凶暴な感情がよぎった。よけいなお世話だ。検査や手術でがんが悪性度を増したら、どう責任を取るつもりだ。

いや、藤枝も善意で勧めてくれているのだろう。

「私には私の考えがありますので。とにかく、ご説明ありがとうございました」

医局にもどっても、別段、気持は乱れなかった。ただ、急に時間の流れがゆっくりになり、自分がどこにいるのかわからないような、奇妙な放心状態になった。

午後六時過ぎ、岸上はいつもより早めに病院を出て、自宅に帰った。彼の家は世田谷《せたがや》区北沢《きたざわ》にある一戸建てだ。

「ただいま」

玄関で声をかけると、「今日は早いですね」と妻が出迎えた。

妻は岸上より二歳下で、もともと幼なじみだった。子どもは二人ともアメリカにいる。娘はビオラ奏者になり、息子はMIT（マサチューセッツ工科大学）に通っている。

着替えをすませてから、台所にいる妻に言った。

「メタボ健診で撮った胸のレントゲン写真に、がんが写ってたよ」

「えっ」

妻は短く叫び、包丁を持つ手を止めた。夫がそういう冗談を言わないことをわかっている顔だ。布巾《ふきん》で手を拭《ふ》き、岸上のいるダイニングに出てきた。

「どうするつもりなの」

「別に。どうもしない」

「でも、まだ詳しい状況はわからないでしょう。手術はできないの」

いきなり手術と言われて、さっきと同じ凶暴な感情がよみがえった。おまえまでそんなことを言うのか。「真がん・偽がん説」の提唱者の妻なのに。

テーブルの夕刊を取り、わざとゆっくりとページを開いた。

妻が布巾を握りしめて聞く。

「肺がんの診断はたしかなの。早期とか進行してるとか、わからないの」

「リンパ節への転移はなさそうだ」

「それなら、手術できるんじゃないの」

重ねて手術と言われ、岸上は音を立てて新聞を置いた。立ち尽くす妻をじっと見る。

「君にはずっと俺の考えを話してきたつもりだ。『真がん』と『偽がん』のこと、がんの治療が無意味なこと、検査や治療をすれば、がんがよけいに暴れだす危険があること。それをぜんぜん理解してなかったのか」

「理解してたわ。でも、あなたも言ってたじゃない。それはまだ仮説だって」

「そうだ。しかし、がんは手術すべきだというのも仮説なんだ。今にがんは検査も治療もしないほうがいいと、きっと証明される」

「でも、まだ証明されてないじゃない」

妻は両手で顔を覆い、肩を震わせた。妻が取り乱すのも無理はない。岸上は大きく息を吸い込み、気持を落ち着かせた。

「レントゲン写真に影が写ったって、必ずしも絶望的じゃない。『偽がん』の可能性だってある。『偽がん』なら、このまま放っておいても大丈夫だ。無闇に検査したり、放射線を当てるほうが危険なんだ」

「でも、もし『真がん』だったら？」

「そのときは何をやっても無駄さ。細胞レベルでは肺以外の臓器にもすでに転移しているだろうから。手術や検査で刺激すると、がんが活発化して、急性増悪する危険が高い。だから、何もしないのがいちばんなんだ」

妻は手を下ろし、涙を拭《ぬぐ》った。

「でも、あなたの命はあなた一人のものじゃないのよ。あなたが死んだら、子どもたちやわたしがどれほど悲しむかわかってるの。家族のことも考えてほしいの」

「考えてるさ。検査も治療もしないことが、いちばんいいからそう言ってるんだ。俺のためにも家族のためにも」

「そんな……」

「検査とか治療が必要だというのは、世間の考えだろう。君は世間と俺のどっちを信じるんだ」

「もちろんあなたよ。あなたが信念を持ってやってることはよく知ってるわ。でも、わたしは、そんなに簡単には割り切れないのよ」

「惑わされちゃだめだ。乳がんの手術だって、日本はずっと拡大手術でやってたが、今は温存手術が主流になっただろ。俺は命をあきらめたわけじゃない。検査で被曝したり、治療でがんを刺激するほうが危険だからそっとしとくんだ。それがいちばんいい方法なんだよ」

岸上は精いっぱいの気持を込めて言った。

そして思った。これまでがんと見れば切っていた外科医たちの罪は重い。俺の妻にさえ、洗脳をしてしまったのだから。根拠のない思い込みで切除してきた外科医たちに、大義はない。

岸上は自らの経歴に自負があった。私立総合大学の雄である竣世大学の医学部を出て、アメリカでアシスタント・プロフェッサーまで務めたのだ。俺の洞察力はさほど見当外れでもあるまい。パイオニアはいつの時代でも、理解されないものだ。

妻は肩で大きく息を吸い、自分を納得させるように目を閉じた。

「わかりました。あなたを信じます」

「ありがとう。それでこそ俺の妻だ。治療も検査もしないけど、とことん頑張るよ。決して君たちを悲しませるようなことはしない」

岸上はテーブル越しに妻の手を強く握った。そして、ふと思った。

そうだ、俺はがんを公表しよう。そして、がんの治療が無用であることを、身をもって世間に知らしめるのだ。

11

午前八時二十分。テレビの画面で、白江は品のいい笑みを浮かべ、どこか少女っぽい優雅な声で解説した。

《ご覧のように、わたくしどもの研究している免疫療法は、奇跡とも思える効果を発揮しています。これまで絶望的と思われていた進行がんの少女が、たった二カ月で治癒したんですから》

准教授室で番組を見ていた秋吉典彦は、これで免疫療法グループの劣勢は一気に挽回できると思った。白江が持ち帰ったCBSのDVDをもとに、JHK放送が作った免疫療法の特集である。秋吉が元同級生のプロデューサーに頼んで、急遽《きゅうきょ》、朝の人気番組「あさトク！」に押し込んでもらったものだ。

女性アナウンサーが白江に聞く。

《この治療はアメリカで行われているようですが、日本でも受けられるのでしょうか》

《どこの病院でもというわけにはまいりませんが、VTRで紹介しました治療と同様の免疫療法は、わたくしどもの施設でやっております。治験ですから、費用もかかりませんし、最新の治療を試していただけますのよ》

よし、と秋吉はガッツポーズをする。これで希望者が激減していた「J‐WHITE」も息を吹き返すだろう。いや、むしろ希望者が殺到して、事務処理が追いつかないかもしれない。秋吉はラインで関係者にメッセージを送った。

『「J‐WHITE」の参加者、急増の見込み。至急、受け入れ態勢の用意を！』

テレビ画面で、白江は柔らかそうな頰を緩めて説明を続ける。

《わたくしどもの免疫療法は、副作用がございません。それがいちばんのメリットでございましょうね》

彼女は随所で、手術や抗がん剤、放射線治療の副作用に言及し、免疫療法の優位性を強調した。「あさトク！」は、官僚や政府関係者も見ているようだから、彼らに副作用のイメージが刷り込まれれば、プロジェクトG4で免疫療法は圧倒的に優位になるだろう。
特集のコーナーが終わりに近づくと、ゲスト出演しているがんサバイバーの女性タレントが、小さく首を振った。
《がんの治療は、やっぱり副作用が怖いですもんね。でも免疫療法だと、自分の力で治してるって感じがするから、なんか力が湧いてきますよね》
《そうですわよ。おほほほほ》
白江は口元に手を当てて高らかに笑った。
秋吉も満足だった。免疫療法は、「J‐WHITE」以外にもさまざまな可能性がある。副作用ゼロを旗印に、プロジェクトG4の予算を勝ち取れば、きっと近い将来、がんは免疫療法で克服できるだろう。
秋吉は自分が東帝大に乗り込み、教授として研究を指揮する場面を思い描いて、しばし忘我の境地を楽しんだ。

「あさトク！」が終わったあとは、午前九時から外来診察をする予定だった。

椅子の背もたれから身体を起こすと、急にめまいがした。身体がだるくて立ち上がれない。疲れているのか。このところ、なんとなく身体が重い。

秋吉は横になりたかったが、白江がテレビの生出演で留守なので、自分が外来を休むわけにはいかなかった。両手で頰を打ち、気合いを入れて立ち上がると、どうにか持ちこたえられそうだった。

二階の外来に下りると、少し気分がよくなった。白衣姿で診察室に入ると、気持も引き締まる。念のため、看護師に血液検査の採血をしてもらって、診察をはじめた。

その日の診察が終わったのは、午後一時五十分。いつもより早い時間だ。医局にもどろうとしたとき、「至急」で出した血液検査の結果が返ってきた。看護師から用紙を受け取り、一枚目を見る。肝機能や腎機能は異常なさそうだ。項目の下段に末梢血《まっしょうけつ》の結果が出ていた。

『白血球：九六〇〇〇（正常値三九〇〇〜九七〇〇）赤血球：二四一万（正常値四三〇万〜五六七万　いずれも男性）』

えっと思った。ひどい貧血だ。どこからも出血した覚えはないのに、なぜこんなに赤血球が減っているのか。二枚目の用紙を見て、秋吉は全身が震えた。

『血液像：芽球《がきゅう》六六パーセント』

まさか。

正常では現れるはずのない幼若《ようにゃく》な骨髄細胞が、血液中にあふれている。

その値から考えられるのは、急性骨髄性白血病以外になかった。

12

医療科学部長の松崎が、コーヒーカップを片手に近づいてきて、いつもの憂うつそうな顔でつぶやいた。

「最近、〝二重がん〟てのがあるらしいな」

矢島塔子は取材ノートから顔を上げる。

「別々の臓器にがんができるものですね」

「ひとつのがんを克服しても、しばらくすると、また別の臓器にできる可能性があるってことだ」

六年前に胃がんを手術した松崎は、これで厄落としができたと思い込んでいたようだ。ところが近ごろ、二重がんが増えていることを知り、不吉な思いに駆られたのだろう。

「勘弁してほしいよ。がんなんてひとつで十分だ」

「そう言えば、荻島さん、体調はいいんでしょうか。退院されたあと、しばらくお会いしてないいんですが」

「先週、『み益《ま》す』のママを偲《しの》ぶ会で会ったよ。けっこう元気そうだった」

「み益す」は有楽町にある居酒屋で、新聞記者やテレビ関係者がよく集まる店だ。三カ月前に人気者だったママが、膵臓がんで亡くなっていた。

「もう飲み会にいらしてたんですか」

「アルコールは飲んでなかった。自宅療養で節制しているらしい。そういや、筋トレなんかもしてると言ってたな」

「荻島さん、スマホとかよく使うんでしょうか」

「そりゃ使うだろう。長時間ってことはなさそうだが」

松崎はコーヒーを啜り、揶揄《やゆ》するように聞いた。「なんだ、今日の赤崎とやらの発表が気になるのか」

昨日の夕方、東帝大医学部の広報から、腫瘍内科の赤崎が、アメリカの医学雑誌「スカラー」のウェブ版に、論文を発表するというファックスが送られてきた。「スカラー」は医学全般を扱う雑誌で、一流雑誌とまではいかないが、そこそこの知名度はある。論文の内容は、ケータイやスマホの電磁波が、がんの凶悪化を引き起こすという衝撃的なものだった。

しかし、矢島塔子は別の予定があったのと、前に赤崎に会ったときの印象がよくなかったのとで、取材を部下の佃可奈子と吉本研に任せたのだった。

「電磁波の危険度は、WHOの『国際がん研究機関』が、この前、五段階のうち三番目に引き上げましたよね。対象となったのは、神経膠腫《しんけいこうしゅ》や髄膜腫《ずいまくしゅ》など、スマホを当てる耳に近いところだけの腫瘍でした。昨今のがんの凶悪化は、全身で起こっています。それがすべて電磁波のせいというのは、ちょっと無理があるように思うんですが」

「じゃあ、どうして荻島さんのスマホのことなんか聞くんだ」

「別に理由はありません。気になっただけで」

考えても仕方のないことだが、荻島のがんが凶悪化したものかどうかは、ずっと矢島塔子の念頭を離れなかった。

　編集局のフロアに、佃と吉本が取材鞄《かばん》を抱えてもどってきた。松崎が軽く手をあげる。

「ご苦労さん。どうだった、取材」

「いやあ、へんな雰囲気でしたよ。芸能人の記者会見みたいで」

「ほんと。こっちは時間前に行ってるのに、十分以上も待たせて、もったいぶって出てくるんですから」

　吉本と佃が口々にぼやいた。松崎が論文の内容を訊ねると、吉本が持ち帰った配付資料を手渡した。

「電磁波を二方向から照射したグループのマウスは、十六匹のうち五匹のがんが凶悪化して、電磁波を遮断したグループのマウスは、一匹も凶悪化しなかったそうです」

「ネズミの実験か。人間じゃないんだな」

「いえ。マウスに移植したのは、ヒトの大腸がんらしいです。資料に顕微鏡の写真が出てるでしょう。これです。〝キング〟なんて、がん細胞に名前までつけちゃって」

　写真には、毒々しい赤紫色に染まったがん細胞が、顕微鏡の視野いっぱいに拡大されていた。

「朱川教授はどうだった」

「朱川先生はいませんでした。急な学会出張で、ヨーロッパに行ったそうです。休暇も兼ねてしばらく帰らないって話でしたけど」

矢島塔子は首を傾げた。部下の重大発表に、共著者として名を連ねる朱川が同席しないのは不自然だ。横から松崎が聞いた。

「実験で使った電磁波と、我々がケータイやスマホで使う電磁波は、同じレベルなのか。強い電磁波を当てたとかじゃないのか」

「『電波通新聞』の記者も、同じ質問をしてました。まったく同じレベルではないようです」

電波通新聞は、通信およびエレクトロニクス関連の業界紙で、発行部数三十万部を誇る日刊新聞だ。

吉本のあとを受けて、佃が続けた。

「生活空間の電磁波と、実験の電磁波は出力が少しちがうようですが、電磁波を完全に遮蔽《しゃへい》せず、自然な状況に置いたグループのマウスは、一部のがんが凶悪化したとのことです。一方、特殊なシールドで、完全に電磁波を遮断したグループは、凶悪化したがんがゼロだったので、電磁波が引き金になっているのはまちがいないと、赤崎さんは言ってました」

「ちょっと強引な感じだったけどな」

吉本が警戒心を見せると、松崎は先が思いやられるといった調子で、「こりゃ電波業界は大打撃だな」とつぶやいた。

矢島塔子はまだ十分には納得できなかった。

「スマホやケータイが普及したのは、ずいぶん前でしょう。どうして急にがんの凶悪化がはじまったのかしら。因果関係を考えるには、タイムラグが大きすぎるんじゃない」

「赤崎さんはいろいろな仮説を立ててました。電磁波の使用量は、SNSやスマホのさまざまなアプリが登場して、ここ数年で一気に増えたとか、電磁波の影響は、蓄積されてから現れるまでに時間がかかるとか、通信速度を上げるために電磁波のエネルギーが増強されて、DNAを損傷しやすくなったとか」

「それを電波通新聞の記者が、ちょっとあり得ないという感じで否定して。あの記者もちょっと変な人でしたけど、それに赤崎さんがキレちゃって、たいへんだったんですよ」

「そうそう」

吉本が苦笑いすると、佃もあきれたように同意した。

二人によると、赤崎は電波通新聞の記者に対して、電磁波の危険性を認め、積極的にそれを公表すべきだと迫ったらしい。記者が「明らかな根拠があれば、善処します」と、役人みたいな受け答えをしたため、赤崎が興奮して、電波業界は金儲《かねもう》け主義だ、もっと国民の健康を考えろと強い調子で言ったという。

「さらに赤崎さんは、業界が危険性を認めないなら、スマホのCMを流すテレビ局を相手取って、健康被害の訴訟を起こす予定だと、ちょっと恫喝《どうかつ》するみたいに言ったんです。そしたら、電波通新聞の記者は真っ青になって、めちゃくちゃだ、こっちこそ営業妨害で訴えると言って、一時は騒然となりかけました」

「しかし、いくら東帝大の医者だといっても、電波業界全体を敵にまわすことはできんだろう。総務省も黙ってないだろうし」

松崎が消極的な予測を洩らすと、佃は取材ノートのページを繰った。

「そうですね。総務省は『不要電磁波問題対策委員会』とかでいろいろ調査してますし、基本的に電磁波は安全というスタンスですから、それが実はがんの凶悪化を引き起こすなんて言われたら、メンツが丸つぶれでしょう」

吉本も声をひそめて続く。

「それに、噂ですけど、『日電連』から赤崎さんに、五年で二十億の奨学寄付金が提供されてるそうです。それを受け取りながら、電磁波は危険だなんて吹聴《ふいちょう》したら、それこそヤバいんじゃないですか」

四人は見るからに不味《まず》そうな料理を前にした客のように、顔を見合わせた。

「で、この記事、どうする」

松崎が矢島塔子にボールを投げると、彼女は二人の部下に確認する。

「電波通新聞は別として、他社の反応はどうだったの」

「盛り上がらない感じでしたね」

「時大《じだい》新聞は電波業界を批判できるんで乗り気みたいでしたけど、ほかはイマイチでした」

「うちも地味めにしますか」

「でも」と、吉本が思いついたように言う。「赤崎さんの論文は『スカラー』のウェブ版に載るんでしょ。それならけっこうインパクトあるんじゃないですか」

　矢島塔子が斜めににらみつける。

「医学雑誌に出るからって、信憑性《しんぴょう》が高いとはかぎらないのよ。論文の審査でチェックされるのは、オリジナリティや論理の妥当性とかで、意図的な不正を見抜くのはむずかしいらしいから。だから、あんまり派手な論文には注意したほうがいいかも」

「そうだな。医学論文のねつ造で振りまわされるのは、もう懲り懲りだからな。記事の中身は慎重に頼む」

「扱いはどうします」

「編集会議次第だけど、たぶん、科学面のベタだ」

　松崎が言い、矢島塔子は憐《あわ》れみの気持で赤崎の姿を思い浮かべた。明日、彼は記事を見て、失望と怒りに拳を震わせるにちがいない。

13

　赤崎はアメリカの医学雑誌「スカラー」のウェブ版を開き、そこに自分の論文が掲載されていることを確認して、感無量だった。「Latest Highlights（最新注目記事）」の三番目に、論文のタイトルに続いて、「article by AKAZAKI et al.（赤崎他による記事）」とある。これで自分の名前は世界中に広まるだろう。彼はウェブのページをとりあえず百部、プリントアウトして、必要に備えた。

その一方で、出勤の途中に買い集めた新聞の扱いが小さいことに、失意と苛立ちを隠せなかった。時大新聞だけは一面に載せているが、トップ記事ではなく左端の下だ。社会面の関連記事も、論文の内容より、電波業界の利益優先体質を批判するほうに重点が置かれている。読日も経産《けいさん》も三面の総合面や社会面で報じているだけで、報栄に至っては、科学面のベタ記事しか載せていない。まったく論文の値打ちを理解しない馬鹿記者ばかりだと、赤崎はやり場のない怒りに、いつも喫茶店で摂《と》る朝食を、二人前やけ食いした。

ネットで調べてみても、扱いは似たり寄ったりで、期待した華々しさはどこにも見当たらない。このまま地味な反応で終わるのかと落胆しかけたとき、大学の交換台から電話がまわされた。「週刊AREA」の記者が、取材させてほしいと申し入れてきたのだ。赤崎は内心の喜びを悟られないよう、もったいをつけて取材を了承した。

そのあと、午後には「週刊現界」「週刊パトス」など、一流の週刊誌から取材の依頼が相次いだ。やはりわかる者にはわかるのだ。赤崎は机に乱雑に広げた新聞各紙を蔑《さげす》むように見た。そのとき、紙面にスマホの全面広告が出ているのが目に入った。

そうか、新聞は電波業界からの広告収入が大きいから、俺の論文を大々的に報道できないんだな。哀れなヤツらめ。

赤崎は記事が小さい理由をひとり得心し、朝の不機嫌を忘れた。

さらにその日の夕方、報道バラエティの「目覚ましオンエア」から出演依頼が来た。赤崎は二つ返事で出演を了解した。

テレビでも週刊誌でも、チャンスがあればどんどんメディアに出るつもりだった。箔《はく》がつけば、時間が稼げる。その間に、論文の仮説を真説にしなければならない。いや、是が非でもそうしなければならないのだ。

赤崎は自説を防御するための戦略を考えた。

電波業界は、儲かりさえすればいいという体質で、がんの凶悪化を引き起こしながら、その事実に目をつぶっている。自分はそんな巨悪に立ち向かう正義の研究医なのだ。そういう構図を作り上げれば、マスコミは赤崎擁護に傾くだろう。消極的な新聞には、「電波業界と癒着して、市民の健康を犠牲にする悪徳メディア」と批判を浴びせればいい。

「日電連」からの奨学寄付金も、早めに公表するつもりだった。カネをもらいながら「日電連」に不利な発表をすれば、逆に信頼が高まるというものだ。義理に反するようだが、真実を明かすことこそ研究医の本分だと、苦渋の決断を装えばいい。

世間さえ味方につければ、今の日本は怖いものなしになる。電波業界の一人勝ちを腹に据えかねているメディアも多いから、ここぞとばかりに攻撃するにちがいない。

数日後、赤崎は遅くまで形態研で電話やメールの対応に追われていた。

午後十一時過ぎ、ほかの医局員がほぼ全員帰り、静まり返った研究室に、密やかな足音が近づいてきた。准教授の小南だった。白衣も着ず、貧相な肩にくたびれた背広を羽織っている。

こんな時間に何だろうとキーボードの手を止めると、小南は奇妙な薄笑いを浮かべ、四歩ほど離れたところに立ち止まった。

「ご活躍のようだね」

「何かご用ですか」

赤崎はぶっきらぼうに応じる。

「こちらから言う必要はないかもしれんが、老婆心ながら忠告しておこうと思ってね。あんまり浮かれていると、思わぬところで足をすくわれるぞ」

「どういう意味です」

「だから老婆心だと言ってるじゃないか。君のことを心配してるんだ」

「小南先生にご心配いただくようなことはありませんので、ご安心を」

「そうかねぇ」

小南は意味ありげに肩を揺すった。間もなく大学を追われるはずの男が、最後の恨みごとを言いにきたのか。それにしては思わせぶりだ。その含みのあるいやらしい薄笑いに、一瞬、毒針が潜んでいるような気配がよぎった。

まさか、小南は自分が論文を書くときに、マウスを入れ替えたことを知っているのか。

こめかみに緊張が走る。しかし、赤崎はひるまなかった。もし、論文の操作を知っているとすれば、それこそ小南がマウスすり替えの犯人の証拠だ。であれば、研究妨害の罪に問える。

考えながら視線を動かさずにいると、小南はおもむろにつぶやいた。

「君は准教授のポストを狙っているようだが、当分、無理だよ」

「何のことです」

小南はニヤニヤ笑いを浮かべたまま言葉を継がない。どう出るべきか。迷ったが、赤崎は強攻策に出た。

「お言葉ですが、小南先生は最近、研究室にもあまり来られませんし、講義もおざなりだという噂です。それで准教授の責務を果たしていると言えるのでしょうか」

「フン、たしかに君の言う通りだ。でもね、僕はもうそんな責務を果たす必要もないんだよ」

「どうしてです」

「理由があってね。朱川教授に関することだ。今回の教授の出張は、いやに急だったと思わないか」

たしかに、朱川のヨーロッパ出張は、慌ただしく決まった。先方からの急な招聘《しょうへい》と、個人的な理由とのことだったが、三週間の予定はあまりに長すぎる。プロジェクトG4が予断を許さない状況で、しかも、赤崎の論文が「スカラー」のウェブ版に載るという知らせも届いているのに、なぜ急遽、そんな長期出張に出かけるのか、赤崎にも腑《ふ》に落ちないことだった。

小南は赤崎の反応を楽しむように、その場で足を踏み替えた。

「朱川教授は今、ヨーロッパにはいない。行き先はアメリカだ。サンフランシスコのUCSFの付属病院にいる」

「どうしてそんなところに。講演かセミナーですか」

小南はおかしくてたまらないというように嗤《わら》いをかみ殺した。

「教授が海外の病院に行くからといって、仕事とはかぎらんよ。医者だって病気になるのだから」

「朱川先生がご病気？　まさか」

「腹心の君も知らないんだな。朱川教授はああ見えて、徹底した秘密主義者だからな。ところが上手の手から水が洩れるとはこのことだ。僕は偶然、知ってしまったんだよ」

小南は赤崎の動揺を楽しむように近くの机に尻を乗せ、手元の書類を無造作にめくった。

「いずれ伝わるだろうが、僕から先に教えてあげよう。朱川教授は大腸がんだ。幸い、横行結腸《おうこうけっちょう》だから、人工肛門《こうもん》にはせずにすむ。オペはもう終わってると思うよ。出発の五日後がオペの予定日だったから」

赤崎は立ち上がり、小南に詰め寄った。

「どうしてそんなことを知ってるんです」

「それは言えんな」

「しかし、そんなこと、信じられない」

「もちろんそうだろう。抗がん剤の権威が、自分ががんになったら、迷わず手術に飛びついたんだからな。しかも、公になるのを恐れて、虚偽の日程で海外に出たなんて、世間に知られたら、教授の面目は丸つぶれだ。がんと診断されればまず抗がん剤なんて吹聴していた当人が、いきなり手術に頼ったんだから、お笑いぐさじゃないか」

　小南はいつもの口べたが信じられないほど、よどみなくしゃべった。

「証拠を見せてください。でなければ信用できません」

「朱川教授は大胆そうに振る舞っているが、実際は〝超〟のつく小心者だ。病気が心配で、毎年二回、こっそり健康診断を受けていた。この前の検査で、便潜血がプラスに出て、慌てて政治家や芸能人御用達《ごようたし》の新宿《しんじゅく》のエスカイア・クリニックに飛んでいったんだ。大腸ファイバーを受けたら、見事、横行結腸のがんだった。病期はステージⅡ。だから手術を急いだ。ＵＣＳＦの執刀医はＪ・Ｆ・コナーズ教授だ。大腸がんの専門家らしい」

　とても出任せとは思えない。この小男の准教授は何を企んでいるのか。

「それで小南先生は、どうするつもりなんです」

「どうもしないさ。今のまま東帝大の准教授でのんびりやらせてもらうよ。朱川教授に止められたインテグリンの研究も再開してね。研究費はいくらでも使えそうだし」

彼はこのネタで朱川を脅し、医局で気ままな研究生活を送るつもりでいるのだ。なんと卑劣なと、憤りを浮かべると、小南は両手で制するような仕草をした。

「おっと、君と朱川教授の関係もわかってる。君は教授にせかされて、論文の完成をずいぶん急いだようだねぇ。そういうときには、得てして不備が紛れ込みやすいが、大丈夫なのか」

メールだ、と赤崎は思い当たった。朱川の論文催促はしつこいほどメールで送られてきた。小南は朱川が出張に出かけたあと、朱川のパソコンのパスワードを手に入れ、メールを盗み見たのだろう。それで朱川の病気の情報を手に入れていたのだ。

窓際に追いやられた小南は、昼行灯《ひるあんどん》だとばかり思っていたが、とんだ食わせ物だった。しかし、赤崎の実験の操作については、どこまで知っているのか。

「私の論文に、何か問題でもあるというのですか」

赤崎はことさら強気に聞いた。小南は安っぽい芝居のように肩をすくめた。

「そうは言ってない。大丈夫かと心配してるんだよ、老婆心ながら」

もし、彼がマウスの入れ替えまで知っていたら、わずかでもそれをにおわすだろう。しかし、油断はできない。

これからの算段を考えていると、追い落としたはずの上司は下卑た余裕の笑いを浮かべ、入ってきたときとはちがう鷹揚《おうよう》な足取りで出て行った。

14

玄田の教授室に呼ばれたとき、黒木は、雪野と医局長の山際修三《やまぎわしゅうぞう》が同席していることに不審を抱いた。

これまで玄田が指示を出すときは、自分だけが呼ばれ、玄田の名代として医局員に指示を伝えるのが常だった。今回、雪野と山際がいっしょに呼ばれたのは、三人が同列に扱われていることを意味する。

応接用のソファに座ると、玄田は執務机の向こうから出てきて、三人に向き合う形で腰を下ろした。

「忙しいのにすまないね。実は君らに伝えたいことがある」

玄田はか細いながら、威厳のある声で言った。

「先日、受けた血液検査で、念のために腫瘍マーカーを調べたら、ＡＦＰが高値を示してね」

ＡＦＰとは、肝臓がんの腫瘍マーカーである。まさかと思う間もなく、玄田は続けた。

「放射線科の東君《あずまくん》に頼んで、ＣＴとＭＲＩをやってもらったら、肝右葉《うよう》に三センチのトゥモール（腫瘍）が見つかった」

東は放射線科の教授で、専門は肝胆膵《かんたんすい》。であれば、診断にまちがいはないだろう。それでも忠誠心をアピールするため、黒木は反射的に言った。

「そんな、玄田先生にかぎって信じられません」

「いや、まちがいない」

玄田は落ち着いたようすで、用意した袋からMRIのフィルムを取り出した。ほかの二人を差し置いて、黒木がフィルムを蛍光灯にかざす。肝臓の中央やや右寄りに、黒い影が写っている。外科の教授だからといって、当然のことながら、がんにならないとはかぎらない。

「しかし、これなら十分、切除可能でしょう。転移もなさそうですし、腫瘍マーカーでわかったのなら、まちがいなく早期ですね。確実に治癒できますよ」

黒木は精いっぱい前向きな見立てを押し出して断言した。山際も横からフィルムをのぞき込んで、遅れじと続く。

「S5区域ですね。でしたら、区域切除か、最悪でも右葉切除でOKです。肝門部の近くでなくて、不幸中の幸いです」

「うむ。雪野君はどうかね」

玄田に問われ、雪野はMRIだけでなく、CTスキャンの画像も仔細《しさい》に調べてから答えた。

「やや外側《がいそく》寄りですから、私も右葉切除か、区域切除で大丈夫だと思います」

山際と雪野が答えている間、黒木は目まぐるしく考えを巡らせた。

玄田の肝臓がんは、もしかしたらチャンスかもしれない。玄田は現在、六十二歳。肝臓がんのような大がかりな手術を受けたら、外科医として第一線に立つのはもう無理だろう。病気療養を優先するなら、定年まで一年を残して退官を前倒しするかもしれない。そうなれば、自分の教授就任も早まり、在任期間も延びる。玄田は若くして教授になったのだから、一年くらい早く退官したところで心残りはないだろう。

プロジェクトG４の役割が残っているが、これも自分が引き継げばいい。年齢的にも、東帝大の朱川は五十八歳だが、京御大の青柳は自分と同じ五十二歳、慶陵大の白江に至っては四十八歳の若さだ。玄田の退官を待たずしても、手術と同時に、自分がグループリーダーの代行になっても何ら不自然ではない。

黒木は高揚する気分を抑えて、玄田に言った。

「玄田先生。山際君が言うように、今、がんが見つかったのは不幸中の幸いでしょう。阪都大の名誉にかけても、完璧な治療をさせていただきますよ」

「うむ」

「転移の危険性を考えれば、手術は一日も早いほうがよろしいですね。来週の火曜日か木曜日のどちらかにいたしましょう」

雪野が、えっという顔で黒木を見た。

「黒木先生、来週の手術予定はもういっぱいですよ」

「だれかの手術を延期すればいいだろう。患者には手術室の都合とかなんとか言えばいい」

「そんな無茶な」

「無茶とは何だ。身内の手術を優先するのは当たり前のことじゃないか。ましてや、ほかならぬ玄田先生のオペなんだぞ」

雪野は不服そうだったが、それ以上は反論してこなかった。いくらきれい事を口にしても、こいつもボスの心証を悪くしたくはないのだろう。黒木は雪野に軽侮の一瞥《いちべつ》をくれて、玄田に向き直った。

「玄田先生、来週のオペでよろしいですか」

「手術台に空きが出たらの話だが」

「ご心配なく。私が責任をもって空けさせます」

手術のスケジュールを管理する山際が、上体を前に倒して請け合う。

黒木は早くもHALを使った肝切除の術式を頭に浮かべていた。ボスの肝臓がんをHAL手術で切れば、名実ともに、自分が玄田の後継者であることを内外にアピールできるだろう。

込み上げる笑いを抑えようとしたとき、玄田が重々しく言った。

「執刀は、雪野君に頼もうと思っている」

「えっ」

黒木は思わず耳を疑った。あり得ない。なぜ自分ではないのか。

「玄田先生、まさか開腹でやるおつもりでは」

「そうだ」

「しかし、先生、肝臓がんの手術は、ＨＡＬ手術のほうが剝離《はくり》も確実ですし、肝門部の処理も、門脈の結紮《けっさつ》も、安全かつ確実に行えます。開腹で手を突っ込んでやるより、細い鉗子を挿入するほうがどれだけ精密に処理ができるかしれません」

黒木は懸命に訴えた。しかし、玄田は例の半眼のまま表情を変えない。黒木はさらに言いつのった。

「手術の侵襲から傷の大きさ、感染の危険性、術後の回復まで、どれをとってもＨＡＬのほうが開腹術より優れています。玄田先生、先生の手術はぜひこの私に執刀させてください。最高の手術をお約束いたします」

必死に言葉を重ねたが、無駄だった。

「手術は開腹で、雪野君に執刀してもらいたい。それが私の意向だ」

そう宣言されれば、最終決定は下されたも同然だった。黒木は空しさと同時に、激しい屈辱を感じた。

玄田が雪野の腕を買っているのは知っている。だが、自分だって信頼されていたはずだ。

いや、待てよ、と、黒木は焦りながら思い返す。もしかして、自分は便利に使われただけなのか。雪野に研究テーマを変更させるときも、白江の治験の妨害工作をするときも、玄田は自分に厄介な役目を押しつけ、肝心の手術は雪野にさせるというのか。

これまで神々しく見えていた玄田の姿が、急に朽ちかけた木偶《でく》人形のように、黒木には思われた。

15

矢島塔子は検査用の薬を注射されたあと、一時間安静にして、検査台に横たわった。そのままトンネル状の器械の中を、二十五分かけてゆっくりと通過する。ベルトで固定され、身動きできない姿勢は決して楽ではない。体験した者ならではの実感だと、矢島塔子は頭の中にメモした。

彼女が受けているのは、PET（ポジトロン断層撮影）の検査だった。新聞の医療面で予定している「PET検査で何がわかる」と題した特集記事の取材である。報栄新聞の売り物である体験取材で、矢島塔子がPETの被検者になったのだ。

PETは陽電子を出す薬剤を注射して、それが集まる部分から出るガンマ線を測定して、撮影をする装置である。がん細胞はブドウ糖代謝が盛んなため、薬剤が集まりやすい。これまで発見できなかった小さながんも、PETでなら見つかるようになったのである。

「PETが導入されてから、早期がんの発見率が飛躍的に向上しました。通常のがん検診では、〇・五パーセント程度ですが、PETを使った検診では、三から五パーセントです」

放射線科の四十代の部長は、自信満々のようすで説明した。場所は代々木《よよぎ》のがん医療センターのRI検査室である。

「どのくらいの大きさのがんが見つけられるんですか」

検査前の矢島塔子の質問に、部長は明るい声で答えた。

「今は五ミリ程度のがんから見つけることができますね。まだ実用化されていませんが、一ミリ前後の腫瘍を見分ける装置も開発されつつあります。五ミリくらいのがんなら、たいてい粘膜内にとどまっていますから、内視鏡で切除するだけで十分です。開腹手術や臓器を切除する必要がないということです。これって、患者さんには大きなメリットでしょう」

部長は取材でハイになっているのか、よくしゃべった。

「検査ではガンマ線を出す薬を使うそうですが、副作用はないんですか」

「薬剤による被曝はごくわずかですから、心配にはおよびません。半減期も二時間足らずですから、半日もたてばほとんど消えてしまいます。PETはCTスキャンに比べればはるかに被曝量は少ないですし、MRIのようにうるさい音に悩まされることもありません。注射をして、安静にしているだけです。安全で楽で、しかも早期がんが発見できる画期的な検査なんです」

検査が終わったあと、検査着から私服に着替えた矢島塔子は、部長の待つ操作室に入った。

「今から、画像を解析します」

薄暗い操作室のモニターを見ながら、部長はパソコンを操作した。深海を思わせるブルーの画面に、ぼんやりと白っぽい人型が浮かび上がる。背骨と内臓の影が見え、頭部は濃い黄色と赤い色に輝いている。

「脳もブドウ糖代謝が盛んですから、このように薬剤が集積します。別に異常じゃありませんから、ご心配なく」

矢島塔子の検査画像は、正常なパターンとして記事に掲載する予定だった。

「脳以外にも、腎臓や膀胱《ぼうこう》、心臓にも集積像が見られ……ます……」

部長の言葉が不自然に途切れた。深刻な表情でモニターを見ている。

「どうかしました？」

「いや、あの……、ちょっと」

部長は口ごもり、もう一度画像を確認してから、言いにくそうに告げた。

「胃にちょっと異常な集積が見られます。すぐに胃カメラを受けたほうがいいですね」

「それって、わたしの胃に腫瘍があるということですか」

「……たぶん」

背筋に冷たいものが走ったが、矢島塔子は努めて明るく言った。

「でも、PETで見つかるのなら、早期が多いんでしょう。それなら逆にラッキーですよね」

自分はがん家系なのだし、胃がんにかかってもおかしくはない。三十三歳という年齢はさすがに早いが、症状が出る前に見つかったのならむしろ幸運ということだろう。

しかし、部長は厳しい表情を解かない。

「あの、まだ何かあるんですか」

部長はモニターのカーソルを動かして、腹部に点在する赤い塊を指し示した。

「この集積は、おそらく大動脈周囲のリンパ節です」

「……転移ですか」

唇を結んでうなずく。

胃がんの大動脈周囲リンパ節への転移。医療科学部の記者として、人並み以上に医学知識のある矢島塔子は、それがステージⅣの進行がんであることをすぐに悟った。

その五年生存率が、一〇パーセントを切ることも……。

（下巻に続く）

本書は、二〇一五年九月に小社より刊行された単行本を、文庫化したものです。
本作はフィクションであり、実在の個人、団体とはいっさい関係ありません。

虚栄《きよえい》 上

久坂部《くさかべ》 羊《よう》

平成29年 9月25日　初版発行
令和6年 11月5日　3版発行

発行者●山下直久

発行●株式会社KADOKAWA
〒102-8177　東京都千代田区富士見2-13-3
電話　0570-002-301（ナビダイヤル）

角川文庫 20533

印刷所●株式会社KADOKAWA
製本所●株式会社KADOKAWA

表紙画●和田三造

ISBN978-4-04-106140-4　C0193

◆◆◇

角川文庫発刊に際して

角川源義

第二次世界大戦の敗北は、軍事力の敗北であった以上に、私たちの若い文化力の敗退であった。私たちの文化が戦争に対して如何に無力であり、単なるあだ花に過ぎなかったかを、私たちは身を以て体験し痛感した。西洋近代文化の摂取にとって、明治以後八十年の歳月は決して短かすぎたとは言えない。にもかかわらず、近代文化の伝統を確立し、自由な批判と柔軟な良識に富む文化層として自らを形成することに私たちは失敗して来た。そしてこれは、各層への文化の普及滲透を任務とする出版人の責任でもあった。

一九四五年以来、私たちは再び振出しに戻り、第一歩から踏み出すことを余儀なくされた。これは大きな不幸ではあるが、反面、これまでの混沌・未熟・歪曲の中にあった我が国の文化に秩序と確たる基礎を齎らすためには絶好の機会でもある。角川書店は、このような祖国の文化的危機にあたり、微力をも顧みず再建の礎石たるべき抱負と決意とをもって出発したが、ここに創立以来の念願を果すべく角川文庫を発刊する。これまで刊行されたあらゆる全集叢書文庫類の長所と短所とを検討し、古今東西の不朽の典籍を、良心的編集のもとに、廉価に、そして書架にふさわしい美本として、多くのひとびとに提供しようとする。しかし私たちは徒らに百科全書的な知識のジレッタントを作ることを目的とせず、あくまで祖国の文化に秩序と再建への道を示し、この文庫を角川書店の栄ある事業として、今後永久に継続発展せしめ、学芸と教養との殿堂として大成せんことを期したい。多くの読書子の愛情ある忠言と支持とによって、この希望と抱負とを完遂せしめられんことを願う。

一九四九年五月三日

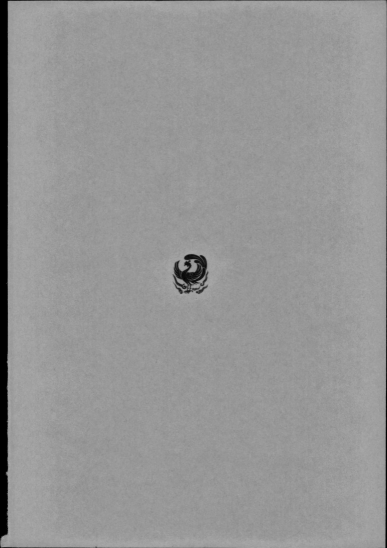